美狐

凸凹 著

北京日报出版社

图书在版编目（CIP）数据

美狐 / 凸凹著. -- 北京 ：北京日报出版社，
2021.6
ISBN 978-7-5477-3932-7

Ⅰ．①美… Ⅱ．①凸… Ⅲ．①长篇小说－中国－当代
Ⅳ．①I247.5

中国版本图书馆CIP数据核字(2021)第051676号

美狐

出版发行：北京日报出版社
地　　址：北京市东城区东单三条8-16号东方广场东配楼四层
邮　　编：100005
电　　话：发行部：（010）65255876
　　　　　总编室：（010）65252135
责任编辑：许庆元
装帧设计：今亮後聲 HOPESOUND · 胡振宇
印　　刷：北京博海升色彩印刷有限公司
经　　销：各地新华书店
版　　次：2021 年 6 月第 1 版
　　　　　2021 年 6 月第 1 次印刷
开　　本：880 毫米×1230 毫米　　1/32
印　　张：13.75
字　　数：300 千字
定　　价：68.00 元

目录

1 两只柿子，一条人命

这里四面环山。山脚有一小块平地，人们也会形容，叫"巴掌埫"。村子就坐落在埫上，不过二三十户人家。

其实这个村子是有大号的，叫"石板房"。概因每户人家都是用石头筑屋，石头屋墙，石板屋顶，不用粉刷，都是原始的青苍。

共用一口井。

大山的一处缝隙，有一个隐忍的泉眼，它不喧哗，不奔突，就那样无声地流。祖上就地就凿了一口井，把泉眼藏在井底。然后垒起了一人高的井壁，到收口的时候，小得仅能容一个人上下。正常年景，水就在井里汪着，挑水的人用扁担上的钩子打水。青壮男人来挑水的时候，一般扁担都不用离肩，身子往右偏一下，右边的水桶就打满了，往左偏一下，左边的水

桶，也照样满，然后颠一颠扁担使其周正，就走了。大旱年头，井自然就干了，只有井底泉眼部位的凹陷处有一汪水。人们来挑水，就只好下到井下，用随身带来的水瓢往桶里舀。真是奇怪，凹处的水舀干了，一会儿就又汪满，总也舀不枯竭，所以整个旱季，人们总还是有水吃。

既是四面环山，好像村子就被封死了。其实不然，只要人往南面的山脚走一走，就发现有一条活路通向山外。这山有错茬儿，有天然的缝隙，缝隙就是路。所以，天无绝人之路，不是纸面上的成语，而是大地语言。

人居山的脚下，看山自然是仰视，所以光秃秃的山峰就显得更加骄傲，常年蔑视人。太阳出来之后，照在山峰上的光线很不明媚，而像暗红色的血。从山顶带着凉气倾泻下来，淅淅沥沥，给人一种说不出的恐惧。到了晚上，月亮出来的时候，颜色就变了，好像山坡上的血被野兽们舔去了，显得澄澄明明、干干净净。所以这种恐惧对这里的男人来说，只是表现为短暂的颤抖而已，不过是一种神秘，反倒让他们内心有了岩石般坚定的信念，对现实有了深刻的认识：天象只是作用于太在乎的人，或者是胆子太小的人。只要你不在乎，只要你麻木，尽管过日子就是了。

山高而陡，耕种的土地就是堰田。从远处看去，层层叠叠的——夏天庄稼葱郁，便叠翠；秋天玉米熟，便叠金。是很美的风景。然而土壤瘠薄，也缺墒水，产量很低。春种秋收，三季的生长，打下的粮食，却只够吃一季，其余的季节依赖瓜菜果腹，所以这里的人过的是贫饿的生活。他们对日子没有更多的期待，自轻自贱，疲疲沓沓。他们坚信：美丽的风景，是大自然的伤口，疑似无用。

即便是收成贫弱，人们也勤勉，不停地在山间负重攀爬。春天背上厩肥点种，夏天背上焦虑锄榜，秋天背上谷穗回收。崎岖山路窄而陡，随时有跌下来的危险。一个唇红齿白的青年，在山外参加民兵训练的时候，认识了一个山外的女子。那女子长相上好，执意要跟他到山里过日子。青年被吓坏了，说，我们那里穷，吃只是糊弄肚子，穿只是糊弄身子，近似自生自灭，绝不是你想象中的日子。女子说，然而你本人不穷，面相好看，身板笔直，我就是喜欢。起初过得很和美，后来就破裂了，因为即便他是个美少年，但他拿大山的贫瘠没办法，拿封闭单调的日子没办法，给她带不来多余的念想。她总是强调，亏你有一副好皮囊，真是可惜了。青年说，这有什么可惜的，这里的山鸡长着满身的花翎，好看死了，但它还不是自己去捡草籽、叼虫子，即便是肚里没食，也仰脖欢叫，难道人还不如山鸡？女子冷冷地说，然而人毕竟不是山鸡，人有七情六欲。他们的感情就阴郁了，彼此失去了热情。男子要随村里的劳力到山上去垒堰田，让女子给准备一点干粮，女子待在原

处，冷冷地说，家里有什么你是知道的，你愿意带什么就带什么吧。家里现成的，就有半筐过冬的柿子，他随手捡了四只。女子跳了起来，说，家里就这么点柿子，吃一只少一只。便从他的手里又夺回来两只。

中午大家吃干粮歇晌，别人的干粮是窝头、贴饼子和小米饭，只有他是两只柿子。别人用异样的眼光看他，他则笑着调侃道，这几天上火了，没有胃口。吃完两只柿子，他仰在阳坡上歇晌。他感到饿，肚子咕咕叫。也许是山坡上的阳光和煦，即便是冬天，也有几只大头苍蝇在他的额头上飞上飞下，嗡嗡叫。他很烦，午晌没歇好。晚上收工回巢，他走山路的一处崖头，头突然就晕了一下。他下意识地往后靠了靠身子，平常都担心跌下去，这时候就更要小心。一有了额外的小心，居然就放大了恐惧，以至于不敢迈步了。身后人就讥讽道，你一个山里人，怎么连这样的路都不会走，真没劲。他很恼火，恨自己。他突然有了一个念头，之所以不敢迈步，其实不是山路不好走，而是恐惧在随时有可能跌下去的恐惧中，如果真要是跌下去，反而倒是解脱了。于是，即便是头脑晕眩，他也决然地往前迈步。终于是蹬空了，他跌下去了。在跌下去的一瞬间，他先是一震，紧接着是欢快。给不了女子好日子，他惭愧；得不到女子的尊重，他窝囊——既然跌下去了，惭愧和窝囊就跟自己无关了。这很好，所以他索性把双臂纵情地张开，做出有尊严的样子。在旁人看来，他像一只凌空飞翔的苍鹰，撼人心魄。

这男女之间，光有好长相、好身子是不成的，因为消耗完身子，就想消耗别的，如果你又给不了别的，就操蛋了，相看两生厌，没心思亲热了。所以山里人说，卡巴裆里的那点儿事再大，一对付漫长的日子，特别是贫穷的日子，就是跳蚤一样不起眼的小事儿了。

呃，那个凌空飞翔的青年他叫旺儿，很带劲儿的名字。

2 一个女的，两记耳光

天双和旺儿是同学，所以旺儿的死对他触动很大，所以他对自己说，找媳妇千万别找好看的，漂亮女人会让男人折寿。

天双是家里的长子，他身后有四个弟弟两个妹妹，是令人称羡的"五男二女"。

别以为有这么强健的生殖力的母亲就是个胖大的女人，天双的妈很瘦、很矮小。她是媒婆从山那边更"山"的村子介绍过来的，与天双的爹没什么感情，她不太想跟他做那种事。但是为什么还做得这么有成色？一是传宗接代的固有观念；二是山里的夜晚实在是无聊，横竖得操持点儿事儿；三是土炕闹的。这京西土炕是与柴灶、火道连通的，有持续的热，所以，即便是一对男女背靠背地躺着，感情很冷，但身子被土炕慢慢地焐热了，就有些躁，莫名其妙地就冲动，情不自禁地就面对面了，后来就搞得肉下有肉、人上有人。这样一来，就不断地挂崽，不断地生。生第一个，是撕裂的痛；生第二个，是沉闷的痛；生第三个，是麻木的痛；这之后再生，就像闹肚子拉屎，好像神经已经死了，是不痛之痛。她生最后一个女仔的时候，也的确是生在茅厕里。"都两天不拉屎了，就到茅厕里去控，没想到就控出来一个毛丫头，嘿嘿。"她当笑话对人讲，讲到那毛丫头大了，不爱听，狠狠地瞪她，她才不好意思再讲了。

山里人不仅不把生育的事看得那么严重，而且生得再多也不发愁。生一个是哄，生两个也是哄，生多了反而是自己哄自己，而且就像羊一成群，只需拿鞭子赶，不再需要投入更多的精力了。山里的孩子就被放任，自由散漫地生长。他们没有吃穿，反而淡漠吃穿，饿不死就活着，冻不死就受着，他们不额外地跟大人们要什么。

到了上学的年龄，也是随大溜儿，你上我也上，学不学不重要，关键是要玩在一起。旺儿要上初中了，问天双："你上不上？"天双说："那还用问，你上我就上。"旺儿说："上初中要走八里的河滩路，到山外去，就你的身子，能成？"天双说："不成也得成，你走了，就剩我自己待在家里，跟谁玩儿？"

旺儿之所以特别提到天双的身子，是因为他的身体有残疾。他作为老大在家里哄弟弟妹妹，给他们熬粥吃，一边干活

儿一边打打闹闹，一不小心坐进了粥锅里，落下了满屁股的疤癞，一到阴天下雨，就刺痒，坐不到板凳上去。为了补贴家用，一到暑假他就去挖草药，在从堰田的石墙里往外掏一株半夏的时候，石头错了茬儿，就把他右手的食指给碾掉了，他握不住笔。

天双身后既然还有几个弟弟妹妹，为什么还对旺儿说"你走了，就剩我自己待在家里，跟谁玩儿"？那是因为那几个孩子都没留住，摔死一个，饿死一个，病死一个，还有一个，好好地睡在炕上，第二天日照三竿也不起身，喊也喊不应，上前一摸，身子已经凉了。这家人几乎是每年死一个孩子，真是很奇怪。村里一个老人说，这有什么奇怪的，你们也不想想，他们的爹是干什么的？

上了三年中学，他和旺儿玩了三年（他实际上了两年零十个月），一派混文凭的架势。不过，即便是混，肚里也有了一点墨水儿，再看人看事，也能做一番思忖。就像筛子，筛子眼儿再大，筛面上也能留下一些东西。

天双上中学的时候，虽然稀松（平庸），却干了一件很轰动、能给人留下深刻记忆的事。

他前桌是个女的，长得很是好看，个子不高，但身段柔韧，脸蛋子像豆腐一样嫩白，且白里透红。她的脑袋很好玩儿，头发浓密，梳了两条齐臀的大辫子。她美得让天双不舒服，上课分心。为了让自己安心，他偷偷地把她的大辫子拴在椅子背上，好像是一头小驴子，被他拴在了自家的榆树上。嘿嘿，既然已经拥有，他就踏实了。下课的时候，要全体起立，她猛地站立，连椅子也一同带起。她疼了，忍不住一声锐叫。老师循着声音走过来，对天双呵斥："是不是你干的？孙子！"一声"孙子"让天双不爱听："是我干的怎么了，跟你有什么关系？"老师抡起巴掌就狠狠地打了他一个耳光："这就是关系！"

　　这一巴掌虽然打在天双脸上，却让那个小美女生出恐惧，不仅让老师给调了座位，还不敢单独跟他相处，几乎是见了他就躲。一天晚上放学，可能是心里高兴，她扭扭地走在路上。一般梳大辫子的，屁股也大，所以她扭得别致，以至于自己都有点儿不好意思，忍不住回头看了一眼。就看到了身后的天双，便大叫了一声撒腿就跑。其实天双跟她是偶遇，并不太在意她，但她这一叫、一跑，倒激起了他追的意思。既然旁人会以为自己在怎么着她，索性就怎么着吧。她在前边跑，他在后边追，旁人就以为出事了，便招来同学、唤来老师，急切地跟踪。小女生自然跑不过他，在就要被追上的时候，她突然栽倒了，鞋子也甩掉了，躺在那里剧烈地抽搐。"我叫兰玉，你一定也让我守身如玉啊！"她哀求道。顺着声音，天双不仅看到了她惊惧的眼神，也看到了她的一双光脚。她的脚是那么小巧、秀气，由于抽搐，便像兰花一样颤抖着开放，美得让人心

疼。他嘟囔了一句："你真没劲。"扭头就往回走。就迎到了追赶上来的人群，其中就有那个老师，他薅住了天双的脖领："你把她怎么着了？"天双说："你把手给我松开。"老师说："你先回答我，你到底把她怎么了？"天双说："你去问她。"老师坚持道："我不问她，就问你。"由于脖领被薅得紧，天双有些喘不过气来，他做了越线的反抗，狠狠地扇了老师一个耳光。

他得以解脱，兴奋地跑了起来。这是意外的收获，自己居然毫不费劲儿地就回赠了扇耳光人的耳光。他已经争得了自己的名誉，身后就不会再有什么不名誉的事儿了。

他虽被勒令退学，但一点儿也不懊丧（虽然再有两个月就能拿到毕业文凭了），他对旺儿说："像咱们这号人，最后横竖是修理地球，有没有文凭都是一样的。"

不过他倒是多了一种体验，他觉得这女的一漂亮了，就要离她远点儿，因为她类似不祥之物，或者干脆就是麻药，让男人忍不住就干傻事儿，丢怪露丑。

待到旺儿为了一个漂亮女的做了飞翔的动作，他的这种意识就更明确了。

"嘿嘿，折寿。"他对旺儿甚至有点儿幸灾乐祸。

3 相亲

天双在村里春种、夏耪、秋收、冬藏，卖了笨力气，流了臭汗，即便是很勤勉，收获的也不过是贫与饿，但他一点儿也不泄气，因为他长大了。

母亲对他说："你该娶一房媳妇了。"

他说："娶就娶，我连苦日子都不怕，还怕娶媳妇？"

家里便托媒到山外给他找媳妇。

村内也不是没有适龄的女子，但村子小，几乎是同宗同族，人口结构差不多都是亲戚套亲戚，倘若联姻，正经的是近亲繁殖。蒙昧的人家也有联姻的，就生出一些瘸子、瞎子、聋子，或者就是呆傻痴茶，天双毕竟是上过学的，他懂，便决不想这么干。

山外也是山，便有媒人从一个叫下石堡的小山村给他介绍了一个郑氏女子。

那女子的父亲是粮店的保管员，所以他虽然还没见那女子的面，就同意了。他说："咱村里最缺的是什么？就是缺粮，既然她爹是看粮食的，自然就没问题。"

但人家女子可不这么草率，非得见一面。

天双就穿上了唯一的一件建设服和唯一的一双回力球鞋跟着他爹上路了。

建设服有四个兜，也有风纪扣，是准军装。他就把风纪扣系紧了，弄出军人的体态。这些年，他长高了，长壮了，眉眼也清秀，衣服穿在身上，的确很标致，几乎就是一表人才。往脚下一看，那白色回力球鞋有些脏，他马上拿出收藏了多年的粉笔，在鞋面上涂了一层。

到了下石堡那户人家，一眼就看到一个胖大的女子倚门而立。

"你就是史天双？"那女子主动问。

"我就是史天双，你？"

"我就是你要见的人，叫郑秋兰。"

女子说完就转过身把他们带进屋去。

正面、背面天双都看到了，正面宏阔，背面浑圆，最令他心惊的是，她的牙齿不太整齐，参差错落，是一口烂牙板。

难道这就是我要娶的媳妇？他的兴致不高，不爱说话。

但那个女子却很兴奋，眼神发亮，总是盯着他看。她的爹兴致更高，人刚一落座，就准备酒饭，才一上桌，就催着喝。

这种过分的热情让天双的爹不能承受，他傻笑着跟人家推杯换盏，好像是一进人家的门，就不是外人了。

见天双沉闷，那女子干脆一屁股坐在他身边，自己给自己斟满了一杯酒："来，我陪你喝。"

见天双不太响应，女子就把他的酒杯端起来递到他手里。酒杯在手，他也不喝，女子哼了一声，竟拽住他的耳朵给他灌下去了。

天双的爹见状，愣了。女子的爹嘿嘿一笑："没事儿，我的闺女是个大直筒子，她是真稀罕他了。嘿嘿，搁着我也稀罕，你那小子的确标致，勾魂。"

"一个男的，标致有什么用？不顶吃喝。"天双的爹不是谦虚，说的是真话。

老哥俩就很投脾气，都往尽兴了喝。

天双受了刺激，索性就放开了跟那女子喝。虽然喝得自己昏天黑地，竟也没喝过人家，不过，倒是原有的感觉有了一点儿变化：女子那参差不齐的牙齿，也不那么太刺眼了，将就着，还是能看的。

即便是这样，当时也没撂下准话，因为天双不表态，所以天双的爹便对女子的爹说："我回去要跟他妈商量商量，你老哥就听话儿吧。"

回去的路上，他爹说："看来你是不愿意。"

"简直就是一个大丑丫头，我怎么能愿意？"

他爹摇摇头，很是说了一番话。他爹说——

俗话说，丑妻近地家中宝，这是你的福气，难道你连这个都不懂？而且，你自己也跟我说过，就旺儿的教训，娶妻就不能娶太漂亮的女人，因为折寿。难道你就是说说，欺哄欺哄旁人的耳朵？这可不好，心口不一的人品质有问题，让人不信服、不敬重。再说了，你看她那个身块，善生养，而且还母大儿肥。就你妈的那个小身板还给我弄了个五男二女，福禄的运势，那女子还不给我生半个村庄？到时候，整个村子还不都是我们家的势力？嘿嘿。

"你少说点儿好不好，又不是你娶媳妇，真让人心烦。"天双不耐烦地说。

他爹顺手就给了他一个耳光："烦？烦你妈个逼！我就看不上你这样的，刚念了几天书，就不知道天高地厚了。"

其实他爹比他还烦，虽然他生了五男二女，但都死球的了，就剩下天双一根独苗，如果天双再不赶紧给他延续香火，万一独苗也被旱死，他就一点儿念想和一点儿出路都没有了。所以他心里说，这是多么凄惶的事儿，你他妈的还不知体贴地挑拣，你他妈的还是人吗？

他也知道不该打这一巴掌，因为打的这张脸毕竟不是以前的脸了，那里边洇着墨水儿。为了躲避惭愧，他快步朝前走去，一边走一边唱谣曲——

　　正月二十七，我回娘家去，
　　经过高粱地，遇到个当兵的，
　　那个当兵的，不是个好东西，
　　拉拉扯扯就把我拖进了高粱地，
　　第一下儿疼，第二下儿麻，
　　第三下就像那个小虫儿爬……

他是以歌当哭，以戏谑发泄着无奈。

他爹是常年干体力活儿的，有的就是巴掌下的力气，所以他的这一巴掌扇得天双脸上生火，疼痛久久不散，而且一会儿比一会儿肥厚。他捂着脸不敢吱声。他懂得他爹的心理，知道自我选择过于奢侈。他妈的，摊上这么一块不毛之地，真是倒霉。

4 我自己找上门来了

爹的一巴掌，倒给天双打出了脾气。

甘蔗不能两头甜，你既然打了人，我就可以不同意，咱们两讫了，你希望的这桩婚姻肯定没戏。

天双便埋头干活儿，跟什么都没发生一样，只是更舍得卖力气。这是钝刀子割肉，爹即便是恼火，也不知说什么才好。收工之后，一家人簇在一起喝粥，只听到吸啜的声音，却听不到交谈。

家庭的气氛很沉闷。

既然是这样，收工之后，即便是肚饿，天双也不急于回家，他在井台上晃悠。

他觉得这口井有神力。天旱井枯，偏偏就在井底还汪着一瓢水，拿瓢往桶里舀，舀干了它又给你洇出来一瓢，让你总也舀不净。明明是无，却又有，就像这山里的日子，明明是过不下去了，却还让你过下去。这就是老天爷的顽皮，它掐着人的脖子让你过活，既不让你痛快地喘气，又不让你断了气。它逼着你耐烦、耐苦，别绝望，横竖得过下去。所以，老天爷它不杀人，只是折磨人。

想到这儿，天双的心情好了许多。

"你这东西，心可真大，竟在这里躲清静，难道你就不知道，家里来人了，指名道姓就找你。"耳边猝然传来母亲的一声喊，吓了他一跳。

"什么人？"

"一个女的，浑身香喷喷的。"

进了家门，就见到郑秋兰倚门而立，就像在她自己的家里一样。而且还不住地朝他挤眉弄眼。

他忍不住皱了皱眉头。

"史天双，你打走了之后，就不见音讯，这不，我自己送上门来了。"

郑秋兰那胖大的身块很灵活地就移下了台阶，竟很自然地挽上他的胳膊，把他扯进屋里。"你看看，我都给你带来了什么。"

他闻到了她身边刺鼻的脂粉味，她可真没少抹东西，香得有些骚气。

"你看看，这是白面，这是大米，这是红小豆，这是小磨香油。"不管史天双如何挣脱，郑秋兰就是挽着他的胳膊不撒手。"这大米、白面，不用说，你们这里吃不着；这红小豆，不用说，补血；这小磨香油，不用说，即便是清汤寡水，只要点上两滴，也是满屋子的肉味。"

郑秋兰这一连串的"不用说"，已经是肯定语句，因为不容辩驳，便让天双手足无措："你到底要怎么样？"

郑秋兰说："我既然大老远地来了，你怎么也得整点酒菜犒劳犒劳吧，有酒有菜，是正经人家起码的待客之道。"

"闺女，你说得对，天双他妈，上灶。"他爹适时地跳了出来，脸上带着幸灾乐祸的笑。

酒菜停当，郑秋兰自己就坐上了桌子，然而天双就在地上木着，局面有些尴尬。天双的爹趋上前来："闺女，叔陪你喝。"

纲常之下，这可是乱的，无论如何，她是带着结姻的目的来的，即便还是个未知数，但在意象中，也是公公和儿媳的辈分，哪有坐在一张桌子上闹酒的？这老东西真是张狂，竟把脸面扔在一边了。天双猛地推了他一把："去，院子里有一堆柴绊子，你把它劈了。"

他赶紧落了座，狠狠地瞪了郑秋兰一眼。

女子抿了一下嘴唇，说："我一个大姑娘，自己找上门来，还给你提来这么多好吃食，这是什么？这是典型的倒贴，所以，你得识趣。虽然我这叫热脸皮贴冷屁股，有点丢人，但你也别涨行市——你的屁股往哪儿冷？因为你们穷家破业的，你不配冷，你就实在点儿吧，也给个热脸儿。"

"闺女，你说得对。"门外又传来一声插话，那个人真是讨厌，他劈柴不专心劈柴，只想着劈心。

心被劈了，就有了缝隙，天双就气鼓鼓地往里灌酒，想填满不平。

他灌，女子也灌，她说："其实我心里也不舒服。"

灌来灌去，他们发现，整个屋子，整个院落，竟已杳无声息。天双明白，爹妈已知趣地躲到别处去了，只给他留下了一个陷阱。他们是女子的同谋。

郑秋兰也明白，她得意扬扬，一脸的狞笑。

她现在可不是一个人孤军作战，渐渐大了的年龄，对过男人的相貌，他贫寒的家境，多出来的两张嘴，都是她一个战壕里的战友。她没有理由不把他拿下。

山里女子简单，她没有别的策略，只知道酒可以乱性，让男人失守。她一口把一整杯酒干了，然后朝他亮亮杯底："别尿着，难道你一个男的，还不如我一个女的？"

"难道我还怕你不成？"男的要强，也干了。

到了一个时候，女子趴在桌子上不动了，男子问："你是不是喝多了？"

女子嘟囔道："喝多了。"

"那你就上炕，歇了。"

"我动不了了，你抱我。"

酒真是让男人长力气，她那么胖大的身子居然很轻巧地就被他抱上了土炕。他不免有些得意："你究竟是喝不过我的，嘿嘿。"

但是他的得意来得有些早，因为她的一只胳膊揽住他的脖子不撒手，同时另一只手把自己的前襟扯裂了，两只白花花的大兔子跳了出来。这可真要命，白色的天神刺痛了两只醉眼，他没办法把持，眼睛被牢牢地黏住，有个部位还蠢蠢欲动。"你是不是早就打定了主意要算计我？"女子又往紧了搂了搂他的脖子："你这话就没劲了，要说算计，也是男的算计女的，你要是对旁人说我算计你，谁信？"

究竟是生瓜蛋子，有遇热就熟的本能，而且她的脂粉味儿也热腾腾地直迷心弦，他也就豁出去了："那你就脱吧。"

但当女子完全祖露的时候，那广阔的白色，像无声起伏的海洋，他在震撼中惊悚，阳物刚刚举起，还没容得找到要去的港湾，就泄了。他喷射在她的胸上，点点滴滴、零零落落。

女子很惋惜："你真是中看不中用，没劲。"

"每天喝的都是稀粥，过的都是瓜菜代的日子，你让我怎么有劲？"男子现在没有羞耻，只有委屈。

女子用自己的衫子把局面收拾了，然后紧紧地攥在手里："你明天跟我去见我爹妈，正式提亲。"

"凭什么？"

女子举了举手里的衫子："这上面有你的东西，就是证据。"

"你这是在讹我，因为我根本就没有上你的身子。"

"上没上我的身子你说了可不算，只有你的东西它说了算，如果你还要点儿脸，就认了吧。"

"好，我认了。"

5 对不起了，大米你必须留下

第二天，他随女子去她的娘家下石堡。走到村口，他父亲追了上来，坏笑着给了他两样东西：六枚柴鸡蛋，一小罐荆花蜜。"去见未来的老丈人，怎么也不能空着手啊，真他妈的不懂事。"

到了下石堡，已是中午时分。一进门就看到了一桌丰盛的酒菜，好像他们早已预料到他必然会来。这让他很难受，更觉得自己是预谋的牺牲品，便也不客气，放开胃口大吃大喝。他要让自己的身板真正强健起来，好与白色的陷害角力，不中途败下阵来。

酒足饭饱，他未来的丈人说："你们只管歇晌，我要到粮店去，回来陪你吃饭，我临时找了一个替班的，估计他已经等不及了。"

"你就赶紧去吧。"郑秋兰很欢喜，催了她爹一句。

这倒提醒了天双，灵机一动："叔啊，我想跟你一块儿去，看看你们的粮店。"

粮店是安静的，而且还散发着健康的谷物的芳香；眼前这个女的，可是躁动的，而且身上那股子淫邪的气味一会儿比一会儿刺鼻。他不愿跟她单独待在一起。

临走时，这个未来的丈人用油纸包了两包东西，两瓣儿猪蹄子，一捧花生米，还顺手提了一瓶白薯干酒。"那家伙鼻子尖，你不给他带点儿荤腥，他会哼哼。"

到了粮店，那个人果然就已站在门前。"嘿，老郑，这就是你未来的姑爷？"

老郑举了举手里的东西："那自然。"

那个人很默契地接过东西，兴致兀自高起来："嗯，不错，不错，这小伙子很周正，搁在过去，还不娶个三妻四妾的，嘿嘿。"

"赶紧一边啃你的骨头去吧，别在这儿胡吣。"老郑推了他一把。

那个人恋恋不舍地回了一下头，竟撂下了这么一句话："就你那闺女，居然占了这么一房漂亮女婿，她哪儿修来的福气？哼。"

这一声"哼"，意味深长，天双心绪复杂，嘿嘿地笑。

老郑瞪了他一眼："你别听这种话，跟我进屋。"

进屋之后，天双无话，便来到后院。

这个粮店很小，也就是篮球场那么大的一个小院，里边坐落着六个一人多高的粮囤。装粮食不用梯子，只是每个粮囤下放着一张梯脚。所谓梯脚，就是宽面的长条凳，人站上去就能够到囤顶，装与卸就都不太费力气。粮店里口粮不多，大多都是种子粮，是接济山区耕种的，所以其实就是种子库，之所以叫粮店，是因为秋天交公粮的时候，在这里收购、从这里中转。

知道了这层意思，天双就来气了。山里的堰田本来产量就低，打下的粮食全部人吃，也只够一季，但村里却吹牛逼，说丰收的大话，便争来了交公粮的指标。所以他觉得这个粮店很可恶，让山里人一边饿肚子，一边交公粮。那么，这个老郑也不是什么好人，他不仅自己挣工资、有吃有喝，还养了那么一个胖大的闺女。

见天双看得专心，老郑陡然就有了身份感，紧紧地跟随着他，不时地嘿嘿笑。

天双很烦，忍不住嘟囔了一句："你美什么，粮店又不是你们家的。"

虽然是小声嘟囔，老郑肯定也是听见了，因为他的笑在脸上凝固了，呆呆地看着他。

这让天双舒服，别看我不小心进了你们家的罗网，你也不能太得意。这刚哪儿到哪儿啊，我可是倔骡子，一犯性子就踢你。

再回到屋里，天双发现这里是个里外间，外间是门房兼办公室，里边是卧室。他进了卧室，看见床头有好几个手电筒，有小的、短的、细的，有大的、长的、粗的。他试了试，摁哪个都亮。他最后抄起来一个装六节一号电池的长的，长得像正经的一根打狗棍。他冲着老郑举起来，猛地一摁电门，强光唰地就射到了老郑的脸上，刺得他睁不开眼。老郑直咧嘴，好像是说，这个未来的姑爷，真淘气（顽劣）、真不稳当、真没正形，如果是这样，将来我那傻姑娘她摆得平吗？他有一丝隐隐的担心。

天双用手电满屋子瞎照，就照见了屋角的三只麻袋。其中有一只开着口，他上去就把手插进去，抓起来的竟是一把白花花的大米。

大米在山里可是稀罕物，他忍不住问："你这里竟藏着这个，怎么回事儿？"好像他已经是这里的主人，有资格审。

老郑很生气："别乱动，那可是军粮。"

老郑告诉他，垭口那边有工程兵在修战备路，让粮店特别给他们进了点儿大米。

"那么他们白吃？"

"也花钱买。"

"那么就是说，这大米还是粮店的？还归你管？"

"当然是粮店的，当然归我管。"

"既然是这样，就好办了。"

"你什么意思？"

"我们那里从来就吃不上大米，装一点儿回去。"

"这大米可都是有数的，你只要一装就能被察觉。"

"当兵的既能吃，又粗心，还不计较，你给了他五斤，就说是十斤，他们也不会察觉。"

"但是，即便是你装了，又怎么拿出去呢？你别看这屋里就我一个，可只要你一走出屋子，满山环儿都是眼睛。"

天双扔了手电在暗光中转悠，突然乐了："你这里还有没有换穿的裤子？"

老郑一愣："有一条。"

天双用麻绳把自己的两条裤脚扎住，然后往两条裤管里灌进大米，再系牢了腰带，在地上走了一圈。"嗯，很好，把你的裤子拿来。"

他把老郑的裤子套在外边，用麻绳在腰间扎紧，然后把上衣的下摆往下一拉。"嗯，很好，外人什么也看不出来。"

整个过程，老郑什么也不说，但脸色阴沉，好像心里很痛苦。

"叔啊，我就不陪你了，得赶紧走，这玩意儿毕竟是有分量的，直往下坠。"天双一边说着一边就往外走。

老郑一把薅住了他的后脖领，喝道："你给我站住！"

天双回过头来，很迷惘："你什么意思？"

"你人可以走，但东西给我留下。"老郑厉声说道。

天双嘻嘻一笑："为了拴住我，你们可鼓动闺女跟我睡了，难道一个大姑娘的身子还不如几捧大米？"

"这是两码事儿，"老郑的脸痛苦地抽搐了两下，清晰地说道，"她的身子是私人的，个人可以做主；但大米是公家的，我做不了主——对不起了，大米你必须留下！"

6 成婚

别看大米没有装成，但天双还是同意了这门婚事。

他从老郑身上，看到了这家的门风很正，有值得敬重的东西。

他对女方说，这办婚事要一切从简，因为他们家很穷。老郑表示同意："我们家也不富裕，如果大办花月，街坊邻居会猜疑，会认为家里的油水是从粮店里挤出来的。"郑秋兰更同意，因为她觉得，一个俊新郎和一个丑媳妇如果在婚宴上晃悠，吃席的人会有额外的想法，虽然嘴上不说，但心里会说个不停。她不愿意给他们这个机会，她很自尊。

扯了一张结婚证，在自家庭院里请爷爷、奶奶和叔叔、大爷等族亲简单地喝了两杯酒，就算是完婚了。

新婚之夜，郑秋兰很矜持，上炕之前她穿得很齐整，她要天双给她脱衣服，而且扣子要一粒一粒地解。"我是你明媒正娶过来的，你不能不把我当回事儿。"她说。

扣子一粒一粒地解开，露出白花花的一身富饶。无遮无拦在平静之中，天双反倒不冲动了，觉得这富饶其实是可怜、是穷。行房之前，郑秋兰执意把一条白肚手巾铺在臀下，然后说："可以了。"她把自己摊在那里，把所有的财富都亮给男人，因为这不是骄傲的骄傲，或许是最后的一点儿资本，所以她没有热情。这让男人感到奇怪，为了让他上钩，她可是揽住他的脖子不撒手的，现在却这么被动、这么冷静，好像隐隐地透着不情愿。但是箭在弦上不得不发，而且这还是他婚姻的仪式，便把身子贴上去。动作虽然不激烈，但女子还是叫了一声，吸了一口凉气，紧紧地皱着眉头。事毕，女子的第一个动作，是看她身下的毛巾，见毛巾滴上了零零落落的血迹，她凄然一笑："我终于被你捅漏了。"

这样的时刻，她居然这么粗俗，在男人的眼里，她显得更丑了。他冷冷地看一眼毛巾，是轻蔑的眼神，一条滴上血的毛巾，它能说明什么？

回门的时候，她把毛巾随身带着，当着他的面，兴冲冲地拿给她母亲看。她母亲很高兴，对他说："我说姑爷，你得好好跟我闺女过日子。"

天双这时明白了，因为郑秋兰长得丑，所以她本人和她的

家人更看重这处女之身，这是女子人品端庄的证明，足可以抵消她的丑，让男人稀罕，甚至尊重。

他们在蜜月中，可以说是甜蜜的。男人在性的方面，服从本能，郑秋兰皮肤白细，又一身富饶，疑似华丽，天双性趣盎然，几乎是夜夜耕榜。

郑秋兰任由他在自己的身上鼓捣，因为她心中有个念头：如果能鼓捣出个一男半女来，会拴住男人的心。其实还是因为不自信，内心不能忘记自己的丑。从小她就听人说，嫁人千万别贪恋男人的长相，因为好看的男人都花心，遇到别的漂亮女人就动心思，不太牢靠。话虽然这么说，但一遇到天双，她还是贪恋上他的长相。一到实际，道理就无用了，莫名其妙地就身不由己。

过来的女人都说，金绳银绳不如肉绳。那意思是说，只要男人稀罕你的身子，就能拴住他的心。这种乡村伦理的暗示，也让郑秋兰不忌讳炕上的事儿，尽可能地迎合，疑似纵容。以至于天双在耕榜时不停地变花样，她也不恼。鸡踩蛋、狗炼丹、儿马配母驴，她看得多了，这种大自然的教化，使她感到，即便是男人在炕上没有正形，瞎鼓捣，这也没什么。而且她立意在于早一点儿生个一男半女，好确定她在家里稳固的地位，那么，一切就真的可以接受——孕育，就是要用不正经的方式操作，能挂上崽儿，才是正经的大事。

但都过去一年了，肚子也不见动静，郑秋兰便心中不快，对天双也就不像以前那样无条件地容忍，遇到劳累和心情不好的时候，就不让他上身。天双生气，竟说："你要长相没长相，要身材没身材，也就是这一身肉，还不情愿，你真没意思。"

　　郑秋兰说："我是你的媳妇，不是你的玩具，你不能想什么时候玩儿就什么时候玩儿。"

　　天双摇头一笑："你还别抬举自己，在我心里，你还就是玩具。"

　　"既然是这样，你也做回玩具，让我玩儿玩儿你。"

　　"不成。"天双断然拒绝。在他的意识里，只有男人可以玩儿，女人绝没有这方面的权利。

　　女人也不多说话，但从这天起，她收拢了自己的身子，无论男人是哄还是骂，就是不给他打开。

　　情急之下，天双说话就失去了分寸："我是背着委屈才娶了你，到现在你却有脾气了，你真不是东西！"

　　郑秋兰迷惘地看了他一眼："难道你就是东西？你是驴粪球子外面光，看外表，是个人儿，一看里头，就恶心了，满身的疤癞，连手指头都没长全，吃饭都握不紧筷子，哼。"

　　别看男人动不动就拿女人的缺陷说话，而女人还能笑着忍受，但一到男人的短处也被女人戳了，他可就难以承受了——天双顺手就给了郑秋兰一记耳光。

打人别打脸，伤人别伤心，郑秋兰信服这最原始的道理，所以她觉得这问题严重，便奋起回击，将巴掌抢了回去。而且既然抢了，就不能省着，她抢得左右开弓。

天双感到了巨大的耻辱，眼红了，对郑秋兰一顿拳打脚踢。郑秋兰也不示弱，如法回馈，两人便打在一起、纠缠在一起。到了最后，居然是女人占了上风，把男人摁在了地上，还一屁股坐了上去，不让他动弹。

我郑秋兰究竟是有分量的，怎么能允许你一个小小的史天双想轻蔑就轻蔑、想羞辱就羞辱？

那个阵势，正可以配上这样的宣言。

天双不反抗。因为他觉得反抗是弱者的表现，更是一种羞耻，便默默地承受，息事宁人。而且这样一来，反倒不至于招来旁人，还能保全了面子。

但是他委屈，任大颗大颗的浊泪滴到尘埃里。本来丑媳妇是用来驾驭、羞辱和收拾的，却反过来被丑媳妇驾驭、羞辱和收拾，他真丢人。

泪光中，他看到了郑秋兰的一只脚。那只脚穿着从她娘家带过来的黑色皮鞋。这皮鞋是她家实力的象征，她上炕之前总是穿在脚上；而他本人最好的鞋不过是一双回力球鞋，还因为忘了买鞋粉，不得不用粉笔涂。问题不在于鞋的对比，而在于这鞋的用意——俗话说，脚底没鞋穷半截，她之所以总是穿在脚上，还是为了让他感到她富、她美，进而养目，再进而对她高看、稀罕。可是，鞋穿在她的脚上，对他的眼睛是一种折磨：她的脚肥厚多肉，整个脚面从鞋子里溢出来，是惊心动魄的肿，是畸形花开，惨不忍睹。

他忍不住想到了女同学兰玉蹬脱了鞋子光脚躺在地上的情景：她的脚是那么小巧、秀气，由于抽搐，便像兰花一样颤抖着开放，美得让人心疼。

于是，在郑秋兰的重压下，他心里哀叹了一声："我完了。"

7 折磨

在天双的意识中，只有美丽的女人才是用来宠的，她可以馋、懒、撒娇、使气，而丑女人就不应该有这样的念想，她要听话、吃苦、勤快、逆来顺受。但郑秋兰既丑又有脾气，还馋、懒，便让天双心灰意冷。

他觉得既然郑秋兰一年多也没孕育，就不应该懒在家里，应该到堰田上去，跟男人一起耕耪，挣点收益。郑秋兰问他："据我所知，你们这里的小媳妇进门后三年都足不出户，凭什么让我下地？"天双也不客气："人家是在家里养小孩儿呢，而你又不生养，再懒在家里合适吗？"他不仅这样说，还说了一番更难听的，他说，母驴恋栈，儿骡拉套，公牛耕地，这是天经地义的，你郑秋兰不生不养，最适合的，还不是跟我一起去种地？

郑秋兰知道，他是嫌弃自己了，但内心的朴实，又让她觉得一个胖壮的大活人整天待在家里，也的确有些不合适，掉了几滴伤心泪之后，还是出工了。

但半月后，她死活不再出门，就躺在土炕上睡懒觉。

以为她累了，起初两天天双还容忍，第三天，他就发话了："你是歇歇乏，还是就不去了？"

郑秋兰在炕上蠕动了一下身子，打了一个哈欠："不去了。"

她的哈欠气味比较人，是食物不能充分消化，瘀滞之后的气味，热烘烘的难闻。

天双皱了一下眉头："为什么？"

"我害怕。"

"怕什么？"

"你们这里的山道太陡，走起来发怵，尤其是走到悬崖边儿上，立马就头晕，好像马上就要跌下去。"

"跌下去反倒好了。"

"你这就不厚道了，即便你嫌弃我，我好歹也是你媳妇。"

"嘿嘿，你要真是跌下去了，我倒没什么，正好可以再娶。"

天双的话，近乎恶毒，郑秋兰翻身坐起，好像马上就要发作，可是只翻了翻白眼，就又躺下了，贴着炕皮摆了摆手："你走吧，我懒得跟你说话。"

她不出工的心铁了，因为男人的恶意坚定了她的信念，他不再有资格支配她。

天双的本意是在开玩笑，但话一出口，就变了味道，这一点，连他自己都感觉到了，所以他说："不出工就不出工吧，反正就是几埂瘦地，再怎么勤快，也没多少产量，你待在家里也好，正好可以给我侍弄一点儿热汤热饭，省得我回来冷天冷地的。"

"这还是一句人话。"郑秋兰呜哝道。

收工回来，果然有热汤热饭，天双有兴致喝两盅。

酒热能弥合间隙，那一刻他有了多余的心情，女人的脸子虽然不上眼，但她的身子没有缺陷，虽然不能生育，但用来解乏还是有富余的。一个庄稼佬整天面朝黄土背朝天的，能有什么乐子？她到底还算是个乐子，白花花的一身肉，也是一片喜乐之地。所以借着酒热，他涎笑着要求炕上的事情。

郑秋兰轻蔑地一笑："你既然那么嫌弃我，恨不得我跌下崖去，却还想要肉挨肉的亲热，有意思吗？你的心可真大。"

"心可真大"，在乡土上，其实就是没皮没脸的意思。天双脸上的笑就凝固了："算了。"

从这天起，郑秋兰虽然很认真地给他侍弄热汤热饭，但他总是挑三拣四，不是菜咸，就是饭硬，要不就是汤也没味道，而且还说出不贴谱的话："你弄的饭菜一点儿油水都没有，你是伺候人呢，还是伺候猪狗？"

郑秋兰知道他这是在没事找碴儿，便也不客气："就你们家这穷家破业的，让我到哪儿去给你找油水？能让你吃上热乎饭，就不错了，别蹬鼻子上脸。"

这近似抢白，天双就怒了，开始摔盘子摔碗。

一只碗的碎碴儿，蹦起来又落下，正好落在郑秋兰的脚面上，无声地就划出了一道口子。一道血痕乘机流淌，很快就把整只脚都染红了。红色有收缩功能，所以原来的肥白渐渐地往下消瘦，但郑秋兰不着急，就那么静静地看着，好像一点儿疼的感觉都没有，她笑。

天双也看到眼里，心里皱了一下。这个女人怎么会这样，好像那只脚是别人的一样。他马上就醒悟了，原来有脾气的女人就这样，她既轻蔑别人，也轻蔑自己。

血流得无声，却很汹涌。可别真的流净了，闹出人命，因为她毕竟是自己的媳妇。天双心里一软，找了一块白布，猫下腰去给她包扎，一边包扎一边唠叨："你这个人就是邪性，难道你就不知道这脚上的血脉旺，你不包它，它就会不停地流？"

郑秋兰竟在他的肩上抓挠了一下："我就知道，你不会不管。"

躺在土炕上的时候，天双想对郑秋兰说句软和话，安慰她一下，但总也说不出口，就焦虑难耐，不停地翻身。郑秋兰躺在另一头，这时也没入睡，她睁大了双眼，静静地看着屋顶的椽檩。檩靠榫卯固定在柁上，椽靠铁钉钉在檩上，檩还顺溜，椽子可就不成了，粗粗细细、弯弯直直，很不整齐。她知道，这是没办法的事儿，因为山里盖间房子很不容易，得四处收集木料，基本上是伐到什么材料就用什么材料，因为村里指定了砍伐的区域，不让挑拣。虽然材料不整齐，但房子牢固，能给你一个安身的窝，让你快乐也好，痛苦也好，都能搁在里边，使外人觉得这是盈满的一家人。这山里的逻辑就是这样，你实际上盈满不盈满不重要，看上去盈满才重要。

看到那个不停地翻身的男人，她不由得生出一个心思，这找男人也就一如找椽子，也得迁就材料，遇到什么样的人也就认可什么样的人，不甘心也得甘心，而且在外人看来，既然能睡在一个屋檐下，一切就都有了。所以虽然她的脚动一动就疼，但她也不恨，相反，她记住了他猫腰给自己包扎的动作，到现在还有一点莫名其妙的感动。她也知道，那个男人之所以来回翻身，是想跟自己找话说，但又放不下架子，就折磨自己。其实他还有一个小心思，他身子躁，想做男女的事儿。那么精壮的一个人，不操持点儿事儿干，他的心火怎么能熄灭？为什么说男人不是东西？就是因为这男人能把心和身子分开，他一边嫌弃你，一边还要占有你，很不讲道理。

她不由得生出一丝怜悯，悄悄地把身子朝他那边挪过去。

男人再往这边翻身的时候，意外地就碰到了一团柔软的东西。他心里一惊，顺势就覆盖上去。他什么也没说，因为男女之间有本能的默契。

由于惭愧，更准确地说，是因为难为情，所以他一边放纵，一边收敛，快感虽然来得迟了一些，但是比哪一次都来得深刻。临了他猛地朝上耸了一下身子，动情地说："郑秋兰，你放心，今后我会对你好的。"

女人·动不动地躺在那里，一点儿反应都没有。

"难道你不信？"他急切地追问。

"不信。"女人漠然地说道。

8 既然这样，你就没必要哭了

这一天的晚饭稍丰盛了一些，因为村里死了一头骒子，每户都分了一份肉，郑秋兰就用骒子肉炒了两个菜。她很专注地看着天双吃喝，自己却不动筷子。天双问："你怎么不吃？"她说："我吃不下。"

"你这个人就是怪癖，粗茶淡饭你吃得跟骒子似的噼里啪啦，等真吃上骒子肉了，你却说没胃口，你贱不贱啊？"天双调侃道。

郑秋兰想笑一笑，但却没笑出来，反而流下了眼泪。

天双很纳闷："你怎么哭了？"

"我好像是有了。"

"什么有了？"

"我怀孕了。"

"不可能，不可能，"天双难以置信，"这三年来我整天折腾孩子，你连一点儿动静都没有，现在咱们俩别别扭扭的才有一次，怎么会呢？"

"但这是真的，我偷偷地到乡卫生院验过了，不会错，"郑秋兰索性哭出声来，"就像你说的，想要的时候不来，没念想的时候却来了，所以我忍不住就想哭。"

天双说："既然这样，你就没必要哭了，因为你的幸福生活就算是来了。"

听了这话，郑秋兰反倒哭得毫无遮掩了，因为他越是这样说，她越是觉得自己无足轻重，不过是孩子给了她不曾有过的重量。

天双的爹甫银原本是猎人，有一杆火枪和一应俱全的捕猎工具。后来他不猎了，那些家伙什儿就闲置在家里。

为什么不猎了？

是因为迷信。依村里老人的说法，他家里的孩子之所以一个一个地死，就是因为他杀生太多，百兽在地下聚魂，"妨"（诅咒、陷害）他，也就是人们常说的，这人要是干了伤天害理的事儿，会遭受"报应"。本来甫银气血两旺，一直就不信邪，但只剩下天双之后，他惊悚了，只好收手。

其实还有个最直接的原因，是因为嫉妒。

那年头讲究除"四害"，上面确定的对象，包括苍蝇、蚊

子、老鼠和麻雀。但具体到各地，就略有不同。在这个村子，老鼠少，松鼠多，就用松鼠代替了老鼠。甫银每天打猎归来，枪筒子上都挂着一大串松鼠，一二十个的样子。这近乎招摇，让村里人眼红。因为打一个松鼠，村里给记两分五，十个就是二十五分，而一个好劳力，在地里苦干一天，才给记十分，这很不公平。更不公平的是，松鼠还有额外的两大好处：这一，松鼠的皮可以卖钱，即便是一个才五分钱，十个就五毛，而村里的分值每分才三分钱，也就是说一个好劳力一天才挣三毛钱。这二，松鼠的肉可以吃，是正经的美味儿。把松鼠那个小肉身子放在案板上剁碎，汆丸子，吃到嘴里，比鸡肉都香。

村里人就不干了，找到村里领导，说，松鼠即便是"四害"之一，它害着大家，但好处却是他一个人得，这可不成！最不能容忍的，我们每天喝稀粥、吃窝头，连个屁都放不出来，即便是勉强放出一个，也一点儿味儿都没有，而他们家整天放屁，放的屁很臭，都能熏死人。如果任由他猎，那么，对不起，我们也置备火枪，就让村里的堰田都荒球得了。村里领导急了，这怎么成，大家饿肚子是小事儿，交不上公粮可就是政治事件了。就赶紧去找甫银，做他的工作。一见到甫银，还没容他们发话，甫银就说，你们放心，我再也不打猎了，因为这村里的老老少少，每天都跟我黑着脸，好像我就是"四害"之一。

所以，甫银的弃猎，是天算加上人算。有人说是因为天算，有人说是因为人算，问他自己，他说："到底是哪个更能算，我他妈的也说不清楚。"

　　天双到他爹的屋里转了一遭，也不经他爹同意，就把挂在墙上的火枪摘下来："这个，归我了。"他爹一愣："你要干什么？现在可不讲除'四害'了。"他说："我不除'四害'，我要养人。"他爹转身进了柴棚，把那全套的捕猎工具找出来扔给他，包括地夹、套索、油绳。他说："明面上有的可都给你了，但暗下里的我也想交（教）给你。"他是指挖陷阱、埋地夹、设套子的技艺。天双一乐："成。"

　　他猛地就动火枪，就打猎，爹既不反对，也不问为什么，还主动教他技艺，这让天双有些纳闷，忍不住问："爹，你干吗不问问我为什么就打猎？"

　　甫银说："枪就挂在那里，横竖得有人用，不用问。"

　　天双说："恐怕没那么简单吧？"

　　甫银说："当然没那么简单，我是觉得，你是读过书的人，心里是有主见的，你既然打了火枪的主意，就是到了该用的时候了。"

　　天双以为爹把全套的技艺都教给了他，所以还没上阵，就已经有了满满的自信，觉得自己已经是个正经的猎人了。他扛着猎枪满山跑，类似招摇，好像满山的猎物都在等着他，主动送上他的枪口。

一只松鼠蹲在一块山石上，见他走过来，居然朝他摆摆爪儿、摇摇尾，还挤眉弄眼儿。他心中一喜，举起枪来。在他瞄准的工夫，松鼠猛地就蹿上了身边的一棵老核桃树，隐到茂密的枝叶中去了。没办法，他只好放下枪。然而他的枪刚一放下，那只松鼠就又现了身。它顺着树干出溜下来，又回到了那块山石上，吱吱叫，疑似嘲讽。天双恼了，提起枪来，也不瞄准，顺势就扣动了扳机。一声轰响，喷出一枪管的铁砂，巨大的后坐力，让他一屁股坐在了地上。没打中猎物，却把头顶的老核桃树的枝杈打下来一片，纷纷砸在他的头上。他感到了疼，定睛一看，那只松鼠还蹲在石头上，眼神发亮。

他走到梁峁的一块山草地上，一群觅食的麻雀被惊动了，纷纷起飞，落在身边的一棵老杏树上，瞬间就结了一树的果实。他想，这么大的密度，只要枪打过去，横竖也会击落几只，就对着杏树扣动了扳机。枪声未落，他眼前却黑了一片，那群麻雀居然躲过枪弹，在他头上飞，朝着他身上拉屎。他脸上、肩上、胸前，淋了一片鸟屎，很是埋汰。他咧了咧嘴，真是奇怪了，铁砂明明是朝它们飞过去了，它们却毫发无损地飞到人的头上袭扰，它们哪里来的速度？

把这些莫名其妙的遭遇讲给他爹甫银，甫银说："你别看这么多年没人打猎了，可鼠雀们有记性，它们不傻。"

天双不以为然："你这是胡说八道，松鼠和麻雀寿命短，早已不是你打猎时的那一代了，不知是之后的多少代了，它们能有什么记忆？"

甫银说："去你妈的，你懂个屁，鼠雀它们也有传承，未必就是面对面地传、手把手地教，交配的时候、孵卵的时候，就把印记打上了。"

天双说："你别把事儿弄得那么玄乎，好像我不如你似的。"

甫银说："你别不服气，你还真不如我，因为打猎不仅仅靠打，更多的是靠哄、靠迷、靠动心术。"

天双说："这么说，你并没全教我，还给我留了一手？"

甫银说："动心术的事儿我怎么教你？全靠你自己寻思。"

寻思就是悟，要靠经历、体验和时间，然而他没有时间，因为他打猎的动机很简单，就是为了给郑秋兰弄点营养，她有了身孕，不能每天都是稀粥、窝头。既然胎儿已经在发育了，就等不及了。他说："爹，我干脆跟你说吧，我之所以要上山打猎，是因为你儿媳妇她怀孩子了，得给她补补身子。"

"这我知道。"甫银平静地说。

"你怎么知道的？"

甫银不回答，而是说道："这松鼠和麻雀的肉是瘦的，补起来慢，不如打个肥的，等天黑了，我陪你上山，捕只獾回来。"

9 捕貛

趁着夜色，爷儿俩到了山顶的堰田。

田里老玉米的苞穗已经灌了一半的浆，籽粒虽不饱满，却也可以吃到嘴里。这时的籽粒，嫩，多汁，入口即化，很甜。

庄稼健壮、笔直，风吹不摇，却有隐隐的清芬。甫银让天双随他卧伏在堰墙一边，朝庄稼深处凝视。

等待了一个时辰，便听到了窸窣的声响，庄稼也微微摇动。甫银贴着天双的耳朵低声说："别声张，它来了。"

天双很快就看到了它的样子：细细的尾巴，滚圆而短的身子，嘴巴与栏里的猪酷似。貛有两种，一是狗貛，一是猪貛，不用说，这自然是猪貛了。

貛的腿很短，几乎是贴着地面行走，而庄稼很高，朝天际耸立，那么，要想吃到苞穗里的嫩玉米，对它来说，几乎是个天大的难题。

它接下来的动作，让天双大为惊异，领略到了什么是动物的智慧。

它看准了一株庄稞，从稍远处起跑，用整个身子冲撞上去。庄稞不禁有了一个斜度，它便趁机把身子骑上去，靠自身的重量一点儿一点儿把庄稞压倒。因为庄稞正青翠着，尚没有韧性，咔的一声就断了，它就得到了那枚大大的苞穗。它居然会剥苞穗的外皮，直抵嫩粒，可能是因为有奶一样的味道，所以它吃得很贪婪，转眼之间谷粒罄尽，只剩中轴。因为吃得美，眼睛里有异光。

经不住美味的诱惑，也不停歇，又开始了第二次的动作。

天双觉得，既然它进行得如此投入，几乎是一个固定的目标，便举起了手中的枪。却被甫银摁住了，小声说道："这玃可不是用枪打的，要用地夹捕。"

"为什么？"

"回头我再跟你说。"

就这样，爷儿俩静静地看着那头猪玃欺辱庄稞，大饱口福。天双心中有恨，手中的猎枪举了又举。因为在他从小就被灌输的观念里，毁青苗、挖祖坟、踹寡妇门，是三大孽事，为人不齿。那头玃偷吃玉米不可恨，但它偷吃青玉米，就类似毁青苗了。因为青玉米不足月，籽粒不殷实，如果喂饱它的肚

子，它就要毁掉一片庄稼。

待猪獾餍足，从容地溜走之后，甫银说："你是不是觉得它特可恨？"

"那还用说。"天双没好气地说。

甫银点点头："那就必须捕到它，给庄稼祭奠。"

甫银告诉他，我为什么不让你用枪打，因为猪獾是珍兽，浑身是宝。獾皮可做皮帽，既轻便又暖和；獾肉鲜嫩，是大补之物；最让人稀罕的地方，是它皮下有厚厚的一层油，提炼出来之后，是珍贵的药物，可以治哮喘、治烫伤。如果你用枪打，几十粒、上百粒铁砂打在它身上，宝物也就变成废物了。你想啊，皮被打出那么多窟窿，还怎么做皮帽？嫩肉里钻进那么多铁砂，如果不剔除干净，一上嘴就硌牙，还能有什么好的口味？最可气的是，它的皮被打漏了之后，油脂会自己流出来，那天然的药物就白白地浪费了，你心疼不心疼？所以要捕，得捕它一个完整的身子。

怎么捕？

甫银说，獾是一种鬼精鬼精的动物，它今天在这个地块糟蹋了，明天就绝不会再出现，因为它知道人已经觉察，再来就等于送死。它便本能地避讳，另选一个新地块下嘴。所以，你要选邻近的一个地块，把地夹给它布上，然后耐心地等。

甫银选择了附近的一个地块，把随身带着的地夹埋进庄稼的根脚之处，再在新土上覆上一层老土，就算是布下了。然后他笑笑，从口袋里拿出一节红色的小绳，系在庄稞的顶叶上。"这地夹是隐藏物，既可以夹住獾，也可以夹住人，所以得给人提个醒。"

天双说："既然獾是鬼精之物，它也会被提醒。"

甫银说："然而它究竟不是人，它只看眼前，不看头顶。"

一切停当之后，甫银对天双说："天色不早，咱们回吧。"在回去的路上，他又嘱咐道："你隔两天再来看吧，不能太心急，因为獾它今天吃饱了，明晚它就不出来了，它要睡懒觉，要不然它怎么会满身的肉和油。"

但天双心急，第二天的夜半就猫到堰田上去了，他想偷偷地伏在堰墙之上，目击獾被地夹夹住的过程。但他刚走到那地块的附近，就听到密密的庄稞里传来吱吱的叫声。他心里一动，斜着身子往里探视，真是出乎意料，那只獾居然已经被地夹夹在那里了。

怕猪獾挣脱，他迅速跑过去，连同地夹一道，把它装进随身带来的麻布口袋里。不仅牢牢地封口，还在口袋的中腰紧紧地捆上了一道铁丝。麻布口袋是用被臭油（沥青）浸泡过的麻匹编织成的，那些丝缕即便是再锋利的牙齿也很难啮断，甭说还外捆了铁丝。他背着口袋急切地往山下跑，他要赶紧见到自己的父亲。这时，显示猎物已经不重要了，重要的是他要用事

实给父亲一个有力的驳斥——你的老经验已经不灵了，现在的畜类已经不像原来那样朴实了，它们有跟人一样的浮躁和贪婪。嘿嘿。

他刚一进家门，甫银就迎了上来。"你真心急。"

天双晃了晃背上的口袋："不是我心急，是它心急。"

本来还想多说几句，也就是奚落父亲的话，但他看到，庭院的柴灶上已经架起了一口大锅，灶膛里的柴绊正噼啪地燃烧着。知道父亲早有预备，就是为了堵上他的嘴。既然这是人家预料之中的事儿，说话的资格便被剥夺了。

甫银看了一眼它身上的口袋："你去先歇一歇，尽管把它交给我。"

甫银把猪獾头冲上吊在庭院里的一棵香椿树上，开始从它的喙（嘴）处下刀子。畜的喙部和鼻孔是连在一起的，是天然的缝隙，刀子能找到剥皮的切口。他不慌不忙、不急不躁，紧贴着骨肉，一点一点地往下剥离。剥下脸部，再剥下头皮，然后就不用刀子了，他拽住已到手的兽皮，往暗里用力，一寸一寸地往下撕。因为畜还活着，皮与骨肉之间，是新鲜的连接，尚未凝滞，撕起来就流畅，很快就撕过了脖颈、撕过了前膀，到了前蹄。这时，甫银就放慢了，因为畜皮最难剥的部位是它的四蹄。四蹄上的皮，贴的不是肉，而是坚硬的碎骨头，阻力大，不能硬撕，否则就会断。便小心地试探着撕，一旦遇到挂碍，就辅以刀子，用刀尖儿一点儿一点儿往下剜。过了前蹄，中干和后臀就好办了，稍一用力，刺啦一声就撕下，容易得就像人脱裤子。然后再小心地对付后蹄，始终紧紧地屏住呼吸。

就这样，剥下的獾皮极其完整，像个密闭的囊，即便是灌上水，也不泄漏。獾虽然被剥下了皮，依旧活着，不断摇晃着精赤的红身子，哀哀吟吟。甫银觉得自己的技艺无可挑剔，鄙夷地看着天双。天双为猪獾感到难过，对父亲说："你这活扒皮的手艺一般人还真做不来，但是我真无法敬佩，因为我看出，你这个人骨子里很坏。"

甫银居然也不恼，笑着说："你说得不错，好猎人其实都是坏人，你要是不能忍受，就干脆别再打猎了。"

天双说："这可不成，郑秋兰的重身子需要补。"

那只獾的光身子还在那里挣扎着，一曲一伸的，好像每个动作，都挠在他的心上。"它的生命力可真强啊！"他的感慨好像是送别的悼词，既抓捕，又悲悯，连他自己都感到有假惺惺的味道。过了一会儿，它放了两个屁——表达了最后的生命悲愤之后，腿一挺，不动了。

便掏去五脏肚肠，把獾的胴体放进大锅，连夜煮。煮的过程中，不断有油水汪出来，就预备了一个大号的瓷盆，用勺子往里舀。甫银嘱咐他："这肉你尽管煮，煮到再也不往出汪油水了，你再熄火。"

天双说："那还不把肉煮飞了？"

"煮飞了"是村里的土话，形容肉煮得过烂，碎得筷子都夹不起来。

甫银说："捕獾看重的是它的油，而不是肉。"

天双说："天色不早了，爹，你去睡吧，这儿有我呢。"

甫银走了之后，过了不久，天双就把火熄了。因为他与父亲的出发点不同，他看重的是肉，而不是油。但即便是这样，也有了半瓷盆的油。那油居然凝固得很快，白白的，腻腻的，看上去就让人稀罕。

但天双来不及稀罕，赶紧趁热舀了一碗獾肉给郑秋兰端进屋去。

郑秋兰因为是从睡梦中被叫醒，打了一个哈欠，不耐烦地端起了肉碗。但一吃到嘴里，眼睛就亮了："嗯，好吃，好吃！"话音未落，碗里的肉已不见了踪影。她把空碗往天双怀里一杵："再来一碗。"

天快亮的时候，郑秋兰猛地从睡梦中坐了起来。她肚肠鸣叫，翻滚着疼，不能忍受。天双知道，素日里肠胃寡淡，一下子吞进了那么多的油水，肯定会闹肚子，便也不惊慌，在她的肚皮上用力揉搓。揉了一会儿，郑秋兰放了两个屁，便又能躺平身子，睡了。

天大亮了，天双听到门外有人声。

出门一看，是几个村里的妇人，每个人手里都拿着一个吃饭的碗。

"听说你们昨晚上炼獾油了，就来讨一点儿。"一个妇人代表大家说明了来意。

天双也没多想，把盛獾油的瓷盆端出来："都在这儿了，你们自己舀。"

转眼之间，瓷盆就被舀空了，他也不心疼，只觉得这很有意思，忍不住嘿嘿笑。

这时甫银走了过来，问他："獾油呢？"

天双指了指身边的瓷盆："都在这里了。"

"怎么是空的？"甫银惊异地问。

"都让那帮老娘们儿舀走了，嘿嘿。"

"你的心可真大，"甫银愤愤地说，"那獾油比金子可都金贵，你怎么不拦住？真是一个败家子儿。"

"你这么说我可不高兴了，因为在我的眼里，它一钱都不值。"

"你怎么这么说话？简直就是一个二百五，一点儿也不知道深浅。"

"你非要我知道深浅，那么我索性就跟你实话实说，"天双很顽劣地一笑，说道，"我小时候掉到粥锅里，腰和屁股都烫了，你怎么不想着弄点儿獾油来？既然我已经落了满身的疤瘌，獾油对我又有什么用？所以谁爱舀就舀，那是身外之物。"

10 雄雉

从捕到猪獾的那天起，天双的捕猎生涯就算是正式开始了。

他捕了猪獾捕狗獾，还延伸到野兔、山羊和狍子、麂子。至于松鼠、麻雀，他已经打得手到擒来，枪管上每天都能挂上一大串。到了后来，他盯上了鸽子、斑鸠和野鸡，那都是飞禽中的上品，肉多、鲜嫩，还有奇香。

对郑秋兰来说，每天都是好日子。

有一天，他爬到了村里的最高峰——南坡尖。为什么叫南坡尖？因为这座大山只有从南面才能爬上去，而北面壁立，是悬崖。山顶上孤零零地立着一块柱状的石头，下粗上细，从远处看，像个刀尖儿。他倚在柱石上想歇一歇，就听到头顶传来一声咯叫。他仰头一看，就跟一只珍禽打了一个照面。那是一只雄雉，顶冠赤红、肥大，身上的羽毛五彩缤纷，异常华美，特别是它的尾翼，很长，有金子一样的幽光。或许是没怎么见过人，它也不惊慌，从容地与人对视。它的眼珠呈绿色，像两粒硕大的绿豆，因为圆得饱满，转动起来滴溜溜的，与美妇人弄情撩人相仿佛。

他被击中了，呆呆地看着它。

雄雉懒洋洋地扇动了一下翅膀，就看到那翅膀大得如盖，豪华得惊心动魄。如果割下来，一只翅膀就是一柄完整的团扇，如果用它扇一下人的脸面，卑贱的人，也会生出膨大的野心。这想法刚一出现，天双立刻就觉得自己真的很卑贱，因为面对这么美丽的天物，他居然想到了割，想到了实用。

如果雄雉此时飞走了，他也就甘心了，因为美丽的天物与俗人无关，他得敬而远之。但是它就兀立在那里不动，疑似轻蔑，便给了他庸俗下去的理由。

雄雉是雅称，俗称不过是野鸡，一想到野鸡的称谓，他的心立刻就现实了许多。雄雉不过是鸡公，完整的翅羽可以当扇，零散的羽毛可以粘掸子，身上的肉可以吃，是难得的美味。喊，既然你是鸡，就没必要那么高傲，趁我还没动凡心之前，赶紧飞，既拯救你自己，也拯救我这个人。

然而它还是不飞，还在那里望着他叫。这个叫声真是俗气，跟普通的公鸡没什么两样。那么我就不客气了，他抬手就

给了它一枪。随着枪声，它霍地跃起，在头顶的天空，奋力翱翔。说翱翔是个夸张的说法，充其量不过是一种被迫的盘旋，因为它身上彩色的羽毛随着翅膀的扇动，纷纷地零落。还有血液飞迸而出，像被风吹落的雨点，滴落在天双仰望的脸上。

它被击中了。

它的翅膀扇动得越来越慢，愈来愈艰难。它好像还想落回原来的那块柱石，但临近了，却猛地震动了一下翅膀，瞬间就改变了方向，朝悬崖处扎下去了。天双临崖一眺，看到它落在几十米处的一棵山杏树上，最后扑棱了几下，不动了。

天双明白了，枪击让它迷惘，生命之痛让它醒悟，即便是死了，也不能落在这个人手里，因为他险恶，不尊重大地道德。

天双坐在崖际，呆呆地看着它，心里一会儿冷一会儿热，心情很复杂。"他妈的，它气性可真大！"他苦笑。

坐到感觉阴沉而麻木，他站起身来。既然拿它没办法，我只能回了。但走了数十步，他又停下了。因为他突然想起了他出来打猎的意图，就是为了孕妇的食补。郑秋兰吃了那么多的禽肉、兽肉，很争气，身子越来越肥，肥得类似精壮。别看她身子那么膨大，但就是不显肚子。村里的妇人都说，她一定会给他生个儿子，因为在生养上有讲究：孕女出怀，胎男敛腹。

是啊，为什么我今天凭空就遇到了一只稀奇的雄雉？莫不是一个天地的暗示，是有杰出男儿问世的征兆？肯定是的。那么我就不能把它放在那里，一定要把它捡回来。否则就是愧对天赐，浪费机缘，将来会门风不盛的。

他疾步回到原处，往悬崖下探了探身子。就觉得大脑充血，一阵晕眩，眼前黑了一下。他害怕了。

他愣愣地站在那里，想到了从悬崖上飞翔而下的旺儿。记得旺儿跟他说过，他每天在悬崖边上走，心里总是装着恐惧。然而他的恐惧不是来自跌下去本身，而是恐惧在随时有可能跌下去而又不知什么时候跌下去的恐惧中。最后他终于还是跌下去了，嘿嘿，那是因为他天天在悬崖边上走，不耐烦了，有点儿为了获得解脱，自己让自己跌下去的意思。而此时天双面对悬崖，只是"这一次"，不仅有充足的体力和耐心，而且是为了"获取"，只要加了十二分小心，未必就会跌下去。

未必就是不会。因为"获取"和"放弃"，其背后，究竟是有不同的心力做支撑，一个是要活着得到，一个是活着没意思。况且，悬崖下的雄雉，是他生子的桃符，是神谕，便一定会得到老天的护佑。

因此天双有了定力，他不怕了。

正好还背着捕兽的套索，便捆在柱石之上，然后缚于腰际，攀岩而下。由于俯身岩石，不张目于身后的虚空，他反而不晕眩了。他的意志更加坚定，胆子也大了起来。然而他忘了，捕兽的套索是短的，下到离那棵山杏树还有一段距离的时候，绳子到头了。他脑子轰的一声，呼吸立刻就急促得令人窒息。好像山体这时也摇晃起来，他本能地合上眼睛，喊了一声："完了！"

待心情平定之后，他强迫自己睁开眼，往后一看，他停下的位置，离那棵山杏树其实距离很短，不过三五米的样子，是一个即将到达又不能到达的境地。老天他真会折磨人，还给了一个巨大的嘲讽，他忍不住哈哈大笑。在笑声中，他分明看见，那棵山杏树晃悠了一下，那只雄雉也从上一枝树杈落到下一枝树杈。如果继续晃悠，肯定就会落到深渊里去了。

风来得真不是时候。

在即将失去和尚未失去的节点上，天双没有了掂量的时间，他叹了一声："旺儿，我懂你了。"便解开身上的绳索，毅然决然地徒手往下攀缘。旺儿的临终飞翔是在被迫和自愿之间，因为他没有别的选择；眼下他的选择，也是在被迫和自觉之间，因为不忍失去。他和旺儿生死接引，有了蔑视的力量。

他终于得到了那只雄雉。

为了方便向上攀缘，他脱掉长裤捻成绳状，把猎物捆在腰间。攀到快要接近那条悬垂的绳索的时候，明明攀缘的岩石有很坚硬的质地，却一下子酥裂了，就要下滑的一瞬间，他用双膝紧紧地夹住了山体，虽然刺痛与撕裂，但究竟是止住了跌势。

到了崖顶，巨大的恐惧扑面而来，他仰瘫在地，昏过去了。

醒来时，他感到双膝锥痛。上眼一看，两只内膝皮开肉绽，赫然露出白骨。明明是破裂，却不见淌血，而是真切地看到皮下有一层白色的脂肪。旺儿很纳闷，整天喝稀粥、啃窝头，精瘦的腿子里居然还有油水。不过，迷惑是短暂的，他很快就找到了答案："这说明我史天双身体强壮，注定是为揍儿子而来。"

由于疼痛，下山时他一瘸一拐。快到家了，他觉得这个走法太丢人现眼，便命令自己："好好走。"一有了命令，他居然走得很正常、很稳健，好像根本就没受伤一样。

进了家门，他爹甫银就站在当院，看到他枪筒子上挂着的那只撩人的雄雉，摇摇头："天双，你还真牛逼，我打了这么多年的猎，总也打不到它，可你小子一下子就打到了，你是不是有意寒碜你爹？"

天双说："你歇菜吧，你也配？"

因为经历了疼痛、经历了生死，他懒得显摆了。

他径直进了自己的屋子。以为郑秋兰见了这华美的雄雉，一定会大呼小叫，没想到她很平静地看了一眼，毫无表情地说道："你回来了。"

天双心里一冷，这个女人真是不一般，见到什么稀罕物也不奇怪，便把雄雉狠狠地掷在地上："郑秋兰，你给我听好了，你必须给我生儿子。"

摔完雄雉，他的腿兀然大痛，便对郑秋兰命令道："咱家的紫药水呢，给我找出来。"

他用紫药水涂抹伤口的时候，郑秋兰看到了他的惨状，吃了一惊："你这是怎么了？"

天双没好气地说："你甭管。"

不仅郑秋兰问不出多余的话，出了门，他也从来不把自己的惊险经历对别人说。好像雄雉所得，不过是它偶然就撞到了他的枪口之上，是老天爷的格外赐予，是他应有的福分。

在天双看来，风光就让它风光，千万别让人知道背后的东西，作为男人，就得这样。

11 别有用心的关怀

郑秋兰知道，天双为她所做的一切，不是冲着她这个人，而是她肚子里的婴儿——是别有用心的关怀。所以，即便是他给她打来那么多珍禽、给她捕来那么多奇兽，她吃到嘴里，也都是一个味道。虽然他很辛苦，而且伤到露骨，但她也不心疼，也不惊异，因为别有用心，这一切，都没有分量。

相反，她自己陡升压力，孕育期间，加了十二个小心。

因为这个山村，没有一处平坦，不仅梁峁上陡峭，村街的路也坎坷，随时都会让人跌倒。天双的用心，让郑秋兰觉得她已经失去了跌倒的权利，她必须护胎。于是她大门不出、二门不迈，吃了睡、睡了吃，那个膨大的身子愈加膨大。村子里的婶子大娘见了她，不免为她发愁。"秋兰啊，你越是怀着孩子，你越是要活动，不然，不好生养，会遭大罪。"听着这善

意的提醒，她也不接茬儿，只是平淡地笑笑。她心里说，不好生养，没关系，多出来的疼痛只属于她自己，可以忍；要是胎儿有了什么闪失，就不好办了，男人失望，还不饶恕，她无处可忍。

但身子膨大，体质虚弱，她肠胃不和，怕冷怕热，经常闹病，不是拉肚子就是感冒发烧，不得不经常到村里的诊所去，开各种药。说是诊所，不过是一户农家，农家的主妇当过赤脚医生，虽然世事变化她现在已没了这种身份，但她顺势当了村医，备了常见药物、小型器械，服务乡里。她家的摆设跟别家不同，半壁药柜、半壁食橱，屋里的气味也特别，药水味儿和饭菜味儿掺和在一起。郑秋兰就爱闻这种味道，身体一不舒服，她抬腿就去。这个住户本人对她也有一种吸引。她叫史双兰，虽然已经到了四十几岁的年纪，但面白无皱，腰身也柔软，走路有风姿。她爱笑，表情妩媚，与人说话从不弄高声，一点儿村妇的影子都没有。这也难怪，在以往的那个年代，能够被选上做赤脚医生，一定既聪明又美。美人走进岁月，又一直行医不干庄稼活儿，必然会风韵犹存。

有一天郑秋兰脑子里突然冒出了一个念头：我为什么老闹病，是因为愿意上这里来。你看，她叫双兰，我叫秋兰，就一如俗语所说，鱼找鱼、虾找虾、乌龟找王八，兰必定要找兰。

所以孕期身重，又闹病，放在别的妇人身上，肯定不耐烦，但郑秋兰却不以为苦。

事实上，史双兰也喜欢郑秋兰，因为后者胖得喜兴，脾气又直，人也憨厚，虽然也上过学，但还是依本性说话做事。她们在一起叽叽喳喳、嘻嘻哈哈，有说不完的话。按辈分，郑秋兰应该管史双兰叫婶子，但因为投脾气，后者执意让前者叫姐姐，并说："谁那么不开眼，凭空给自己找个祖宗，连说个话都不方便。"

所以有一天郑秋兰笑吟吟地对村医说："双兰姐，也奇怪了，吃了你这么多药，拉肚子的病也不除根儿，感冒也老不好，你是不是卖假药的？"

"别瞎说，"双兰也一笑，"我实话告诉你说，你之所以老不见好，是因为药力不够。药力大的，都写着'孕妇忌服'，你们家天双又那么在乎你的肚子，我不能害了你，所以选药的时候，只好给你开一些温性的、良性的。"

郑秋兰说："双兰姐，你这人真好，不过，不能药到病除，我的心情就不好，我的心情一不好，是不是也影响胎儿发育？"

双兰说："那自然，不过也没你想得那么严重。"

郑秋兰想了想，说："双兰姐，你还是给我开点药力大的吧，因为我的病一不好，身子就犯懒，就懒得给天双正经做饭，他一吃不上顺口的饭，就对我冷。再说了，咱村里那么多孕妇，不也是不管不顾地打针、吃药，也没见她们有什么不

好，怎么一到了我这儿，就那么多忌讳？”

双兰说："你跟她们不同，因为你娇气。”

郑秋兰说："我这么壮实的身子，哪里写着娇气呢？”

双兰说："你那是虚胖，骨子里阴阳全虚。另外，你是嫁过来的，也跟她们没法比——她们是本地人，从小就服水土，可以生冷不忌。”

郑秋兰说："即便是嫁过来的，我们那里也是山地，都是石头碰石头，能有什么不同？”

双兰说："即便同样是山，山与山还是不同，这里是花岗岩，而你们那里是石灰岩。花岗岩拿大锤打都不裂缝，石灰岩拿水一浇就酥，且不一样呢。”

郑秋兰问："那跟人有什么关系？”

双兰答道："肯定有关系，你没听人说，山性即是人性，因为石头就是山的骨头，土就是山的皮肉，泉水就是山的血液，草木就是山的毛发。”

郑秋兰愣了一下，说道："你这么云山雾罩、五迷三道的，我怎么看你不像个大夫，倒像个巫婆。”

双兰一改原来的温雅，哈哈一笑："你说得也对，你没听人说，十医九巫，一个好大夫，总也得有一些精神疗法。”

对话到最后，双兰也妥协了，因为她也有了活思想，理论上的禁忌到底不是实际上的效果，而且这么多年她也没见过吃错药的。再说，既然患者有要求，如果还一味自我坚持，会让友谊生出间隙，就不亲了。"秋兰，你如果非想吃药力大的药，也成，不过，你得征求一下天双的意见，我可不想落下埋怨。"

"我自己吃什么药还得征求他的意见，我在这个家里还有没有点儿地位？人家怀孕生孩子，是涨行市，怎么到了我这里，反倒灰溜溜的了，真扫兴。"郑秋兰气咻咻地说。

双兰含笑不语。

郑秋兰话虽然这么说了，到了家里，还是笑着征求天双的意见。

"有病吃药，这是天经地义的事儿，哪儿那么多忌讳？"天双想也没想，顺口就说道，"咱村里那么多孕妇，不也是不管不顾地打针、吃药，也没见她们有什么不好，怎么一到了咱们这儿，就这么多事儿了？"

这跟自己说的几乎是一模一样，郑秋兰一笑："这可是你说的。"

12 不一样的产儿

都过预产期一个月了，郑秋兰也没有动静。

她很着急，找到史双兰。双兰告诉她，因为你过于珍惜身子，太懒，脂肪都挤走了胎水，所以你赶紧去运动，多走些山路，甚至可以蹦，可以跳，把婴儿抖落下来。

要是别的妇人这么说，郑秋兰一点儿也不会吃惊，但说话的人是大夫，就让她不理解了："双兰姐，你怎么不像是个大夫，反倒跟一般的婆娘没什么两样。"

双兰说："生孩子不过是把肚子里的重东西甩出来，怎么甩？无非是多走、多蹦、多跳，没什么深奥、复杂的东西，所以跟她们一样，一点儿也不奇怪。"

既然是这样，她就不停地走、蹦、跳，脸上总是洇着一层白毛汗。

该活动的时候，她懒；该稳胎的时候，她却剧烈运动，村里人都觉得她不正常，个别人还私下里预言，闹不好她会生出个怪胎。

终于在一个夜半，她迎来了产前的阵痛。天双赶紧把史双兰从被窝里叫起，给她接生。

史双兰除了提着药箱之外，还提着一个沉重的布口袋。

天双见了这阵势，不禁愣了一下。

双兰把炕席揭开，把布口袋里的东西倒在上面，原来她拿来的是山里人常见的绵绵土。这种土，是三过筛得来的：一是把收集到的灶灰过筛，一是把向阳的老墙皮刮下、捣碎，过筛，一是把大树底下的腐殖质挖出、晾干、过筛，然后掺和在一起。因为细得精密、温暖、柔软，所以叫绵绵土。

撒过一层绵绵土之后，双兰让天双把产妇抱过来，放在上面。

郑秋兰太沉了，天双很吃力，所以他不免抱怨："本以为接生是用纱布和药棉花，却用一层土，你还讲不讲卫生？"

"是你接生还是我接生？"温雅的双兰这时很不客气，"生孩子可不就是生出来一个小人儿，是大量的流血，这绵绵土软和、暖和，能大量吸血，既让产妇待得舒服，又不见血光，免去了恐惧，就生得顺利。你以为我舍不得那点儿纱布和药棉花？你心里怎么这么阴暗，出去出去！"

双兰之所以这么不客气，一是感到委屈。她不辞辛苦、一点儿一点儿攒下来这么多绵绵土，费的是心力，不是钱所能衡量的。二是感到厌恶。因为她来得急，她穿着睡衣就出来了，嫩白的胳膊、腴白的大腿就袒露在人眼前，而天双不专心地忙活产妇，而是贪婪地往她身上瞟，让她觉得这个男人好色，不是什么正经的东西。

她把不正经男人赶出去之后，就专心忙活产妇。

这个郑秋兰太肥了，也太娇气了，产缝开得很慢，不停地尖声嚎叫，像被杀的猪一样。双兰很反感，对她也不客气了："你能不能忍着点儿，村里的妇人哪个没生过孩子？没有一个像你一样，让她们听见了，会怎么想？"

郑秋兰也觉得丢人，就强迫自己咬紧了牙关。她嘴里呜呜哝哝，身上抖抖颤颤，弄得双兰很恐怖、很紧张，不住地暗喊爹娘，费尽了全身力气，终于从这个胖大的身子里鼓捣出一个小人——婴儿真是小，小到比一只松鼠的体量大不了多少。上眼一看，她不禁大吃一惊，惊的不是过于小，而是婴儿有赫然的唇裂，像松鼠一样，有三片嘴。

婴儿嘹亮地啼哭起来。躺在炕上的郑秋兰说："双兰姐，听孩子的哭声，肯定是个男孩儿。"

双兰也不接话，迅速地做好产后处理，转身就走出了屋门。天双迎上来问："是男孩儿还是女孩儿？"

双兰冷冷地说:"你自己去看。"

她疾速地走去,连头都不敢回,类似躲避灾祸,要快点逃。那两口子如果看到了婴儿的样子,肯定会心碎,也肯定会追问,她既不忍看人悲,也不知如何作答,只能躲避。而且,她本能地感到,这种结果的出现,肯定与"孕妇忌服"有关。自己因友情而心软,没恪尽职守,她是有过错的。回到家里,把自己扔到炕上,蒙上被子偷偷流泪。泪流过,她的心就硬了,告诫自己,再出门的时候,她什么都不要说,要让人觉得,这不过是天意而已。

天双兴冲冲地跨进产房,直奔那个传出哭声的襁褓,急切地扒开包裹查看性别,忍不住大喊:"郑秋兰,你真的了不起,果然给我生了个带把儿的!"

"快给我抱过来,让我看看。"郑秋兰说。

婴儿抱到了面前,她却没有发出欢快的叫声,她眼尖,一下子就看到了婴儿的脸——看到了松鼠一般的唇裂,她愣在了那里。她的表情,像是一个指引或提醒,让天双的目光也落在了婴儿的脸上。

天双大惊:"郑秋兰,你他妈的给我生了个什么玩意儿!"

一声"他妈的",让郑秋兰残存的一点温柔(毕竟是做了母亲嘛)和最后的一丝企望彻底破灭了,她一下子像掉进冰窖里,从里到外透出了一股"冷"。她团缩了身子,扭过脸

去，任男人大呼小叫，一声也不吭。

本来儿媳妇坐月子，公公是不能奔前的，但这里的异动，还是把甫银引来。但当他看到了襁褓里的那个东西，反应却没有天双那么激烈，只是沉闷地"哼"了一声，转身就走。

不久，门外就传来一阵摔东西的声音。

天双知道，那是在摔他呢。

随着一地破碎，郑秋兰的心也破碎了，她忍不住哭出声来。

这时候，如果男人安慰一下，她可就真的惭愧了，却没想到天双劈头就扔过来一句极其生冷的话："我真就纳闷了，明明是你坏了大家的念想，却还有脸哭？"

怎么？我怀着美好期待，经受了千辛万苦，到头来却成了罪人，竟然连哭的权利都没有了，这是哪儿的道理？一瞬间，她的心硬了，立刻就找到了自己的位置：对，我干什么要哭？该尽的义务我已经尽到了，所以我是无辜的。

当天双毫不悲悯、毫不知趣，继续斥责、发泄的时候，郑秋兰冷冷地说了一句："你就歇菜吧，难道你就不想想，这是老天在报应？因为你，不，你们家杀生太多，造下孽了。"

造孽和报应之说，对山里人来说，是最不可承受的说法，疑似确认你是天下孽类，理该天打雷劈，而现在的惩罚，已经是重中之轻了。天双便被激怒了，挥拳就打在郑秋兰的脸上、身上，且不可收束，雨点一样密集。怨毒的发泄往往是一不做二不休的，因为理智是痛苦，蛮浑才可忘忧。郑秋兰也不躲闪，更不反抗，只是不住地冷笑。

这反倒让天双不知所措，他逃出屋去。

他爹甫银就站在院里，好像预期的等待："嘿嘿，你是不是拿她出气了？"

"他妈的，她还是人吗？明明是她生下来一个残孩子，可她竟然说是因为咱们杀生太多造下孽了，招来老天报应，所以我必须收拾她。"

"她说得没错，我也是这么寻思的，"甫银猛地阴下脸去，竟说道，"你这人就是没脑子，你以为我不打猎了，真是因为村里人眼红、嫉妒？我就是因为有了杀生的忌讳，怕遭报应，才收手的。你可倒好，竟然暴打产妇，这是孽上加孽，你的罪过大了。"

天双一愣："你可别吓唬我。"

甫银说："你是我儿子，我吓唬你干吗？是提醒你，别再无事生非撒气使性了，你要认命，静下心来妥善处理。"

"那我应该怎么办？"

"这一呢，你要善待你媳妇，她是孩子的母亲，受的打击比你要大；这二呢，家丑不可外扬，你不要满世界嚷嚷，要偷偷地把孩子养大，兴许他的嘴唇会慢慢地自己长上。"

13 儿子，咱们娘儿俩没缘分

依乡下的风俗，谁家有了添丁进口的事，街坊邻居都要上门探望。但天双家却把人挡在门外。给出的理由，是郑秋兰得了产后风，怕冷、怕风、怕光，还怕人声，忌惮被打扰。

一般前来探望的，都是婆娘，她们很不解，郑秋兰那么肥壮的身子，怎么会得产后风？她们也都是生过孩子的，知道土地上的女人因为平日里就经历风吹雨打，都皮实得很，横竖也得不了这种病，除非城里的阔太太、娇小姐。

她们本能地就质疑，纷纷去找史双兰问个究竟。

史双兰说："她的确得了产后风，不便探望。你们也别不信，她怀孕的时候，把自己当成了城里的阔太太、娇小姐，整天自己对自己宠着、惯着、懒着，别看她身块很大，那是虚胖，其实她既阴虚也阳虚，产期特别容易得病，这是很自然的。"

"既然是这样，不探望就不探望，不过这也好，既不缺理，反而还省了。"婆娘们坦然地提着手里的东西，回家了。

送她们出门，望着她们渐行渐远的背影，双兰摇摇头。因为她知道，她们探病提的东西都是坐月子用的稀罕物，是红糖、鸡蛋、挂面、小米、大枣、奶粉、麦乳精之类，平常连自己都舍不得享用，往出拿的时候都隐隐地不情愿。这也不能怨她们，生活在穷乡僻壤的人，就是这样的生活格局，维持情面的背后，都是血汗和心痛。哎，这个倒霉的郑秋兰，用自己的痛苦，给了婆娘们一个意外的成全。

双兰久久地站在那里，虽然为郑秋兰感到有些惋惜，但更觉得有些对不起这些朴实的婆娘。因为自己毫不犹豫地就配合了产妇家的说法，这是连她自己都没想到的。应付过去之后，她明白了，是因为自己早就埋下了的"过错"的意识，是本能的开脱，既为郑秋兰，也为她自己。

她的心有些乱。

那对夫妇不过是急中生智，编了那么一个理由，但这也不过是一点儿小智慧，不耐久，因为婴儿就摆在那里，早晚要抱到阳光之下。再说，夫妇之间也会内起烽火，埋怨、指责、反抗、分辩，不能克制地吵和闹，一样会把真相泄露出来。

她后悔跟郑秋兰走得那么近，因为将来乡场上要发生的议论，她不可避免地要成为其中的主角之一。然而在她的药箱里，没有后悔这味药，既然没有这味药，反倒简单了——就一如无药可治的病只能扛着、忍着一样，对不能左右的事，只能走着瞧。

"又不是我生的孩子，我干吗要心烦意乱？"她反问了自己一句之后，扭扭地走进了自家的庭院。她的腰肢真是柔软，她的步态真是妩媚，那一派风情，让无言的山峦有灵、让灰暗的乡村有光。所以，她不会被怪罪。

奇怪的，那个当事的家庭也没有双兰想象中的动静。

甫银的提醒，让天双敛性。他做了一碗鸡蛋汤，端给团在炕上的产妇："你趁热把它喝了吧。"

热腾腾的香气，掺杂着醒神的葱花味儿，让虚空的胃不知羞耻地开放，胃的牵动，让郑秋兰一下就坐了起来："你是让我喝吗，我还有这个资格？"

"你没资格谁有资格？你究竟是过了一次鬼门关的人。"天双心里没有表情，但脸上却堆出了表情，疑似真诚的关切。

郑秋兰接过碗去，一气就把鸡蛋汤喝光了，然后把碗往天双眼前一推："再来一碗。"

第二碗鸡蛋汤也是转眼就喝光了，郑秋兰托着空碗看天双的脸色，决定是不是要第三碗。天双心中惊异，因为两碗鸡蛋汤下肚，整个过程，她没有弄出一点啜吸的声音，真不知道她是怎么喝下去的，看来，她整个人，真是完全空了。

就又给她盛第三碗。盛上来之前，他用勺子刮了刮锅底，弄出一种很生硬的声音。郑秋兰知道，这是在提醒她，你不要一味地放纵，关心是有底线的。所以她喝第三碗的时候，一点一点地啜，类似边啜吸边思考后路——这是男人做出来的关心，是不情愿的情愿，这今后，只会越来越少。

喝过鸡蛋汤之后，她对天双说："你出去吧，我累，想睡会儿。"

不等天双应承，她脸朝内，兀自就躺倒了。久久不见动静，以为天双已经出去了，就把一直压抑着的悲痛朝外释放，忍不住地呜咽。

"你就别哭了，再惊了奶（惊奶，是京西的说法，喻因悲痛和惊吓，乳腺封闭而不能分泌），看你拿什么喂。"男人不仅没走，还送上一句在行的安慰，郑秋兰且惊且恨，薅过棉被蒙上了脸。棉被是厚土，她钻进地缝里去了。

因为不被尊重，所以要刚强；到底是妇人，刚强还是掩不住脆弱；脆弱如果独自吞咽也是好的，却被男人看见，便恨了。

天双知趣地走出屋去，在庭院里反复走动。"我怎么这么倒霉？"这个念头一冒出来，就忍不住落泪。原来他也脆弱，怨恨别人是没有用的。

郑秋兰在"地缝"里钻了一个时辰，好像黑暗到了尽头也有了光亮，她竟然生出了一个明确的念头：男人看女人，看重的是她的相貌，这是固有的习性，不独独是天双。那么，天双对她的厌弃，便情有可原。不可原谅的，反而是她自己，自己长得丑陋也就算了，偏偏又生下来一个相貌不全的孩子，这是丑陋之上的丑陋，这怎么让男人承受？即便他强迫自己承受，也是一时之举——此时承受了，彼时未必能够承受；现在承受了，将来未必还承受——这是肯定的，所以为了根除后患，她必须早拿主意。

她钻出被窝，愣愣地看着身边的婴儿。

婴儿虽然一直被遗弃在一边，但他不哭不闹睡得很熟。

好像知道有人注视着他，他睁开了眼睛，还咧嘴一笑。这笑刺痛了郑秋兰。由于唇裂，牙床大面积暴露，黑紫黑紫的，没有一点新鲜颜色。只是舌头鲜红，在里边不停蠕动。

郑秋兰试着把乳头塞进他的嘴里，立刻就感到了用力的吸吮。虽然悲痛，虽然掩泣，奶却没惊，奶水汩汩的，即便不用力吸吮，奶水自己就往婴儿的嘴里喷射。所以婴儿吃呛了，不得不停下来，忍不住地咳喘。

咳喘刚一平息，婴儿又抓住母亲的乳房，再用力吸吮。好像他已经知道了如何对付这喷涌而出的热流，加快了吞咽的节奏，就很顺畅了。

咕哝咕哝。

母乳丰沛。

婴儿贪婪。

郑秋兰再一次热泪横流。儿子，你和你的母亲都是那么没心没肺、恬不知耻。接下来，咱们娘儿俩该怎么办呢?

内心的焦虑，再加上产期的虚弱，郑秋兰感冒了。她鼻塞，发烧，浑身酸痛，连翻身都困难。即便是这样，她的胃不感冒，还有吃喝的胃口，天双端上来的营养食物，她依然能贪婪地吞下。不知为了什么，天双看着她的吃相，在一旁怪怪地笑。

这种笑，让她刺痛，接下来，她就不吃不喝了。无论天双怎么好言劝慰，她就是不动碗筷。天双说:"吃东西是为了自己，你没必要跟别人使气。"郑秋兰说:"我有什么资格跟你使气?我得了很重的感冒，嗓子眼儿都肿了，什么也咽不下去。"

其实她已经生出了一个自救的念头:这个婴儿不能活下去，他的残疾加上我的丑，在家庭里会招来没完没了的厌弃，所以我必须借机断奶。几天不吃不喝，以为就会断了奶水，就会理所当然地免去对婴儿的哺乳，但她一撩开衣襟，乳头自己就往外溢奶。她心里一顿，恶狠狠地朝虚空里挤，试图把自己腾空。奶香吸引婴儿，婴儿踢腾着四肢，发出啊啊的声音。郑秋兰心中一软，赶紧把乳头塞进婴儿的嘴里。婴儿吸得她心

里痒，鼻塞就加重了。这让她又有了一个主意，既然不能饿，就让他病，或许就能得到预期的解脱。

她不仅不再吃喝，也把治感冒的药偷偷扔掉了，还趁天双出门的时候，走到庭院的风口处。她的感冒便越来越重，高烧不退，连说话都困难。她躺在炕上，紧紧地抱着那个婴儿，让天双感到，因为病重，对孩子她更加依恋。

不久，孩子也感冒了，浑身滚烫，连呼吸都困难。

母子都病着，按理说天双应该着急，赶紧把史双兰请过来，做一番有效的救治，但天双好像不懂事理，觉得这不过就是个感冒而已，没必要大惊小怪，便只是拧了两条冷毛巾分别敷在母子的头上，敷了很长时间也不给更换，所以看着是关切，其实是敷衍。郑秋兰马上醒悟了，其实男人也有解脱之心，只不过不愿意亲自动手，好在日后能把责任推卸给别人。

这个男人真是恶毒啊！

郑秋兰的心冷了，也硬了："儿子，咱们娘儿俩没缘分，你可千万别怨我。"她在心中念叨了一句，便更坚定了把事情做完的决心。

她不吃药，也不给孩子喂药，就那样躺在一起。因为感同身受、休戚与共，郑秋兰心里没有愧疚，她对儿子说："咱娘儿俩一起抗一抗命运，如果你能熬过去这一关，我就认命，心甘情愿地把你养大；如果你熬不过去，就放心地走，省得看别人的白眼儿。"

后来她烧糊涂了，临昏迷之前，又用力搂了搂婴儿。

等她从昏迷中醒来，第一眼看到的竟是村医史双兰。史双兰冷冷地说："你醒了？"

她本能地朝身边看看，发现是空的："孩子呢？"

"让天双抱出去，找地方埋了。"

"怎么，他死了？"

"他高烧不退引发肺炎，肺炎引起痰堵，痰堵引发窒息，既是意外也属于自然死亡，所以你不必伤心，更不必自责。"史双兰说得是那么专业、那么平静，一点儿感情色彩都没有。

郑秋兰哇的一声大哭，无论史双兰怎么劝也不休止，弄得村医很不耐烦，冷冷地说："得了，得了，哭两声装装样子就得了，还弄得跟真的似的。"

平时很温婉的一个女人，此时居然变得这么冷酷，让郑秋兰很是吃惊："你怎么这么说话？"

史双兰冷冷地一笑："难道这不是你想要的？"

"你混蛋！"郑秋兰愤怒地说，"这是你们想要的！"

史双兰赶紧捂上她的嘴："这种话你在屋里说说也就算了，出了门可别乱说。"

这一点化，让郑秋兰冷静了许多，她呆呆地望着双兰。

史双兰从药箱里拿出来一盒药，挤出几粒托在手心，然后

用另一只手倒了一杯白开水，端给郑秋兰："这是新出来的感冒药，康泰克，你赶紧把它吃了，别真的把自己弄死了。"

"死了倒好。"郑秋兰说。

"你不能死，要好好活着，"史双兰挑了挑眉毛，带有温度地笑了笑，"你家男人是什么东西你是知道的，你只有好好地活着，才有机会折磨他。"

这笑容，是熟悉而好看的模样，这话语，也说得私密而贴心。郑秋兰很是迷惘，这个双兰姐，既妖媚，又冰冷，既友善，又恶毒，真是让人不好揣摩。

不过，她还是乖乖地把药接过来，扔进嘴里。

因为她隐隐地感到，就是这样的一个女人，在将来的日子里，很可能是她郑秋兰生活中唯一的依靠。

14 破罐子破摔

孩子死了，在当事人眼里，感觉很是严重，因为它不仅因孕育之苦而嵌入骨肉，也跟人的良心有关。

但是在村里人那里，却没有什么反应。因为就乡下的生活条件来说，婴儿夭折的事常有发生，便不以为怪，甚至是无足轻重。

天双抱着死孩子在山梁上转了一圈，最后在山的中腰，把他埋了。他对埋死孩子这件事本身很满意，因为这个地方占尽了风水，让他心里有光。那里有一个口向东的天然石洞，小小的，正好能放进孩子的遗体。他用山石很精心地给石洞垒上封墙，有很严实的感觉。他觉得，这孩子摊上他这么一个父亲，是他的福气。你看，他安息的这个地方，背靠大山，面向朝阳，既有靠山，又有前途，喻示着他有风光的来世。而且，他

身居洞穴，风吹不着，雨淋不着，无被外界侵扰之忧。

所以，即便是在当事人那里，把事情看得严重的，也只有郑秋兰。

天双从山上下来，也不向伤心的妻子问痛痒，只顾着兴冲冲地说："你就放心吧，我给他寻了一处好地界，他应该知足。"

郑秋兰一愣，生气地说："你就损吧。"

天双像热脸皮上被猝然泼上了一瓢凉水，也没好气地说："你这是怎么说话呢？是他自己寿命短，跟我有什么关系？"

"有没有关系，你心里清楚。"郑秋兰说。

"你可别没事生事，这对咱们谁都不好。"天双提醒道。

这类似暗示，意思是说，要说损，咱们是损在一起的，最好是把事儿烂在肚子里，什么也别说。

郑秋兰心里刺痛了一下："我懒得理你。"

天双上前抓住了她的一条胳膊，涎笑着说："秋兰，你要想开点儿，他就是一只烂柿子，好在没砸在咱们手里，这未必不是一件好事儿。再说了，有我在，你还担心没孩子？还不是要几个有几个？"

郑秋兰觉得他真是不知羞耻，便把胳膊从他手里挣脱出来："哼，你想都甭想。"

这之后，她没心思做饭，整天木在屋里。天双谨记住他父亲甫银说过的话，不想再在她的伤口上撒盐，所以收工回来，即便是很累，也硬着头皮下厨房。饭菜得了，他盛给郑秋兰。郑秋兰也不动筷子，只是愣愣地看着天双咀嚼。

天双好像也瘦了，嚼食物的时候，咬颊居然发出声响，额头上的青筋也绽露得明显，更可笑的是，喝粥的时候，竟从嘴角往下漏饭粒，跟中风后遗症有些相仿。

她有些被触动，所以在他催促自己吃饭的时候，她不忍出恶声，而是凄然一笑："你尽管吃你的吧，我还不饿，吃不下。"

等到天双睡下了，她翻出来冷饭，圪蹴在炕沿下，没命地吞食。多少天不正经吃东西了，她的胃是空的。但是她不愿意跟天双一起进食，觉得那是对死去婴儿的羞辱。

饥肠遇冷食，闹胃，躺在炕上，肚子里有一股股的凉气不停地翻滚。她疼得难以忍耐，也就顾不上那么多了，不停地放屁。

她羞愧难当，一下子认清了自己：我不过是一个粗俗的村妇，矜持的优雅不属于自己。

无足轻重的悲痛很快就过去了，郑秋兰又有了没皮没脸的笑。

一笑，就诱发闲情，夜幕笼罩的时候，天双把身子趋乎过来，想要跟郑秋兰做夫妻的事情。她断然拒绝，没好气地说："你想都甭想。"天双志在必得，便死磨硬泡，居然用手抓住女人的奶子，粗暴地揉搓。他认为，女人就是这种东西，虽然是

拒绝，其实是在等待，只要你毫不犹豫地揉搓，她会一边反抗着，一边把自己摊开。

没想到，郑秋兰的反抗却是坚定的，她使出浑身的力气掐他的手。天双锐痛，不得不撒开了手，女人趁机在他腰杆上踢了一脚，一脚把他踹开。

天双悻悻地说："既然是夫妻，又没有夫妻之实，这是哪儿的道理？"

郑秋兰也觉得这一脚踹得太重了，有些不忍，便调侃道："你实在憋得难受，就自己解决。"

天双说："我真正的目的不是为了自己，而是为了咱们种儿子。"

郑秋兰说："要真的是这样，你就省省吧。"

"为什么？"

"你再种出个三片嘴来，我可受不了。"

"那不过是凑巧了，凑巧了的事只能有一次，不可能再有一次。"

"这话你自己信吗？要知道，遭报应的事可由不得你自己，老天爷可没说饶恕你的话。"

这话戳到了天双的痛处："我打猎还不是为了你。"

"你爹他杀生的时候，我可还没进你们家门呢，所以你可千万别往我身上推，你们这叫作，自造孽，不可活。"

这是她听来的说法，很恰当地用对了地方。

"我最讨厌别人拿报应说事儿！"天双恼了，把整个身子压过来，"神鬼管不了活人的事儿，我现在就想干你，去去邪火。"

见天双压过来，郑秋兰怪怪地一笑，从容不迫地把腿踢过去。男人又被踢中了，呃了一声，便恼羞成怒，越过她的身子直奔头顶，薅住了她的头发，然后左右开弓狠狠地扇了她几个耳光。女人被扇急了，一经挣脱，就跳下炕去，去抄角落里的锄头。男人看出了她的意图，也赶紧跳下炕去，试图抢。但是已经晚了，女人已锄头在握，狠狠地抡过来。她不抡上部，因为他的胳膊表达着抢的动作，单抡下部，打在腰部和腿上。猝然的打击，让男人矮下身去，在就要跪倒的一瞬间，他揪住了女人的小腿，猛地把她掀翻在地。

两个人都翻倒在地上，所不同的是，一个是扑倒，一个是仰倒。他们都想先一步爬起来，占据进攻的优势地位。但爬起来之后，却都不想进攻了，因为两个人都浑身赤裸，一旦看在眼里，都顿生羞愧。这样的身子，本是用来亲热的，现在却用来斗殴，真不是一对正经夫妻。

女人的脑后被搓掉了一层皮，血洇出来，顺着发丝滴到地上。她察觉之后，竟用手抹了一把，然后把手摊在眼前，看着手心里的那一抹红，她嘿嘿一笑，对天双说道："这很好，对

你，我什么也不欠了。"

天双的膝盖上也洇着血，但只凝聚成两个大大的血珠，不往下流淌。他想站直了，却招来一阵刺痛，只好继续佝偻着身子。"你他妈的一个老娘们儿，怎么这么狠？"

两个人各自收拾各自的伤部，然后自己照顾着自己上了土炕，兀自忍痛，相安无事。

天亮出门，一个头上缠着一道白布，一个挂着一节木棍。

邻居看见，很是惊奇，问他们，好好的，怎么变成了这样？郑秋兰一笑，说："晚上下地解手，不小心磕在炕沿儿上了。"天双则咧一咧嘴，说："还能怎么？是让郑秋兰拿锄头打的。"

男女的心态不同：女人是觉得，这两口子过日子是冷暖自知，好与坏都得暗自承受，没必要道及外人，这叫要活得自尊、体面。男人则相反，他要暴露女人的不贤不惠、不尊不从，给人以恶妇的印象，以赢得同情，为自己的打骂造就理直气壮的理由。

天双的做法，进一步败坏了他们的夫妻关系。郑秋兰毫不犹豫地反抗天双的压迫：只要是怨怼，就辩驳；只要是斥骂，就还口；只要是动手，就还手。他们隔三岔五地就吵闹、就打骂，总能让村里人看到他们身上的伤痕。

天双变得蔫头耷脑、灰心丧气，而郑秋兰，一直是大大方方地在村街上行走，整天笑吟吟的，一点儿也不为日子发愁。

史双兰问她："你怎么会这样？"

郑秋兰说："这人一破罐子破摔，不存什么指望，就没什么可丧气的了。"

15 疯狂的捕猎

杀生过多，会遭报应，这只不过是民间的一种说法，谁能验证？而自家就正好生了个三片嘴的孩子，好像就成了一个验证。但这是凑巧，是一件很不确定的事，所以天双很是不服气。他坚定地认为，那是郑秋兰不愿意跟她做夫妻的事，而堂而皇之地找的一个借口。你长得那么丑，只有一个肥白的身子还可以供人享用，却不让享用，你怎么这么不是东西？他觉得这很不公平，为自己感到委屈。

其实，他给郑秋兰的，也正是"东西"的感觉。他不稀罕她这个人，毫不遮掩地就露出厌弃，却如狼似虎地稀罕她的身体，把她作为泄欲的工具。这对女人来说，也是不可接受的，唯有抗拒，才能找到一点儿尊严。

他们抱着各自的道理，僵在一起。

既然是杀生的事离间了他们夫妻，动物们便是有过错的，天双要向它们宣战，以发泄心中的郁闷。他白天出工，也背着猎枪，只要一发现目标，就扔下农具，持枪追击。每天收工的时候，他枪筒上都挂满了猎物。走在山路上，同伴们都远远地躲着他，觉得他身上有一股不祥之气。他居然喜欢被孤立，因为他心中自卑，没底气说话。

　　从堰田上回到庭院，他就更加落寞。吃过晚饭，他闲得难受，望着郑秋兰那膨大的身子发愁，觉得好囝地就那么荒芜着，实在可惜。便毅然动身，再到岭峁上去。清朗的夜色，正是獐麂、狍兔出没的氛围，他要用地夹和套索去捕，拿它们开心。

　　他捕到猎物之后，也学他父亲甫银的样子，把它倒挂在庭院的树上，活着扒皮。到了后来，他的技法比甫银娴熟，因为他用心研究，小畜的肌理、筋脉的结构、骨骼的连接，他都摸得一清二楚，所以能准确地下刀子，顺势而为，游刃有余。他是学过《庖丁解牛》这篇课文的，便分外得意，因为他跟庖丁一样，已经进入了一个自由的境界。

　　活畜到了他手里，起初也是叫的，但是一挂到树上，经他上手从头到脚摸一遍，居然就驯顺得无声。因为他纾解了它的筋络、打开了它的骨缝，就像被点了穴一样，僵硬的身子变得通体酥软，心甘情愿地等待着刀子。

这让甫银大为惊异，对他说："我跟你说过，我之所以罢手，就是因为有了杀生的忌讳，怕遭报应，可你不仅不听，反而当成了乐子，你真是二百五。"

天双说："也不是二百五，是因为心死，既然它们已经让我的孩子有了三片嘴，就不怕。再说，怕有什么用？它们要是成心跟你作对，横竖还是会给你三片嘴，不如你就狠下来，让它们怕你。"

野物的肉炖好了，就是香，所以天双一旦端上桌子，郑秋兰也毫不犹豫地伸筷子。她有自己的理由："我跟他是夫妻，是一根绳上的蚂蚱，真要是遭报应，我也跑不了，不如就吃它们的肉，报应来了，也不屈得慌。"

也是她怀孕的时候，野物之香让她的胃口有了记忆，她已经管不住自己的嘴了。

这就给了天双一点希望。

因为有村谚云：拿人的手短，吃人的嘴软。她郑秋兰既然喜欢吃自己打来的猎物，那么，到了一定时候，也就是丧子之痛，渐渐淡化之后，她一定会让我上她的身子。

他觉得应该把兽肉炖得更香一些，加速这个"时候"的到来，便用心研究炖的技艺。山里人炖肉，用的是就地取材的传统作料，葱、姜、蒜、花椒、辣椒、野蓟，等等。炖出的肉，基本是家常的味道。为了冲破家常，炖出异香，天双特意到山外的百货商场去，买来大料、桂皮、八角、孜然、香叶、咖喱、蚝油、豆豉、味精、鸡精、腐乳、酱油和胡椒粉等山里人基本不用的调料，在家里的橱柜上，放了一排坛坛罐罐。

这些调料自然能炖出新奇的味道，让郑秋兰吃得满脸的灿烂。

这种灿烂，疑似欢喜，天双说："郑秋兰，你看我对你多好，变着花样香乎你的嘴，让你高兴，你既然高兴了，是不是也让我高兴高兴？"

郑秋兰笑着说："你的那点儿心思，我其实早就知道，你是先套住我的胃，然后再套住我的身子，但是我要告诉你，你这是痴心妄想。"

天双说："你这么说就没劲了，两口子之间，干吗非用个'套'字？吃喜兴了，顺势干点儿喜兴的事儿，也是人之常情。"

郑秋兰说："既然是这样，你炖的肉再香，我也不吃了，省得坏了你的兴致。"

虽然是开玩笑的语气，但再端上来炖肉，郑秋兰果然不动筷子。天双说："难道还要我求你？"郑秋兰说："你求我也不吃，我不吃别有用心的东西。"

天双恼了："看来你是不想跟我好好过了，那么，我们干脆离了算了。"

天双说的话，来得突然，郑秋兰吃了一惊，赶紧笑着说："为这么点事儿，就跟我离婚，你也太不持重了吧？"

"你还让我怎么持重？为了哄你高兴，我连一个男人的自尊都不要了。"天双感到很委屈，居然挤出几滴泪来。

男人的泪水，让郑秋兰的心情不自禁地软化了一下，觉得迁就他一下子也未尝不可，但稍往深里一想，又不情愿了，因为他提到了"自尊"两个字。她说："两口子之间，本来不好论是非、论对错，你非要强调自尊，好像还是我做得不好，那么你还是别沾我为好，因为跟一个有错的人在一起亲热，多没意思。"

天双说："那好，那咱就离吧，也好保全了各自的自尊。"

郑秋兰说："甭想，你就凑合着过吧。因为我是上赶着嫁给你的，所以早有防备，我一出门，我们家的店铺就关张了，你即便是想退货，也找不到店面了。用你们这儿的话说，我就是一只烂柿子，砸在你手里了，你就是想甩也甩不出去了。"

她的比喻真是形象，精确地对应着"有来无回"这个意思。这是丑女人出嫁的原始底线：要么你从一开始就别沾，既然沾了，你就得托着，本来底价就低，没有降价的余地了。

16 摽上狐狸

因为识破了他的用心，炖得再香的猎物女人也不动筷子，天双感到自己活得很悲哀。

事情的递进关系就摆在那儿：为了满足自己那点儿可怜的情欲，他选择了反抗报应，向动物开战；开战之中有了肉香，引得女人动心，以为情欲的满足马上即到；可是人性复杂，又掺进了"自尊"，就有了变调。本来乡下夫妻过得都是那么直接，就像一句俗话所说，老头儿配老婆儿，横竖那点活儿，两个人在炕上鼓捣一下子，自然得像喝水一样，怎么一到了我这里，就变得这么难缠了？真是他妈的不遂心，看似简单的日子，也是这么节外生枝，总是跟我过意不去。

悲哀让天双感到自己很卑下，一个精壮的汉子，居然整天只想着卡巴裆里的那点儿骚事，还被一个丑女人掌控得如此手

足无措。

应该趁年轻干点儿大事。

然而这里四面环山，山路陡峭，只有堰田。堰田从远处看去，层层叠叠，在白云的缭绕之下，绝对是美丽的风景。但土质瘠薄，洒下再多的汗水也不高产，美丽而贫穷，不是干大事的地界。

想干点儿大事，却干不成大事，又有多余的精力，也只能干点儿卡巴裆里的事儿，问题是即便卡巴裆里那点事儿也不是想干就能干成的，因为女人有该死的意志。面对这样的现实，天双很是灰心，再打猎的时候，也就没了激情。也就是个习惯，为了打猎而打猎而已。这就一如婆娘们的纳鞋底。起初纳鞋底是为了实用，山路费鞋，要多纳一些；但纳到最后，鞋底多得穿不过来了，但还是不停歇地纳，而且还纳得越来越精致，在上边纳出了许多花朵、禽兽的图案，成了让人惊异的艺术品。这就让人不理解了，纳得再美也是穿在脚下，让汗臭糟蹋，何必呢？便问她们其中的理由，她们说，山村的夜晚很漫长，有的是富余的时光，闲来无事又如何？就纳鞋底，纳来仍闲又如何？便纳得精。原来生活最难耐的是有闲、空虚。天双正有巨量的空虚，当然还是要用打猎来填补；而且，既然打了，就要打出花样来，朝难度进军，否则就连婆娘都不如了。

所以，天双有一天突然破了猎户的禁忌，摽上了一只狐狸。

这只狐狸是他父亲甫银上过手的，不知为什么，到手之后，他又让它溜走了。对这点，天双很是瞧不起他父亲，早就对自己说，到了某个时候，我一定跟它较量一番，最终把它拿下，让父亲知道，青虽然出于蓝，但必定是要胜于蓝的。

由于郑秋兰的原因，这个时候终于到了，他开始跟踪狐狸的行迹。

他的意图被甫银发觉了，很严肃地对他说："这只狐狸你不能打，因为她高于人。"

天双说："正因为它高于人，所以我必须打，不能留下人不如畜的话把儿。"

甫银说："你貌似是在捍卫人的尊严，其实你是在为自己卡巴裆里的那点儿躁动找借口，不是什么光彩的举动。"

天双说："既然是这样，也要打，让女人心头发抖，依顺。"

甫银说："你真没出息，让女人依顺有什么意思？就为了能让她在炕上任你摆弄？要知道，郑秋兰跟那只狐狸相比，她一钱不值。"

天双一愣："那你就给我说说，这狐狸怎么就比女人值钱。"

"那你就给我听好了。"甫银开始给他讲述答案——

一般的狐狸，都是赤色和褐色的，只有这只狐狸通体的白，夜幕之下更显得白，像雪一样，有荧光扑闪。一般的狐狸是不侵袭家禽的，而这只狐狸专攻击本村人的兔笼鸡栏。她行为古怪，跳进鸡舍之后，把小鸡全部咬死，最后却仅叼走一只。她于夜半更深时潜入家兔的窝棚，把十数只温顺的小兔统统咬死，却一只不吃，一只不带，空"手"而归。且在村口的石碾上，嗷叫一番，那叫声像小孩夜哭，刺人魂骨。她是在向人的温厚和尊严示威。

咱们村里会打猎的男人便都投入到捕杀行列，好像这只狐是天赐的一只价值标杆，男人们的高矮就在此一举。他们埋地夹、下暗套、设陷阱，种种技法一应俱全，却全被狐狸躲过了，应验了老辈的一句俚语：人老奸，马老滑，狐狸老了不好拿。

技法失效，人心失衡，所有参与捕猎的男人都觉得这是一只精怪，已被上天护佑了，非人力所能为，便纷纷放弃了追逐。

这时我觉得，该自己登场了。

我不用技法，用的是传统的蹲守，把制胜的玄机交给了时间深处的等待。

一年四季的等待，与狐自然有多次相遇，但我都放过了。我要让机警的狐狸放弃机警，与我一道，同山村的夜晚融为一体。

当过分得意的狐狸站在石碾上毫无顾忌地自由歌唱的时

候，我藏在暗处的猎枪打响了。

受伤的狐狸，逃命时再也没有了往日的敏捷，身后的我反倒迅疾如飞。这是一次不对等的追逐，狐狸很快就被我撵上了。最后的时刻，狐狸拼命竖起尻尾，施放出一股刺鼻的气体。恶臭让人窒息，我凝固在那里。

意识恢复之时，狐狸已杳了身影。但我不曾犹豫，以更坚定的信念撵了上去。狐狸现身，且陷入决然的困境——她被我预埋在羊肠小道上的地夹夹住了一条腿。她回望着我，在黑洞洞的枪口下，最后的哀鸣，凄厉地撕破了团圞的夜空。

我扣在扳机上的手指竟然迟疑了，因为她凄厉的叫声让我心里突然升起一团叫作怜悯的东西。

狐狸好像感到了这种东西，她拼命地撕咬那条被衔在地夹中的腿，决绝地咬断了，然后不失时机地跌进更深的夜色。

这一幕，深深地震撼了我。虽然那个身影移动得很摇摆、很艰难，长久地置身于我猎枪的射程之下，但是，我还是把手指从扳机上挪开了，觉得那个生灵值得活下去，因为她让我油然地生出一种莫名其妙的敬畏。

虽然没打到狐狸，但从那以后，夜晚静谧，鸡兔平安，风情依旧，温厚至今。也许是那狐狸知礼、感恩，懂得报答人。

后来，我总会在微醺的时候，得意于这段往事，对你妈说，算来算去，咱村里，是不是就数你丈夫还算是个真正的猎人？

你妈打趣道，到手的一条狐狸都让你放走了，你还觍着脸子吹呢。

我摆摆手，想说什么，却又咽了下去。因为狐狸不屈的表现和我在这期间的心理变化，都是在一倏忽中发生的，无从说起，也无法说清楚。即便是勉强说它一番，你妈她一个妇人，也理解不了。还是存在肚子里吧，神秘反而让你妈联想。

虽然没说，但你妈好像很是理解，因为她在好多场合，毫不隐瞒自己的态度，她说，我们家甫银，他的确是一个真正的猎人。人们问她其中的道理，她说，这还不简单，能抓住却还要放，能打死却让它活，这是什么气量？道理就摆在那里，还用说？

"现在我要告诉你的是，你妈说不清楚的事，我自己能说清楚。"甫银颇为自得地对天双说了这么一番话——

因为我完全有能力战胜对手，但是在人与狐狸那个不对等的关系中，我尊重了狐狸的求生意志，在放生的同时，我也成全了自己作为猎人的尊严。这一举动本身是小的，但它背后的道理却是大的：人与畜，究竟是不一样的——畜道止于本能，而人伦却重在有心。人性之所以比兽性更好，就在于人能够跨过私心和得到与得不到，懂得悲悯、敬重与宽容。换句话说，人性温柔而不冰冷。这一点，再狡猾的狐狸也是想不到的，她貌似得胜而归，其实她已经是败了。但是，也不能只顾着吹嘘自己，在肯定人性的同时，也要给这只向死而生的狐狸送上真诚的敬意，因为她是生命尊严的同谋，没有她不管不顾的抗争，哪儿有我现在的得意？

天双听了叙述，半天不说话，以为他被打动了，甫银说："所以我劝你不要打她，道理就在这里。"

"既然是这样，我更要打它，因为这是你的得意，跟我没什么关系。"天双居然说道。

天双的话让甫银大吃一惊："你小子可要想清楚了，你要是执意迈出这一步，在我看来，真正的杀生就算是开始了。"

"这有多好，"天双涎笑着说道，"这样一来，我就可以坦然地面对报应了。"

17 与狐狸较量

这年的冬天，大白天就阴得极昏沉，老人们说，要下雪了。但雪却迟迟不下，弄得猫冬的人心里很烦闷，便坐在热炕上喝闲酒。天双也想喝，但一想到，酒一旦喝，又是在热炕上，还不弄出燥热，还不动与郑秋兰什么一下子的心思？而郑秋兰是绝不会答应的，等待他的不过是吵闹与无趣。他心里咯噔了一下："既然是这样，待也待不踏实，就出去找一找那只狐吧。"

在山上转了大半天，翻了不少山的皱褶，勘了不少座或斜或陡的梁坡，狐的蹄迹，竟没找到一处。就在一小块平地上，燃了一堆篝火，扔上去半干不干的柴枝，任其噼啪得繁密，闷闷地烧烤着带来的食物，慢慢地嚼着，心里空。

慢慢地吃饱了，肩背也被烤得很温暖，便有一丝惬意的慵懒从骨缝间滋出来。

"睡上一会儿吧。"他对自己说。

向火堆上扔了一批新柴，便把麂皮帽的护耳扎紧了，把羊皮大衣的阔领子也竖了起来，两只手抄到衣袖里去，就团在离火稍远的地方，听木柴的噼啪声入眠。

木柴已烧塌了架，送出温暖的，便是被微风吹得忽红忽暗的炭火。他睡得很沉。

这时，从远处的一片矮树林中，闪出一团雪白的身影，若一团流动的雪，缓缓地滑向篝火。是那只雪狐。

她踅到天双的身边，轻轻地嗅一嗅，便走到炭火旁，坐定了，她抖一抖头上的露水，便低下头，一点儿一点儿地舔舐身上的绒毛。从前肢到胸腹，依次舔下去；舔到两条后腿时，就舔得更慢更仔细。那两条后腿极腴美，那浑圆的轮廓，辐射出一团勾人心魄的温柔。这种美，只有人类可以媲比；而这种感觉，也唯人类所独有。

狐一遍又一遍舔舐着这两条美丽的腿，那片紧凑而小巧的脸上，氤氲着一团妩媚的笑。她或许也在为自己的美所深深地陶醉。

这时的天双，其实是醒着的。雪狐在他身边嗅的时候，他鼻子的灵敏，使他闻到了一种独异的味道，似香还臊，像涂脂抹粉的女人。他不能不睁开眼睛偷觑。

这是他第一次见到狐。

他当然要暗暗一惊，但他很快便被狐那醉人的美所攫慑，便静静地看狐为自己梳妆。狐原来竟恁美，父亲甫银可从来没有对他描述过。

不知怎的，天双竟想到了郑秋兰。郑秋兰虽然是个女的，但她却从来没用心梳过自己的头发，整日里乱蓬蓬的，竟还长出了几只饱满的虱子。其实郑秋兰的肉皮子很白，但她从来没用心把自己洗一洗，白净的脸下，那截脖子总是黑一块白一块，斑驳而油腻，给人的感觉便极不清爽。而这狐竟比郑秋兰有出息，她知道珍爱自己那美丽的容颜。这也不能怨郑秋兰，因为她知道自己不美，没有好好捯饬一下自己的心情。他突然想到，这只狐狸即便是美，但也是有缺陷的，因为她被地夹夹过，为了逃生她咬断了自己的腿。于是他又重新偷觑，从后腿往前腿回溯。他终于看见，狐狸断在左侧的前腿，由于蹲坐，也由于绒毛雪白而长，把残缺遮蔽了。这让他幸灾乐祸，因为他可以像轻视郑秋兰一样轻视她，既然不完美，就是不美。

他忍不住生出一种恶毒的快意，呵呵地笑出声来。

狐被惊动了，也适时地抬起头来，她温柔恬适的目光正同天双的目光撞在一起。而天双的目光是敌视而凶厉的，是要把她吞下去的目光。但狐却未因此而受惊，只是目光有些迷惑，脸上的妖媚也收敛了一些，便露出更惹人爱怜的柔媚。

"妈的，这该死的狐媚！"天双闷闷地骂一声，手就去摸索身边的猎枪。

就见狐轻轻地摇了摇头，目光里弥散着雾一般的怅惘，慢慢地转过身去，朝来时的矮树林走了。她的步态是那么的从容，是那么的停匀，一点也看不出是用三条半腿走出来的——这大自然总是让人吃惊，能给旧的残缺修补出新的平衡，让她残而不瘸。而且，她那身雪白的毛，因加舐舐又被炭火烘干，就愈加洁白愈加蓬松，疑似是一团不可侵犯的圣洁。如果是一般人，感动之下，肯定想送上深情的抚摸，然而天双是猎人，而且还抱着捕猎的意图，那么她的从容与停匀便被他看作是戏弄，冷厉的仇恨就油然而生。

他手中的枪在她身后响了。

矮树林娇嫩的树枝被铁砂拦腰击断了，纷纷落下，如一阵繁急的骤雨。

天双几乎是随着枪响跑出去的。跑到林畔，除了吱咯吱咯踩响断枝的碎尸以外，却并不见狐的一丝踪影。

天双茫然地站在那里，把自己站成一柱冰冷的失望。

过了几天，山里的雪就来了。雪纷纷地下，不日，便没膝了，山里就显得更小、更逼仄。然而，雪后的山垭，终究是有些个温柔而爽洁的气氛了。好喝酒的汉子，就纵情地喝下去了。

天双却依然喝不下去，整日里擦他那杆猎枪。擦枪的声音像把仇恨锉在仇人的骨头上，让郑秋兰什么话都不敢说。

甫银见状，问道："你见到她了？"

"见到了。"

"有什么感觉？"

"比他妈的人都美。"

"既然比人都美，你就应该放过她。"

"放过她，那么，把人放在哪儿？"

"你的意思是说，她的美就是罪过？"

"对，正如郑秋兰，她的丑就是罪过。"

待雪停了，天双就毫不犹豫地上山去了。尾在他身后的，竟然是怎么拦也拦不住的甫银。既然好心的规劝不被善待，那么，他就冷眼相看，去见证罪恶。

天双是很有他的道理的。雪后，松鸡和灰鸽们就生活得极艰难了，疲惫地逡巡在林间的空地上，费力地用趾爪把积雪拂开，啄食雪下草窠里那几颗零落的松子。而雪后的山间回暖，使狐喜欢出来活动，狐便很容易就捉到味美的松鸡和灰鸽。

在山间，父子俩很快便遇到了几只普通的狐。那些狐的皮色灰暗若土，脸颊亦窄小，透着鄙俗的狡黠。天双便没有好兴致，只是出于猎人的本能，把枪砰砰地打响了。然而竟也打了三四只。他也不捡拾猎物，依然脸色阴沉地朝前走。

甫银理解天双的心思：一般的猎物已不在他话下了，即便是这些也算是出类拔萃的狐类；他之渴望，只是那只美丽的雪狐。甫银摇摇头，把那些猎物捡了起来，他不忍心让它们遗尸荒野，况且它们的皮也是上好的宝物。

临近傍晚的时候，在一片原始的冷杉林畔，终于见到了那团雪白的身影。但那身影飘然一闪之后，就又杳了踪影，父子俩便循着狐的蹄印，追下去。

那狐的蹄印精巧若花瓣，由于她走得轻盈，"花瓣"的边缘便极完整，没有跳开的裂痕；也因了步态的停匀，"花瓣"散落得亦均匀，印在白白的雪底子上，便如灿星丽天。甫银深深迷恋着这些蹄印，拼命地跑在天双的前面。他舍不得这些白雪中的美丽，在未经欣赏之前，就被天双那丑陋的大脚无情地践踏。甫银拒绝杀生之后，居然多了一点儿童心，内心有了与年龄不匹配的柔软。

甫银便跑得气息喘喘。

这是一个很奇特的光景：一个老人，为了一排美丽的雪狐的蹄印——一桩自然中的神奇，竟然恣意地迸发着激情。天双觉得他真的是老了，因为都把老人叫作"老小孩儿"，所以才有了孩子一样的举动。他心里说，你来得真是多余，再怎么弄天真，也不会打动我，我的心里已经长茧子了。

当暮色四合的时候，他们已追到了一个极陌生的境地。空

前的疲惫使他们仰翻在雪地上，吮着从树挂上零落而下的雪末，感受着人在极度疲惫之下，把自己躺倒以后，那种透骨的惬意。而那串美丽的蹄印依然朝前延伸着，天双的惬意便极短暂，而甫银的惬意却极绵长。当天双咒骂着去折树枝点篝火的时候，甫银依然静静地躺在那里，决绝地沉浸在这童话般的雪白世界。

父子被饿醒的时候，天竟蒙蒙亮了。

坐起来，父子就呀地叫到一块儿了——那未熄尽的炭火的周遭，竟环列着两排极清晰的蹄印；在炭火的另一端，有被坐压的凹痕，且蹄印繁沓；那凹痕的边上，有两只未被啃啮的松鸡的腿骨，而两扇松鸡的灰色的翅膀，也平覆在白雪之上，泛着诱人的幽光。

"那狐夜里来过了！"

"嗯，来过了。"

父子便都感到了雪狐的诡秘。

接下来，父子便有了不同的感觉——甫银感到了这狐有不一般的善良，因为恶狐也有被迫的恨意，遇到穷追不舍的猎人，会抽冷子咬断他的喉咙，然而面对两个躺倒了的猎人，她却没有下嘴。而天双却不这样看，他感到了狐对他的戏弄，使他感到了做人的惭愧，尤其是作为一个猎人。

——在大自然中，人类普遍地容不下畜类的机智。这是一条生存法则，是有切身体验的前人总结出来的。天双上过学，从课本上学到过，所以到了具体情景，自然会生出相应的情绪，所以，他恨恨地对甫银说："操，回家。"

甫银也学天双的样子："操，回家。"说完，竟乐出声来。

天双便瞪他："笑什么笑！"

甫银依旧是笑，且笑得咯咯的了。

天双很恼火，在甫银的屁股上重重地踹了一脚。甫银打了个趔趄："你敢踹老子，真是个孽障。"天双说："我现在算是明白了，你之所以跟我来，其实就是给那个狐狸通风报信的。"甫银说："你真是扯淡，我又不会说狐狸的话，我怎么给她通风报信？"天双说："因为你追过她，她记住了你的气味，闻着味道就知道我们的行踪，知道怎么躲。"甫银先是一愣，后来竟放声大笑："你他妈的一点儿也不傻！"

……

回家以后，天双就借来了村里所有的火夹，又新做了几十副套索。火夹，是地夹中的极品，有两排硕大的铁牙，连接处是两只能敲出脆响的钢簧，钢簧因为有极强的弹性，当夹板被踏翻之后，叭的一声，两排铁牙便被钢簧匝在一起，且匝出璀璨的火花，故得名。要打开这火夹的牙，得有过人的力气。于是，只有意志决绝的猎人，才想起来使用这钢性的火夹，一般的猎人，从不轻举妄动。

这些火夹和套索，自然就下到了雪狐出没的地方。

这时，雪花又下得很轻曼了，山里的世界就更小、更温馨了。

天双终日窝在炕上，既无聊又充实，因为他那套猎法是需要时间的，他需要忍耐。

至于甫银，则终日忐忑着，像孩子一样，把雪簇成堆，然后狠狠地将尿柱射上去，看白雪在嘶嘶的弱声中，无奈地化去。他第一次感到了雪花的不够可爱。因为雪花把山里世界弄得过于美丽，而美丽之下，却藏着一团团阴谋。那只雪狐，虽机智，却不会机智到分辨人间的真假。在她眼里，洁白便是洁白，洁白的世界正可自由地走一走的。

雪终于停下来，天双便突然兴奋起来，冲着甫银喊："爹，快跟我上山哩！"甫银懒洋洋地说："我不跟你上山，因为你说过，我身上有雪狐熟悉的气味，会给她通风报信。"天双说："我已布下了天罗地网，还怕你通风报信？再说，有你的出现，会增加我捕猎的难度，这才刺激呢。"

爬上山里的主梁，天双问甫银："下火夹的地方知道吗？"甫银点点头。"下套子的地方知道吗？""也知道。"甫银的回答，透着老大的不耐烦。

"那好，这山场忒大，咱就分头踩一踩吧。"（山里管收取火夹和套索上的猎物叫"踩"。）

在甫银踩的路线上，雪狐果然被夹住了。

那是一座矮崖的根际。狐从上边跳下来时，踏翻了雪层下的地夹，火夹那冷冷的铁牙，自然就紧紧地夹住了她的一条后腿。

狐腿中的骨头已被铁牙猛烈的瞬间撞击击碎了，相连的，是腿上坚韧的内筋和柔韧的外皮。血仍不停地从伤处渗出，但雪却只被洇红了小小的一块；热血滴在上面，便嘶地被吸收了（雪厚啊！）。那一小片被洇湿的雪，便黏稠成一团红泥。

狐浑身颤抖着，泪水和口涎混在一起，凝成黏浊的绝望。

甫银的喉间痒痒的，蹲下身去，欲将铁牙打开。但他究竟是上了几岁年纪，力气显得微弱，铁牙便一动不动。他看到了不远处的一株小树，就走过去，折一段枝杈，以期借树枝的力量，把铁牙撬开。

狐误会了，她因此而惊惧；她闷闷地叫一声，决然地俯下头去，拼命地撕咬那伤处的筋皮。

甫银再一次被惊呆了。

狐又一次把铁牙中的腿咬断了。

甫银很悲伤，因为他本意是想救她的，以为他曾给过她生存的机会，她应该明白他的用意，但还是不信任，选择了自残式的自救。他心里很懊丧。

雪狐跑走的路上，留下了细细的一线血痕。

火夹的牙缝中，狐那条美丽的断腿被静静地衔着，丰沛的血已将雪白染成殷红；远远望去，便似一束火焰，灼灼地往地下烧着。

灼灼烧着的，其实是一炷极强烈的生的意志！

甫银迟暮的心被强烈地震撼，久久地立在那里，对周遭的一切，已毫无感觉。

但天双却不理解老人的感觉，他在附近的一个高处看到了这边的情景，骂了一句："老东西，你以为你是观音菩萨啊，喊。"他撒开腿追下去，嘴里还故意弄出啸叫，既是对狐狸，也是对甫银。对狐狸，是扬眉剑出鞘，是立斩立得；对甫银，是钝刀子割肉，是对衰老的嘲讽。

雪狐便难逃被捉住的命运。

在庭院中，天双霍霍地磨着刀，他要炫技，活扒皮。

甫银哀求道："你既然捉住她了，就证明你比你爹强，你既然是强了，就没必要再斗狠了，要么放生，要么给她留下一个完整的尸首，你尊重了她，她的在天之灵也会尊重你。"

天双说："这不是一只普通的狐，而是一只狐仙；既伤了她，就再别迁就了，放了她，她会回来加倍地伤害你！"

天双的话，也是山里早有的一个说法，甫银自然也是知道的，便拿不出更有力的规劝。他颓然地蹲在地上："天地之间有因果，你既然不信，就走着瞧吧。"

那美丽而哀怜的雪狐被吊在树上，她不作任何的乞求；她平静极了，绵绵地垂着那颗精美的头，定定地看天双把刀磨得亮亮。

在一边上，就坐着无可奈何的，善良的，且是无奈的，那个仁厚的老人。

天双狞笑着，走近了狐。

狐积攒着她终生的力量。

当刀锋刺进她那条美丽绝伦的前腿时，她终于使出所有的力气，仰天长啸。

那嘶声凄惨而嘹戾，枝头的积雪，簌然颤落着。

雪狐的叫声，好像给了天双一种意外的刺激，虽然他有一套比甫银更娴熟的技艺，但是，他不想一下子就把活儿做完，他玩味。他的手在雪狐身上滑动，一边触摸她的骨缝和筋脉，一边念念有词："嗯，这里，要往左偏半指；嗯，这里要往下错两分；呃，这处的骨节有三块碎骨，切不可直行……"他是在给刀刃寻找路径、计算参数，让刀法稳准狠。他已经剥过那么多小兽的皮，刀子已能够随着直觉走，所以他这样算计其实是很没必要。他之所以还弄得这么煞有介事，是做给甫银看的。

也是做给郑秋兰看。因为好奇，郑秋兰也出现在庭院，这就让天双暗自窃喜。

由于玩味，刀子走得很慢，疼痛就持久而深刻，雪狐的叫声就有了嘹戾之上的嘹戾，分外刺耳。郑秋兰忍不住捂上了耳朵，满脸抽搐。甫银则冷笑，不停地嘟囔："你拿一个畜生斗狠，不就是做给我看吗？你是比我强，但你少了厚道，已经跟畜生没什么两样了。"

天双听到了，说："你不要干扰我，我要把手下的活儿做好。"

他把雪狐身上最难剥离的部分剥离之后，把刀子往地上一扔，对甫银说："你别在我跟前碍手碍脚的，站远点儿，我要扒皮了。"他攥紧了已到手的部分，贴着雪狐那柔滑的肉身，低沉地喊了一声"走"，便在一瞬间将狐皮整个地撕了下来。

于是，赤裸的雪狐便一下变成了一个粉色的婴儿，在寒风中无助地抽搐，那尖厉的嘶叫，就更无遮无拦，直抵人心。

在恍惚中，甫银竟觉得这叫声是那么的熟悉。民国那一年，东头那一个美丽的女儿被蛮野的地主强暴时，也是叫得这么凄哀。但后来地主到底是被处置了，而这只雪狐的呼嚎又有什么结果呢？！

甫银泪流满面。他已弄不清，这雪狐的最后的绝唱，是用来呼唤恶，还是呼唤善？！他只知道，山里的天地是极广阔的，既容得下不屈的猎人，也容得下柔媚的狐狸……

郑秋兰被吓得钻进了屋子，双手攥拳，用力地捶打着自己厚实的胸脯。她心跳得厉害，好像马上就要蹦出来。"这个挨千刀的，他竟然能下得去手！"一声惊叹脱口而出，居然像一刃刀刀尖儿，刺向她的心坎儿，她的心一剜一剜地疼。

一如再麻木的树木被刀斧砍过，也会流下黏着的泪水，再木讷的内心一旦被伤害，也是无法被安抚的。从这天起，甫银不再同天双讲话，虽然没有公然宣布断绝父子关系，但亲情已被冷冻，再也化不开了。他不敢相信，自己居然养了这样的一个儿子。但是他有了一个坚定的确信：杀生，的确是有报应的。而且，这一切都是咎由自取，他得认。

18 把她咽进肚里

雪狐被天双活扒皮之后，挂在庭院树上的那个精赤的身子，依旧不停地扭动、抽搐，生命的意志久久不甘离去。

由于血液还在体内流动，她的肉色红艳，且鲜嫩欲滴。

天双陡然生出一个念头，必须把她咽进肚里去，让肠胃彻底把她消化掉，变成粪尿，她就真的无法逃生了（逃生，在村里是投胎轮回的说法，喻其灵魂不死），人也就安心了。所以，天双觉得，必须趁其还鲜活，就上火把她炖掉，让她的灵魂融化在开水中，变成羹汤，让她永不得复生。

再说，猎人捕到猎物，总是炖，使其变成美味，即便是雪狐，也不能例外。关键的时候，习惯它自己会站出来说话。

都说狐狸的肉是臊的，吃进肚里会反胃。所以天双先是用清水炖，炖熟了之后捞出来，放在凉水里浸泡。浸泡了三天三夜之后，再次回锅，且撒上大盐（大颗粒的粗盐）和葱、姜、蒜、花椒、大料、红辣椒等各种调料。在文火上慢慢炖，延续它半日的时辰。

肉炖在锅里，味儿飘在天上，有穿透距离的香。由于整个村子都能闻到，人们的肠胃本能地就蠕动，但他们头皮发紧，心中惊悚。敢吃狐仙的肉，这是一种什么人？他们对天双既鄙视，又畏惧，不禁提醒自己，今后对这个人要敬而远之，更不要招惹。

郑秋兰倒是离肉锅近，但她劈头捂上棉被扎进土炕的一角，瑟瑟发抖。甭说是吃，想一想，都有灾异就要降临的恐惧。我怎么嫁了这么一个人？

天双在堂屋里吃狐肉，喝老酒，他一句话也不说，所以郑秋兰只能听到啜饮和咀嚼的声音。这种声音时有时无，像幽魂的动静，所以虽然她整个人都被包裹在被窝里，还是浑身发冷。

没听见门响，却进来一个人，因为有了对话的声音。

"哎呀，怎么是你，稀罕。"

"有什么稀罕的，还不是你的肉香。"

"这肉是不祥之物，村里没人敢稀罕。"

"这里不应该包括我，你就没听说，十医九巫，我也是半仙儿，不怕邪物。"

"这么说，你是奔着狐狸肉来的？"

"当然，这野物的肉我都吃过，就是狐狸的肉我没动过筷子，我得尝尝。"

从声音里辨出，这是村医史双兰。

郑秋兰一惊，很想从里屋出来打个招呼，但是又一想，敢吃狐狸肉的女人真是特别，到底怎么特别，躲在暗处才能看得真切，便老老实实地躺在炕上，竖起了耳朵。

好像是肉吃进了嘴里，因为传来一个惊讶的声音："哎呀，真是香啊，香得让人心慌。"

"香就香呗，怎么还心慌了？"

"别的香味儿是上鼻子，而这肉的香味儿却像一股烟儿，直往腔子里钻，暖暖地挠心。"

"我也有这种感觉。"

"为什么会这样？"

"因为狐狸性骚，所以她的肉也不老实。你要是再往下吃，就会发现，你咽下去时是香，但你呼出气来，就是臊的，你如果不信，就闻闻，呼——"

"你往哪儿呼？细论起来，我可是你的长辈。"

"既然是来吃狐狸肉的，都是心无禁忌的人，还论什么辈分，吃就是了。"

"你还甭说，我呼出气来，也是臊的，连我自己都能闻到，那么就吹给你闻，呼——"

"呵呵，闻到了。"

"那怎么办？"

"喝老酒，酒味能把它压下去，只剩下香。"

"既然是这样，你还等什么，给我倒酒。"

酒喝到了一个时辰，女人说："我之所以敢到你这里吃狐狸肉，除了稀罕，还有一个原因，就是你们家的事儿，也就是你变成现在这个样子，都跟我有关。"

"怎么会跟你有关？"

"难道你忘了，你们家怎么生的三片嘴，又怎么处理掉的三片嘴？"

"有些话你不能说出来。"

"我忍不住就说出来了，又能怎么样？"

"我就当你没说。"

"其实说不说出来都是一样的，因为它实实在在就放在那儿，所以我必须来吃狐狸肉，把她咽进肚里，心里就踏实了，就不担心她报应了。"

"你的想法跟我是一样的，那咱们就好好吃肉，好好喝酒。"

又喝了一个时辰，女人说："其实我是心疼你的，你长得这么好看，又那么有文化，可却活着这么不顺心，窝窝囊囊

的，唉！"

"你喝多了，就别喝了。"

"谁说我喝多了，倒上。"

"你坐稳了。"

"我就不坐稳。"

坐稳与不坐稳之后，就有含含糊糊的语调，就有窸窸窣窣的声音，到了后来，竟然一片静寂，好像不再有人。

久久的沉默让郑秋兰很纳罕，在好奇心的驱动下，她想出来看个究竟。她蹑手蹑脚地下了炕，偷偷地掀开里屋门帘的一角，看到的情景让她惊呆了——

女人的头靠在男人的肩膀上，一只手就攥着男人的那个部位；男人的两只手就按在女人裸出的两只胸乳上，恣意揉搓。男人一用力，女人也用力，好像要把男人的那柱野性连根拔下。他们脸上的表情很特别，既像痛快得要死，又像痛苦得要命，似乎被魔住了，不能自己。

既然是被魔住了，就是鬼魂的行径，所以郑秋兰觉得她不宜冲出去，便轻轻地放下门帘，悄悄地躺回土炕上去。她对自己说，这狐狸的肉真不该吃，它会借机报复，让人乱魂，失去控制，兽性发作，失了纲常，变得恬不知耻。

郑秋兰人虽然躺在了土炕上，心思却很乱，且做无序的游走。

这个双兰，平时看上去，是那么优雅、温顺，横竖都有好女人的样子，怎么私下里也这么粗俗而淫？看来人都活在假象里，既骗别人又骗自己。都说黄鼠狼单咬有病的鸡，看来没错，如果她骨子里没有非分的东西，她怎么会闻到腥膻就自己送上门来？能被狐狸魔住，说明她本身就有狐性，有淫荡的底子。天双和双兰，他们两个是村里最好看的人，好看的人之间，是不是本能地就有一种相互的惦记？我看很有可能，他们不甘心被浪费掉，早就想互相找补一下。现在看来，双兰为什么喜欢跟我交往，表面上是跟我投脾气，其实是好有机会跟另一个挤眉弄眼、在暗里私通。天双、双兰，你看看，你看看，从名字上看就是预备着配对的，他们趋乎到一起，是注定了的事儿。

郑秋兰越分析越觉得自己分析得有道理，忍不住在被窝里嘟囔了一句："都说我没心没肺，其实我一点儿也不傻。"

这个自我认定，让郑秋兰心绪平静了很多，她不再一味地愤怒，而是有了一点儿旁观者的心态：好像我很可怜，其实他们更可怜，因为他们不会有正经的名分，只能私下里偷鸡摸狗。

屋外有了进一步的动作，天双气喘吁吁，双兰哼哼唧唧。

这有意思吗？被冒犯者居然还能很理性地否定他们，郑秋兰不禁为自己吃惊，我这么一个不被男人看重的女人，骨子里

却还有很持重的东西，我比他们高贵。

这是两个被淫欲牵着走的动物，他们很下贱。

郑秋兰翻了一下身子，撩开了被子的覆盖。既然有了不在乎的心境，干吗还捂着自己。屋外的声音被放大了，她脸上倏地很热，他们不羞臊，而她自己却很羞臊，做人真的很不容易。

在臊热中，她突然低声喊了一声："呃，我明白了！"

19 她的优雅是装出来的

　　她明白了什么？她明白了史双兰优雅的背后，其实是一个女人最不能承受的生活，她前来吃狐狸肉、喝老酒，并和天双魔在一起，这是可以理解的，因为她毕竟是一个健全的女人，而且还是个正值盛年的女人。如果换了我，或许也会那样的。

　　因为她有奇特的故事——

　　双兰的丈夫叫李玉屏，个子不高，长相清秀，身膀纤弱，不适宜做庄稼活儿，但他上过中学，而且学习成绩很好，也算是正经的乡下秀才，支部就让他当了村里的会计和记分员。这个差事，意味着他白天到了堰田，可以不用干重体力活儿，比画比画摆摆样子，把力气留到晚上。因为村医（那时叫赤脚医生）和会计都是支部成员，相处的机会自然就多了。玉屏对双兰动了心思，为了增加她的好感，他便特别讲究穿着打扮，一个大男人，居然也涂脂抹粉，而且第一个在村里蓄起了分头，每天都梳得溜光水滑，一举一动，均有"玉屏"样式。经过一番穷追猛打，两个人真的就走进了婚姻。

婚后的生活跟大多数人家没什么两样，平平常常，不温不火。所不同的是，两个人之间相敬如宾，客客气气。有人便说，夫妻间太客气了，未必是好事，因为吵吵闹闹、打打骂骂才真实，才过得有滋有味。所谓"天上下雨地上流，小两口儿打架不记仇"，就已经把夫妻恩爱的样子说清楚了，既亲且怨，既近又远，才热烈、才温厚。本来是匝在肉里的日子，却弄得那么雅致，缺了烟火气，那么，他们之间肯定有问题，只不过两个人都顾及面子，做出和睦给外人看。时间长了，村里人都这么看，预感到，他们早晚得露出破绽。

郑秋兰嫁到这个村里之后，自然要听到这样的议论。她一点儿也不信，只觉得这村子一小了、一封闭了，没什么大的话题，也没什么新鲜话题，便喜欢无事生非，乱嚼舌头。你看史双兰的长相、身段、气质，本身就透着优雅，当然要往优雅里活；你再看李玉屏的身量、脾气、做派，单薄柔弱，男长女相，当然要往优雅里相匹配。村里人是粗俗、粗野、粗糙惯了，遇到细腻的东西，他们当然就反感，其实根子上是嫉妒。

所以，郑秋兰并不把这些议论放在心上，只是羡慕和敬重。

她愿意跟史双兰走得近，从她那里能听到温柔的声音，感受到有品质的趣味，还能得到善解人意、通情达理的抚慰和熏陶，她觉得很好。

后来李玉屏的表现，让她有点儿不理解。

有一天她去水泉（水井）那里担水，要经过史双兰家的庭院。去的时候，看到李玉屏站在他们家门前的台阶上，以为他是在望风，便大大方方地走近。既然是自然的相遇，李玉屏的眼神就应该放得自然些，但是他一直就那么盯着她，走近了还在她身上上下打量，眼神一剜一剜的。这让她有些难为情，脸立刻就热了。走到了他跟前，他居然嘿嘿一笑，说："秋兰，你是不是又胖了，瞧你这身肉。"她不知道怎么回答他，赶紧走过去了，却听到他在身后说道："不过这也挺好，看起来有味道。"他的话，让郑秋兰感到，既像说给她又像说给他自己。她很不爱听，心里很别扭。

打完水，往回走，李玉屏还站在那里，这让郑秋兰迟疑了一下。但回归的路没有他途，还得从他身边过，便硬起了头皮、挺起了腰杆，豁出去了。他还是那么直勾勾地看着她，一点儿也不给她躲闪的余地。走近了，他还是嘿嘿一笑："秋兰，你虽然胖吧，但是很灵活，挑着这重担子，也走得很轻松。"这种夸奖，让郑秋兰觉得味道不好，因为褒贬都杂在里面，既不朴实又不正经，所以她不接茬儿，匆匆地走过去了。走到一

个拐弯处，她回头望了一下，李玉屏还在那里追着看，好像她是一个猎物。她心里一咯噔，你整天守着一个金枝玉叶，干吗还对旁的女人动心思，难道男人都有吃着碗里还看着锅里的毛病？但是他不应该那样看我郑秋兰，我长得这么丑，这么胖，不配。

后来她发现，李玉屏跟别的婆娘接触，可不像跟她那样只是用眼睛剜，而是打情骂俏，甚至是动手动脚。因为当着村里的会计和记分员，每天晚上都待在村部的办公室里，而结算和记公分，每家每户一般都是打发婆娘们去，他与婆娘们的"闹剧"便几乎天天上演，村部的晚上就很闹热。她每次上村部去记工分，都看到有几个婆娘簇拥着他，跟他没话找话。他也口无遮拦，单揭婆娘们的短处和隐私。婆娘们也不恼，只要被他调笑，说到敏感话题，就上手抓他的头发，撕他的脸腮，捶打他的肩膀，一边羞怯着，一边痛快着；李玉屏则借机摸她们的胸、捏她们的臀，她们既大呼小叫，又喜笑颜开。郑秋兰虽然觉得有些过分，但也还能理解，因为这山村的日子太寡淡，用这种方式，可以愉悦自己。同时她从女性角度也觉得，李玉屏个子小，又清秀柔弱，离野蛮、生猛远些，大家不过把他当作"小玩意儿"，逗逗乐子，不见得与男女的事儿有多大关系，便也不往严重里想，也乐得当个旁观者，赚一场欢笑。

但她还是本能地站远些，不像别的婆娘那样贴得太近，担水路上他的一剜，让她对"进一步"有了防备。

可后来有了传言，说李玉屏是个"采花贼"，有强烈的欲望，跟村里的每个婆娘都有一腿。传言的主角是每户的男人，虽然他们也没有真凭实据，但他们怎么看、怎么想，都觉得他与自己的女人有染。问题是婆娘们每到晚上都是草草地停当了锅炊就往村部跑，有着毫不遮掩的急切；问题是被他摸了胸、捏了奶子，回来被询问，还死不承认；问题是男人出于本能对李玉屏讥讽、贬损，婆娘竟急赤白脸地为他辩解。这就是最好的说明，所以男人们约好了去找史双兰，对她说："你们家李玉屏他很不正经，整天迷惑那帮傻老娘们儿，占她们的便宜，所以你得管管，你要是不管，我们就上手，收拾收拾他。"

自家男人被其他家男人收拾，对有自尊心的媳妇来说，就是打脸，会留下很坏的名声，所以她立刻就应道："好，你们就放心地回吧，我管，我肯定管。"

一般女人管男人，特别是在敏感问题上的管，应该关起门来在家里管，因为没外人听见，话说得深一些浅一些都没有关系。也是因为心急，史双兰径直就到村部去了。到了村部，正赶上李玉屏和婆娘们摸摸索索地笑闹，她便有了很强烈的羞耻心，大声地咳嗽了两声，宣告到来，然后冷着脸子，用轻缓的语气说道："玉屏，难道你就不知道，你家里是有老婆的？唉，你也真是的，怎么就管不住自己？"

当着这么多婆娘，轻缓的话也是重的，李玉屏很尴尬，脸色倏忽红倏忽白。

一个婆娘出来替他解围："双兰嫂子，你这么说就没劲了，你也知道，在咱们山里，打个情骂个俏，不过是过过嘴瘾，逗逗乐子，没必要弄得跟真的似的，这对你自己也不好。"

"就是，就是。"其他婆娘也呼应。

史双兰冷冷地一笑，依旧很轻缓地说道："我当然知道，不过，我的脸皮没你们那么厚。"

众婆娘就无话可说了，因为这话里也包含着对她们的指责，便纷纷用怨恨的眼神去看李玉屏，意思是说，你还是不是男人？

李玉屏嘿嘿一笑，猛地站了起来。以为他是要把耳光扇给不给他留情面的老婆，却没想到他疾步走到了对面的墙下，伸手把墙上挂着的一柄镰刀取下来，顺手就撕开裤裆，把男人的物件割下来，扔到地上，顺口就说了一句："都是他妈你惹的祸。"

那个物件在地上还蹦了两下，大家都看得很真切。还没容大家发出惊叹，居然有一只猫从人群里蹿出来，把它叼走了。

史双兰尾随着就追了出去，不久就听到了她毫不轻缓的哭声。

她没有追回那个断物，被贪腥的猫嚼了，吞了。即便她是村医，本能地生出再植的念头，也成了宿命般的泡影。

李玉屏站在原处，仰天大笑："哈哈，我什么都能说清楚了！"

俗话说，好事不出门，坏事传千里。别看巴掌岽又小又封闭，这件事却迅速地传出山坳，成为整个京西的一个著名事件。有人当逸事，有人当笑谈，有人当昭示，也有人当生命悲情，咀嚼着感叹。

但是，即便是轰动一时，也很快就寂灭了。旁人感到了有趣中的无趣，觉得把别人的血泪当调料有失厚道，当事人也觉得伤疤虽好看，也不过是个意外的闪失，还是要遗忘，切不可影响正常的日子。所以史双兰和李玉屏像商量好了一样，相互之间，依旧客客气气，相敬如宾，无一丝异样。

相反，这个家庭在村里的地位，却有了奇怪的提升。李玉屏可以公然地与婆娘们打情骂俏，开什么过分的玩笑，有什么过分的举动，不仅婆娘们不恼，男人们也不恼，因为他天根已去，剩下的，都是土地上的安宁。李玉屏进入了自由之境，整天懒懒松松、嘻嘻哈哈，尽情地逗乐子，过得很快活。对于史双兰，村里的男人很尊重，见了她总是恭恭敬敬、客客气气，只要她有什么需要，他们都乐于帮忙。因为都觉得，对她，他们是有该欠的，应该毫不犹豫地给予弥补。

"尊重有什么用呢，又给不了她土炕上的快乐。"回忆至此，郑秋兰感叹道。

联想到李玉屏"剜"自己的眼神，她认定，他与天双一样，那种欲望是强烈的。而史双兰又是个最女人的女人，满身的温柔也不是凭空就来的，肯定是来自土炕上的满足。所以，那镰刀砍的，既鲁莽又愚蠢，它不仅砍去了男欢女爱，也把人心砍残了。不然的话，就史双兰的人品，她会前来趋乎既粗俗又杀生的天双？

一个正当年的女人却整天守活寡，搁在哪个妇人身上都不是一件容易的事。我之所以不让男人近身，不是我清心寡欲，而是没那个心情。一是刚死了孩子，愧疚；二是他不稀罕我这个人，只稀罕我的身子，不甘。如果不是这样，就我的性子和我这身块，我还不主动覆盖上去，把他压垮、把他揉碎？我妈曾告诉过我，男女的事，女人不能太被动了，因为男人只会在你身上瞎鼓捣，一点儿也不管你来不来快感；只有你主动上身，有意识地鼓捣，才能找到自己的快感。而且，你一旦找到了自己的快感，就浪了，就天天想往男人身上趋乎。对男人也就宽容了，就能忍受他的缺点，甘心跟他过在一起，关系就稳定了，日子就和美了。

一这么想，郑秋兰的心情平静了很多，竟觉得双兰和天双趋乎在一起这件事并不是那么严重。"这乡下，说封闭吧，也开放，私下里会个相好，旁人居然也只当作风俗看，不刻意指责，当事人也并不打破了脑袋，兴师问罪，哭哭闹闹。而且，会尽管会，也不破坏家庭。如果我看得太严重了，不依不饶、吵吵闹闹，岂不被村里人笑话？"郑秋兰又找到了一条让自己释怀的理由。

但是，明明他们趋乎在一起了，已经伤害了我，却还要装得清清白白、正正经经，把我当傻子，这就严重了。俗话说得好，王八好当气难顺，我横竖也是个有脑子、有人格的人，不能任他们把我当作摆设、随意欺骗。我必须向他们挑明了，你们的事儿我是知道的，你们如果真的要好，就大大方方地好，甭遮遮掩掩的，我郑秋兰也没那么小气，我会成全你们的。如果你们只是为了满足情欲而偷鸡摸狗，对不起，我劝你们赶紧歇菜，因为下作，我都替你们脸红。

郑秋兰决定，要赶紧去会会史双兰，开诚布公地谈谈。这个主意并不冒失，因为依自己跟她的交往，她是通情达理、善解人意的，而且最重要的一点，她优雅，顾脸面。

20 男人都出工了，
正是女人找女人的时候

男人都出工了，正是女人找女人的时候，郑秋兰朝着史双兰的庭院走去。

双兰家门前有一棵皂荚树，远远就看到它繁茂而高大的身影。皂荚是京西很稀罕的一个树种，它挑剔地界，人为的栽种很难成活，基本上是自然长成。所以，如果谁家门前或庭院里有这么一棵树，是很让旁人羡慕的，喻示着这个人家的风水大好。

山里不叫皂荚，而叫皂角，因为它结的果实叫皂角。

皂荚树，开很淡的黄花，有卵形的小叶子，一到秋天就落了，遒劲的枝上，那一列列的刺就显得很锋利了，去采集皂角就得格外小心。皂角褐而扁平，酷似豆角，既可以入药，又有不错的洗涤作用，有个"皂"字，也是名副其实。

双兰家这棵皂角，因为村里没人能说得清它的树龄，所以就都叫它老皂角。

老皂角，形状丑陋，却很吸引妇人，因为用它洗人，可以洗出细腻而白的皮肤；用它洗衣物，不仅能洗得干净，还能留下好闻的药香，捎带手就能驱蚊虫。

皂角还青嫩时，妇人们就来到树下，吃力但却兴奋地举了钩镰，早早地摘皂角。

双兰两口子也不自私，任由她们采摘。李玉屏能在妇人群里如鱼得水，这也是原因之一。

把皂角捣烂了，妇人们便把它放到清水盆里，可劲地揉搓。揉得久了，便揉出黄白的沫子。沫儿涂在脸上，脸就洗得桃花般明丽；涂在腿上，腿就洗得如两节藕。她们心情愉悦，一边搓着沫子，一边柔媚而欢快地哼出歌子：

皂角儿，滑沫儿，

小媳妇，洗脚儿，

老头儿，洗袄儿，

就是不给脏小子儿！

双兰家由于坐落在村西，早晨的太阳照得晚些，又由于是冬季，整个树都秃了，仰头望去，枝干灰乎乎的，让人感到阴

郁。这正应和着郑秋兰此时的心情，她觉得这时候来是对的，什么心情下就做什么性质的事儿，或许就顺利。

说白了，她还是有些发怵，怎么张口呢？

来到树身下，树虽然灰而秃，却隐隐地散发出一股清芬，这清芬让郑秋兰醒了一下神，生出了一点儿自信：该怎么说就怎么说，有什么大不了的？

轻捶门环，里边传出来一个懒懒的声音："在呢。"

进了堂屋，史双兰穿着一身棉睡服坐在一把深色的木制圈手椅上，双腿垂进一只大木盆里，她在泡脚。

大早晨的就泡脚，这是什么习惯？郑秋兰送上迷惑的目光。

木盆里冒出来热腾腾的水汽，带着强烈的药香。水里放着皂角。

"你随便坐吧，"史双兰眼皮都没有抬一下，兀自说道，"我一到秋冬，腿脚就起麸皮，一动就往下掉，就像蛇蜕皮，看着就让人恶心，所以就用皂角水泡一泡，既驱寒，又让肉皮子细腻。"

郑秋兰坐在炕沿上，说："我也是这样，早晨一掀开被窝，褥子上、被子上都沾着一层干皮，是不是女人都这样？"

"差不多吧。"史双兰在木盆里的双脚，交替着互相撩水，让郑秋兰知道，她泡得差不多了。

郑秋兰忍不住把目光黏在了史双兰的脚上。人家的脚可真是脚，小，纤秀，白得刺眼。脚趾头不肥不瘦、不斜不歧，服服帖帖地环列在一起，好看得要死。她甚至还动了想触摸一下的念头，但由于羞怯，还是止住了。仿佛就凭这双脚，她做出什么不好的事来都不叫错，都可以原谅。

史双兰开始揩脚。用的毛巾雪白雪白的，像是新的。人家擦脚都用这么干净而簇新的毛巾，再看看咱，擦脸的毛巾都是又黑又脏又干又皱。人跟人真没法比，郑秋兰不禁自卑了一下，觉得一会儿跟人家说话，一定要柔软客气。

"既然赶上了，你也顺势泡泡，咱又不是外人。"

"行。"史双兰的话虽然出人意料，但郑秋兰却毫不迟疑地就答应了。因为她也蜕皮，这个提议顺理成章，而且，见人家泡脚，她的脚竟也跟着痒痒，身体有自己的愿望，它不听从心灵的支配。

史双兰说："那好，我去给你换一盆水，这盆水我用过了。"

郑秋兰赶紧拦下："不用，我没那么多讲究，再说，皂角正好泡开了，药性会更好。"

"我就喜欢你这点，随和，不嫌弃人，不过我得再给你放点儿热水，盆里的水有点儿凉了。"史双兰赶紧趿上拖鞋，从火炉上提来一把正滚沸着的热水壶，往盆里注水。

此时的郑秋兰并不关心史双兰的热情，而是关注她趿在脚上的拖鞋。那拖鞋是毛的，颜色雪白，做成了兔子的形状。她一跤进去，脚本身就消失了，好像是两只毛茸茸的小白兔自己在移动。在山里，一般纳成动物形状的鞋底、鞋垫、鞋面都跟情感有关，可是婆娘们都知道，李玉屏他是属虎的，呃，史双兰属兔，那么，就是说，她是把自己跤在脚下了。她爱的是她自己。爱自己，又跤在脚上，便也可以说，她嫌弃的也是她自己。

不管怎么说，她的拖鞋，连带着跤着拖鞋的她这个人，显得是那么优雅，光耀了整个屋宇。

郑秋兰把脚泡进盆里之后，她立刻就惭愧了。因为自己脚下的光景真是惨不忍睹：白花花的，肥胖胖的，圆鼓鼓的，好像脚趾头生来就没有分叉，怕见人似的团在脚面里。

她不好意思抬头。

可却听到一声惊讶："哎呀，我说秋兰，你从头到脚都带着富贵，你看看你的脚，长得多饱满多喜兴，就像两只不带褶的肉包子，让人恨不得吃进肚里。"

"双兰姐，不带这样挖苦人的。"

史双兰也没有接话，只是蹲下身去，捧起两只肉包子激动地揉搓。看来她真的稀罕，不是恭维。郑秋兰也不躲，任由她表达感情。丑陋一旦坦然，就是力量，变得什么都可以接受了。

郑秋兰顺势看了一下她的后背，脖颈秀美，脊椎细长，腰窝深陷，是天然的美穴地，甭说是男人，就是女人也有去抚摸的冲动。郑秋兰摇摇头，竟真的动手抚摸下去。史双兰"呃"了一声："秋兰，你讨厌。"

水汽升腾，诱发温情，两个人都感到对方亲，亲密得没有缝隙。

可是，这里就有侵犯和被侵犯，让人在没有缝隙之处偏偏就看见了缝隙。唉，老大爷真是不公，怎么单单就捉弄女人。

接下来我该怎么办呢？

郑秋兰又开始犯难，琢磨着怎么给本性的善良找到应有的位置。

待郑秋兰泡完脚，史双兰问："你是不是觉得脚底有冷飕飕的凉气？"

郑秋兰点点头："嗯，是凉。"

史双兰扔给她一双拖鞋："跟我来。"

竟被引进卧室，见炕上的被窝还被保持着睡过的样子，郑秋兰说："双兰姐，你这个人真是懒，起床连被子都不叠。"

"本来就没打算起，想泡完脚之后还回来睡，为什么要叠？"史双兰推了郑秋兰一把，"甭废话，快钻被窝。"

"跟你钻在一起？"

"不跟我钻在一起还想跟谁钻在一起？"

钻进被窝之后，郑秋兰拘谨得一动都不敢动。怎么会不知不觉地就跟一个女人躺在一起了？跟一个女人躺在一起比跟一个男人躺在一起还让人感到别扭，好像更不正经。然而史双兰却很自然地把她抱进怀里："秋兰，你知道不知道，这就叫作抱团儿取暖。"

这个说法真让人安魂，好像因为是风雨同行，所以她们自然要亲密无间、相拥相偕。

两个肉身子很快就焐出了多余的温暖，郑秋兰也在温暖中舒展开来了。她顺畅地呼吸，清晰地闻到了被窝里的味道。

"唉，双兰姐，你是不是不让李玉屏跟你睡在一起？"

史双兰一惊："这，你是怎么知道的？"

郑秋兰说："你闻闻你的被窝，除了女人味儿之外，别的什么味儿都没有。"

在郑秋兰的意识里，为什么管男人叫臭男人，因为男人这东西，无论女人怎么替他收拾，他也既乱又脏，总能留下待过的痕迹和难闻的气味儿。史双兰的被窝里既然只有她自己的味道，那么，她肯定有很长时间不让李玉屏与她同床共枕了。

"你这丫头真是比鬼都精。"

一温暖，人就松软，两个人久久地躺在炕上，都不愿意起来。

"双兰姐，这人怎么越躺越懒，还犯困，浑身软绵绵的，只想再睡它一会儿？"

"这就对了，我告诉你说，好女人都是睡出来的——女人越睡越慵懒，也就越来越温柔。懒，让女人懂得心疼自己、娇惯自己，干不来的就不干，斗不过的就不斗，时间久了，身子就绵了，性情就柔了。到了这个地界，女人就真的是水做的了，男人也就会不请自来，覥着脸子说稀罕了。"

"双兰姐，可我娘家人总是说，到了婆家，千万不要懒，要勤快、要能干，讨公婆和男人喜欢。"

"讨公婆喜欢不假，但未必会让男人喜欢。为什么？那你就放眼看看，那些勤快的、那些能干的女人，哪个不是嘴上不饶人、手下不让人，脾气急急的，说话冲冲的？这样一来，女人的性情就不见了，女人的温柔就不在了，反而让男人撇嘴，跟你疏远了。勤劳能干，那是男人的立身之本，搁在女人身上，最重要的，是要涵养出一个好性情，对男人温柔体贴、善解人意，让他觉得你是很女人的女人。那么，好性情是个什么样子？嘿嘿，就是又馋又懒，又绵又软。"

"所以你就睡，即便是睡起来干点儿旁的事儿，也连被窝都不叠，预备着接着睡？但有一点我不明白，既然你懒懒地睡着，完全可以睡到老爷儿（太阳）照屁股，为什么要早早起来泡脚？晚上正可以泡啊，泡完脚，再睡觉，那可有多滋润、多舒服。"

"秋兰，你跟天双也快两年了，难道你就没发现，男人挑剔起女人来，是最不讲道理的？他可以有缺陷，但你不能有缺点；他可以撒泼，你却不能任性。所以，女人除了会犯懒以外，还有一条最重要的，就是你要会遮丑。"

"怎么遮丑？"

"你比如咱俩一到秋冬，就爱掉麸皮，这是做女人的一个缺点。但有缺点不怕，只要是不让他们看见咱的缺点咱就没缺点了，所以我就选了早晨泡脚，因为他已经出工了，看不见了。到了晚上，他看到的是咱泡过的脚，还是那么光滑，还是那么细腻，在他眼里，咱从来就不曾掉过麸皮、根本就没有丑过。"

两个人聊得很开心。

郑秋兰忘记了上这里来的意图，只觉得，如果能天天跟她躺在一个被窝里多好。身子一贴近身子，心也就贴近了心，家长里短也说得跟体己话似的，除了亲，不能有别的了。

可能是聊得兴奋，史双兰在拥抱中，手无意间碰到了郑秋兰的乳房。郑秋兰打了一个激灵，本能地躲闪了一下。一如房间里过于温暖，风微微地吹来也感到冷厉，这过分的亲密，让郑秋兰感到害怕，因为它提醒了不快并放大了不快，觉得不可容忍。这被提醒了的不快，就是史双兰和天双竟然不可理解地趋乎在了一起。这种不快一下子横在了两个女人之间，因为是身子挨着身子，所以郑秋兰大吃一惊：我怎么会跟她这么亲热？

郑秋兰想爬起来："我该走了，一大早就跟你躺在一起，这算是怎么回事？"

史双兰一把将郑秋兰欠起来的身子摁下去："你就好好躺着，难道你忘了，好女人都是懒出来的。"

虽然身子又躺在了一起，但心却分离了，郑秋兰觉得，在最亲密的时候说最不亲密的话，也许很有意思。她心生一计，拨弄着史双兰的头发，并凑上去嗅一嗅。

"哎，双兰姐，你头发上的味道怎么这么特别，除了女人的味道之外，还有别的味道。"

史双兰随口就问："什么味道？"

郑秋兰堆出没心没肺的傻笑："嘿嘿，我怎么闻着像我们家天双身上的味道？"

史双兰猛地坐了起来："秋兰，你可真不简单啊，原来你身子在这儿躺着，可心思却一直站着，什么时候变得这么阴险了？"

郑秋兰也赶紧坐起来："双兰姐，没你想得那么复杂，我只是心里搁不住事儿，总想说出来。"

"既然挑明了，那么咱们就说说，说破了无毒。"

"那咱们就坐起来说，省得难为情。"

"不，就躺着说，躺着说不隔心，能说得真。"

21 爱与不爱，不会写在脸上

史双兰说，说我和天双之前，我先跟你说件事儿——那狐狸肉真是香，不仅香在嘴上，还香到肠胃里去，因为肠胃高兴得自己就蠕动。但是，我不可能再吃了，因为会不停地呼出臊味儿，无论怎么刷牙漱口，也去不掉它。一到晚上，就被它臊得嗓子眼儿发痒，想吐又吐不出来，活遭罪。看来，老辈人说的是对的，狐仙是不能打的，更何况还吃她的肉？吃了她的肉，我更确定，我史双兰不是个好女人。

史双兰说，接下来我就跟你坦白，既然吃了狐仙的肉，又喝了那么多的酒，就没有不乱性的。也许你不相信，我和你们家天双糊里糊涂地就趋乎到一起了，事后感到很羞耻，对自己说，赶紧把它忘了，就当什么都没有发生。

说到这儿，史双兰停了下来。

郑秋兰知道她是在等着接话，但由于过于直接、过于坦白，她便不知道怎么回应，情急之下，在炕上重重地踢了一下腿，一是本能的愤怒，二是告诉叙述者，我在听。

　　史双兰接着说，究竟是发生了，想忘也是忘不掉的，便责问自己，怎么会弄出这样的事儿来？一往深里琢磨，不禁吓了一跳：原来我骨子里既迷信又不本分，所以才丢人露丑。你们家生三片嘴的事儿，因为跟我有关系，所以我迷信报应，就去吃狐狸的肉，就像你们家天双说的那样，吃到肚里烂成粪，它就再也不折腾了。又觉得是你们家的事把我弄得心绪不宁，你们该欠我的，我索取点报答也是应该的，就借着吃狐狸肉跟天双趋乎上了。所以，发生了那样的事儿，既糊里糊涂，又事出有因，我不能一味地为自己开脱，要对得起良心。

　　你什么都说出来了，而且还不给自己开脱，那我还能说什么呢？郑秋兰很懊丧，本来自己有高高在上发问的身姿，此时却觉得不适合直立，她只好又重重地踢了一下腿。

　　因为无话可说，两个人躺在一起就显得多余，郑秋兰说："你还有什么跟我说的，如果没有了，我可就起床了，太阳已经从门缝里钻进来了。"

　　史双兰说："你光想着怎么解开自己心中的疙瘩，你怎么不问问我过得好不好？"

　　这话说得，好像她郑秋兰很自私，反倒辜负了友谊，所以

她气哼哼地说："这还用问，你过得那么讲究、那么雅致，男人敬你，女人怕你，而且因为当着村里的医生，即便是整天睡懒觉，也挣村里最高的工分。"

"如果我跟你说，我过得一点儿都不好，你信不信？"史双兰往紧里抱了一下郑秋兰，好像空蒙里有一个威胁，由于害怕，她得抓住点儿什么。

郑秋兰想躲可又没躲，一躲，就显得小气，这不符合她的朴实："我倒想听听，你到底是怎么个不好。"

接下来就有了一个让郑秋兰没想到的故事——

史双兰和李玉屏结婚后，最初的日子好得昏天黑地。李玉屏好像天然地就懂女人，他对史双兰敬着、惯着、宠着，不仅重活儿不让她干，即便是家炊，也舍不得让她伸手。娶了这么一位又美又优雅的女人，怎么能忍心让她陷在家务之中？俗务让人粗，琐碎让人老，我可不能干这种傻事儿。他对史双兰说，你就干两件事：一是往美了保养自己，二是往温柔里舒展自己。史双兰真是善解人意，她把美和温柔尽情地舒展在土炕上，他们的夫妻生活就很好。岂止是很好，男欢女爱，夜夜春宵，简直是热烈。好像人间的快乐都有定数，突然有一天，李玉屏出现了早泄，把正往高潮里爬坡的史双兰放在了中途。李玉屏很吃惊，不断地摇头。史双兰安慰道，没关系，你是累了。且休息且补养，又有了原初的感觉，便再试缱绻。一试还是早泄，李玉屏很是懊丧。到医院一检查，说是得了肾炎，肾虚，功能不全。医生说，肾炎也不是大病，除了服药，更重要的是自我调养，少吃咸的，也不要累着，更不能太着急。回到家里，李玉屏不仅懊丧，还很忧郁，因为这三点听起来容易，但实际做起来却很困难——山里缺粮，常瓜菜代之，而瓜菜寡素，不放盐就没有味道，怎能吞下？山里种的是堰田，一招一式都需要人力，虽然给他安排了当会计和记分员的差事，但也不能脱产，即便是队里允许他摆摆花架子，不必太卖力气，但"摆"也出汗，也累啊。也是因为新婚生活的过于美好，有了习惯性的需要，枕席的欲望出奇的强烈，上了土炕就想覆盖，覆盖不得，岂能不急？不得已的咸、累、急，影响了实际的调养效果，到了后来，不仅早泄，干脆是不举。

李玉屏躺在土炕上，辗转反侧，哀叹不已。这诱发了史双兰的焦虑，她说："我横竖是你的，真睡假睡也是你睡的，你不必这么心伤，好像是天塌地陷了似的。"

李玉屏长叹了一声说道："你说得倒轻巧，就一如看不见伤疤却咧嘴，因为里边真疼。你想啊，守着一堆金子却不能花，你急不急？守着一片山花却不能掐，你急不急？守着一身好肉却不能插，你急不急？"

史双兰勉强笑笑，说："急自然是急，问题是干着急是没用的，反倒败坏了过日子的心情。再说，好女人也不是插出来

的，而是陪出来的，咱就这样每天安安静静地躺在一起，相依相伴，说说话儿，不也很好吗？"

李玉屏说："屁，夫妻之间因为想亲密，才有话儿说，亲热之后才更有话儿说，不想亲密、不能亲密，你哪儿有说话儿的心情？"

史双兰不知怎么回应才好，只好仰头望天，呆呆地看着黑暗中的顶棚。

那顶棚一开始是模糊的，后来就清晰了。顶棚上有桡，桡上有檩，檩上有椽，组成了一个稳定的结构。檩靠榫卯固定在桡上，椽靠钉子固定在檩上，细一追究，都是"插"的连接。史双兰心中一动，觉得李玉屏说的不只是牢骚话，或许也有些道理。桡、檩、椽因为插在一起，虽然无言——不说话儿，但也待得牢固。

史双兰秀外慧中，不免从中得到一点儿启发，所以她也有了一点儿隐隐的不安：如果不能亲热，李玉屏和她的关系，恐怕很难再回到当初了。

史双兰从此就不敢高声说话，对李玉屏百依百顺，弄得比以前还温柔。到了土炕上，她主动送上很体贴的温存。一边说着动情的话，一边轻轻地抚弄，还把自己的身子不露声色地朝性感里摆放，以唤起他的激情。李玉屏果然被触动，浑身燥热，呼吸急促，那里也蓬勃起挺立的萌芽。他赶紧覆盖上去，以为就要得救了。好像嫩芽虽然直立，却遇到了干热风，芽瓣儿又萎缩回去了。真是败兴！他重重地把自己掀翻在炕上，嘴里一阵唔哝。

不停地尝试，不停地失败，李玉屏就失了耐性。当女人再次温柔地靠过来，弄出诱人的样子，他竟说："收起你那一套吧，你怎么变得这么浪？"

这是羞辱，粗暴地打击了体贴，好像是热脸皮一下子掉在了下巴上，女人很委屈，哭了。

"有什么可哭的，我又没死。"

哭也失去了资格，这就是迁怒的样子。

后来，迁怒朝着纵深里发展。优雅的本性，让史双兰依旧讲究穿着，依旧认真地梳洗打扮。一天早晨，她端坐在梳妆台前，对着镜子描眉、敷粉，心静如水。可身后突然就响起来一个愤怒的声音："你这是在给谁捯饬，难道这个屋里就容不下你的心？"随即就把她的眉笔打落，把她的粉盒掼到了地上。

史双兰愣在了那里。

她真是懵懂，难道我日常的盥容梳洗也有罪过？她隐忍不住，第一次说了反抗的话："我是你老婆，又不是窑姐，你应该有起码的尊重。"

李玉屏竟然说："你要是窑姐反倒好了，我可以顺势就把你卖出去，可你偏偏是我的老婆，明明不能享用，还要小心地托

在手里，你说我累不累？"

"享用"一词很扎心，史双兰也就不客气了："对不起，你活该。"

"好，好，我活该。"李玉屏感到自己从来没有这样虚弱过，以至于不能撑起在女人面前的体面，他摔门而去。

走在村街上，平坦处也坎坷，细软处也硌脚，他愤怒地踢无辜的道路，弄得脚下一路风尘。被人看见了，讶异地说："这个文弱的小个子怎么也这么不着调了，他是不是疯了？"

到了晚上，史双兰加倍地小心，跟他躺在一起，也整齐地穿着内衣，不露皮肉。那个人已不能作为，袒露性感，是对他的折磨，或者被疑为嘲弄。她得体贴。

李玉屏说："你睡在床上，干吗还捂得这么严实，你是不是嫌我不中用了？"

史双兰说："不是的。"

"什么不是，你就是，"李玉屏觉得应该否定得更深刻些，竟说道，"如果不是，那就是别有用心，你是在替别人保管着，到时候好用。"

真是不可理喻，史双兰哼了一声，马上就把自己脱光了，白花花地摊在那里。彻底的无辜，就是不反抗，任由你摆布。

李玉屏的目光在她的身上打滑。皮肤华美，曲线惊险，让他很嫉妒，很愤恨。虽然是自己的财富，却不能开销，差不多就是别人的了。这可不成，我宁可毁坏，也不能便宜他人，所以，他先是移近了，从上到下恶意地打量，寻找到一个下手的理由，然后嘿嘿笑着，朝着女人大腿的内侧狠狠地掐了下去。

猝然的疼痛，让女人哦了一声，向上挺起了身子。因为是自己的男人，很迷惘，但看到男人的眼睛血红血红的，又让她很惊惧，便采取了逆来顺受的态度。

这疑似纵容，男人就掐得理直气壮。到了最后，男人竟欢快地叫了起来，然后就趴在她的两腿之间，不动了。

待爬起来之时，他兴奋地说："双兰，你看，你看。"

双兰欠了欠身子，看见在她女体很远的地方，竟有一摊黏着的物质，她知道，那是来自他绵软不举的部位。自己的被摧残，竟换来男人的快感，也值了。所以她凄然一笑，在他的头上抚摸了一下。

安慰反而来自被伤害者，这让李玉屏很惭愧，他拼命地亲吻着女人被伤害的地方，还带着孩子一样的抽泣。做错了事情的孩子，总是用哭泣把自己挡在斥责之外，让母亲无话可说。李玉屏的抽泣弄得史双兰心里很乱，她觉得他很可怜，像一个长不大的孩子，所有的怨言就被堵在腔子里了。她不想做错事。

躺在土炕上，隐忍着疼痛，她感到，她是爱他的。

男人没皮没脸地睡去了，看着他在香甜中的无助，她喜

欢。她的疼痛不仅可以忍受，还痒酥酥的，往肉里舒服。她忍不住低声呃了一声，那是快感来临时的叫声，她骂了自己一句："真不要脸。"

这样的事情成了家常便饭。

因为男欢女爱本来就是家常便饭。

土炕的卑贱，就在于把不重要的当成重要的，把不能忍受的变成可以忍受的，还不露一丝痕迹。

这之后，李玉屏在村部里就跟那帮婆娘们放开了手脚，公然打情骂俏、揉揉捏捏。他不担心眼目，也不忌惮议论，因为他有心无力，没有风险，大可以坦坦荡荡。当然，这也是无害的快乐，还可以减少对家里人的伤害。

史双兰懂他，也以玩味的心态看，便不把别人的议论放在心上。如果不是村里的男人相约了堵上家门问罪，她也不会到村部去，当着众人对可怜的李玉屏说了那么一番重话。

没想到李玉屏就挥起了镰刀。

也可以理解，对无用的无辜，他忍心割。

可以想见，他有多么恨自己。

尘根已去，欲火熄灭，从此以后，李玉屏变得异常平静。再与村人来往，他不感羞辱，大大方方地说笑，反而是旁人不敢直视他的目光。与史双兰躺在土炕上，也不烦躁，只是用欣赏的目光看着她那一身华美，逗趣道："可惜我不是画家，要是我把你画下来，藏在柜里，等老了拿出来看一看，你得多骄傲。"骄傲不骄傲已不重要，重要的是他能半宿半宿地跟史双兰说话，柴米油盐、家长里短也说得津津有味。史双兰不得不提醒他："赶紧睡吧，明天你还要到堰田上去呢。"

"该死的堰田。"李玉屏说。

"你又来了。"史双兰笑着推了他一把。

因为李玉屏曾经说过，这堰田就是山里人的命运，它就像一个框子，把人框在梁峁之上，既不能走远，又不能有新鲜活法。周而复始，哪里还有激情？再壮实的汉子也得阳痿。

李玉屏认命又豁达了，但史双兰有化不开的忧愁。他们夫妻早期的琴瑟相和，让她尝到了性的美好，留下了身体记忆，在一些睡不着的时候，欲望竟自己就冒出头来。男人不举，还有希望，镰刀砍下，就只剩绝望——燥热来临，难耐之下，她自己就掐自己的大腿。都怨男人，他给你教了许多不该教的东西。

她大腿的内侧，叠加着他们两个人的掐痕，瘀青淡了又重，重了又淡，像爱情的节律。

"既然我什么都对你说了，也就不怕丢人了，索性就让你看看我的伤。"史双兰褪下睡裤，把两节大腿露给郑秋兰。她的大腿腴美而白，是细腻的白，正因为如此，瘀青就格外地显眼，像白布绣上去的一样。郑秋兰倒吸了一口凉气，忍不住用手去触摸。"你疼不疼？"史双兰明明是皱了一下眉头，却笑着说："不疼。"

郑秋兰心中不禁动了一下，男女之间，土炕上的事原来这么重要，竟至于不惜摧残和自我摧残。这个女子真不易，又真好，把女人的本分尽到家了。也是因为她尝到了土炕上的快乐，所以天双一逗引她，她就往他身上趋乎，不是她这个人下贱，而是她的身子下贱。

郑秋兰一点儿也不怨她。她为史双兰提起了睡裤，紧紧地把她拥进了怀里。静静地拥抱着，不忍心说话。到了后来，温暖让她恍惚，竟觉得拥抱的，是天双的身子。她想到，天双啊，我必须把身子给你，让你天天在上边日捂。史双兰可不是一般人，她是女人中的女人。连我都觉得她好，更甭说你了。一旦让你感到了她的好，我可就危险了，你们还不得天天趋乎在一起？

一有了这样的想法，郑秋兰的危机感马上就被放大了。天双刚遇到我的时候，他还太年轻，还没经历过女人，还没学会拒绝，我一旦主动贴上来，即便他心里不太乐意，也接受了。而我现在还这么冷他，拿个不值钱的身子要挟他，他是不是就会想，我本来就是被迫地娶，你还这么不在乎我，我有什么理由对你忠诚？这是还没有遇到我喜欢的女人，一旦遇到，我会毫不犹豫地背叛你。

想到这儿，郑秋兰吓坏了，在温暖中，脊椎也倏地冒起一股凉风，而且迅速地蔓延，很快就到了头与脚。她躺不住了，猛地坐起身子："我该走了，不然真的就睡着了，大白天的，两个女人睡在一起，这算什么？"

理由充分，史双兰也就没有阻拦，只是用忧伤的眼神看着她。

郑秋兰说："双兰姐，咱们姐儿俩之间什么都没有，你不用放在心上，相反，我还要谢谢你。"

"谢我什么？我不过是让你泡泡脚，一起暖暖身子。"

泡泡脚就足够了，皂角的药性的确能浸入皮肤，让多余的皮脱落，把心中的泥洗净。

起床之后，她拿过炕头上的掸子，很仔细地把自己睡过的地方掸干净了。她不能让从自己身上掉下来的麸皮，沾染了人家的土炕。对优雅的双兰姐，她得尊重。

临出门之前，她又回过头来张望。她对土炕上的人残存着依恋，想送上一点儿属于贴心人的叮嘱。但不知如何措辞，也不知在无量数的叮嘱中选择哪一个合适。

史双兰懂她，伸出来一条美白的手臂很优雅地挥了挥："你赶紧回去吧，回去之后，别再耍性子了，就大大方方地跟他睡。"

22 温柔的夜色

　　史双兰的话，郑秋兰记住了，她要悄悄地朝那个方向走近。

　　这一天晚上，郑秋兰用心地做了两个菜。一个是熟咸菜炒黄豆，一个是小鸡炖蘑菇。

　　早晨一起床，她就把今秋打下的黄豆浸泡到清水里。黄豆要发开，需要半天的时间，如果要发得彻底，就需要一天的时间。因为耗时，不年不节的日子，山里人几乎不做用黄豆作食材的菜。蘑菇是天双采来的，是少见的松树蘑。他上山打猎，钻原始的森林，才有机会，在老松树的根部见到这种树蘑。一般的人，只能采到草蘑、菜蘑，也就是在花秸上、草丛中、庄稼地里，雨后速生的那种。树蘑肉厚、坚韧，适合肉炖，炖出的蘑菇味道浓郁，也有嚼劲，下酒、佐餐，均好。树蘑做起来也耗时，需要把它放在清水里泡开。所以，一早起来，郑秋兰不仅泡了黄豆，也泡了树蘑，用心良苦。

天双晚上收工回来，一进庭院，就闻到了不一般的香味，疲惫的腰杆儿立刻就挺拔起来，暗暗嘟囔了一句："这个郑秋兰，太阳打西边出来了。"

见到了这两样吃食，他情不自禁地就涎笑，因为都是他的最爱，心管不住嘴，矜持不起来了。

酒壶已摆在了桌子上，正好就菜下酒。由于顺遂，天双说道："郑秋兰，你看你，这两样菜都不是平常能吃的，你也不怕费事，也不怕浪费。"

郑秋兰平静地说："女人待在家里，有的是工夫，就没有费事一说，再说，黄豆是你种的，蘑菇也是你采的，吃进你的嘴里就不叫浪费了。你想啊，你要是不种，你要是不采，想浪费你都没得浪费。"

这话说得天双心里很舒服，虽然其中连一个赞美的字都没有，却有足量的赞美。嘿嘿，这个郑秋兰，什么时候变得会说话了？

天双吃得有味儿，喝得也有味儿，酒壶里的酒很快就空了。他拿起酒壶在郑秋兰眼前摇，是在提醒她添酒。郑秋兰视而不见，尽管吃自己的饭。天双想发作，却又觉得对不起桌上的好饭菜，只好自己站起身来。

郑秋兰拽了拽他的衣角，说："我听人家说，讲究的人，酒要喝得微醺，饭要吃得八成饱。"

他明白了，郑秋兰是要他向讲究的人学习，就先从他的酒壶上做文章。"讲究"一词，是一层窗户纸，是挡给君子的，窗内的诱惑再大，是君子，也不会捅破的。他便摇摇头，很不情愿地把酒壶放下。

晚餐妥帖，天双兴致很好，目不转睛地看着郑秋兰。郑秋兰明白，他又有了多余的心思。以前是下意识的厌恶，现在是有意识的理解。但是，下了饭桌，就上土炕，过于动物性，再有迁就的心理准备，也感到别扭，她笑着说："咱得有多少日子不出去遛弯儿了，我怎么这么想？"

天双说："大冬天的，外面冷。"

郑秋兰说："陪我遛弯儿你还嫌冷？"

两个人就走到了村街上。

村子周围，一切都是那么熟悉。山还是那座山，树还是那些树，夜鸟还是那几声啼叫，毫无新鲜感觉。天双忍不住嘟囔："回去吧，回去吧，这有什么可遛的？再说，我也累了一天了，真提不起精神来。"

郑秋兰说："我问你个问题，你如果答上来，咱就回去。"

她的问题是，这山是什么时候长成的，这树是什么时候长高的，这鸟是什么时候来这里鸣叫的。

天双觉得她问得实在可笑，在不该问问题的地方问问题，真是吃饱了撑的："我不想回答。"

郑秋兰说："天双，我们可都是念过书的，不是文盲大老粗，你可别把自己堕落成无赖。"

"这倒是，"天双认真地想了想，"问题是，你问的问题它真不好回答。我生下来的时候，山就在了，我哪儿知道它什么时候长成的。树倒是后来栽的，但人只管低头生活，哪儿有心思管它的事儿，它什么时候长高的，都是在不知不觉之间，就记不起来了。至于鸟什么时候到这里鸣叫的，我倒要反过来问问你，它们什么时候走过？在我印象中，它们一直就在那里叫，从来就没有走过。"

郑秋兰说："你这么说，很好，说明你诚实。"她告诉天双，之所以问他这些问题，是因为她觉得这天地间的事可以教育人。山不因为人不知道它是什么长成的就不长，树不因为人不知道它是什么时候长高的就不高，鸟也不因为人不知道它是什么时候开始鸣叫的就不叫——它们尽本分，不怕人忽略、遗忘。那么这人是不是也要这样？作为丈夫，不应该因为媳妇不知道他辛苦就不辛苦；作为媳妇，不应该因为丈夫不知道她贤惠就不贤惠。反过来，作为丈夫，不应该因为媳妇容忍就放纵；作为媳妇，也不应该因为丈夫放纵就厌弃。

天双插话："你这是在指谁？"

郑秋兰说："你甭多心，我是泛指。"

郑秋兰还没说完，她说——既然我们不知道山是什么时候长成的，树是什么时候长高的，鸟是什么时候来叫的，那么，对我们来说，它们既是熟悉的，又是陌生的，既是旧的，又是新的，它们身上有许多我们不知道的好，也有许多我们不知道的快乐等着我们去寻找。我们不能麻木，熟视无睹，也不能偷懒，不去感受我们还没感受到的好。"这夫妻之间，也是这样的。"她最后说。

天双明白，郑秋兰一直就不是什么"泛指"，她是有所指。

不过，她说了这么多，在没有道理之处找出了道理，把不是道理的地方变成了道理，她这个人还甭说，懂得不少道理、装着不少道理。平时看着她胖大而粗，其实她很细；看着她没心没肺，好像她很浅，其实她一点儿也不浅，且内心锦绣，有许多连他都不曾有过的想法。

天双开始觉得，他和郑秋兰之间，他是有问题的。至少是守着青山不望山，守着玉树不看树，守着雀鸟不谛听，只看到她表面不顺眼的一面，而没有看到或懒得看到她背后顺眼的甚至是很顺眼的地方，他需要补习的功课还真是不少。

走到村西的羊栏。山羊看着人走近，也不惊慌，也不叫唤。一样的温柔眼神，平静地看着。它们对人有彻底的信任，将谁都看成好人。

郑秋兰朝天双的身边靠了靠。这细微的动作，天双也看到眼里，他内心并不是一味地粗糙，也能感应到温柔的东西，便也不躲避这看似无意的靠近。

　　郑秋兰说："你看这山羊，明明羊栏很矮，它们抬腿就能往外跑，但就是不跑，老老实实地待在里边。它们也知道不远处的山上，有好吃的山草，但是它们听人的话，夜晚不是吃草的时候，而是坐下来倒嚼（反刍）的时候，即便是没人看管，它们也服从。"

　　"还真是啊。"这事实就这样天天地在这里摆着，如果不是郑秋兰说出来，他根本就不去理会。

　　如果往深里想，羊栏设矮，是人给了羊一个出逃的理由，但是它们就是不跑，它们服从"拦"的暗示。反过来，羊也给了人一个回归的理由。譬如人居庭院，家境再贫寒，丈夫再颠顸，老婆再刁蛮，因为有一个"家"字在那里立着，人也应该回归屋檐。当然，天双不会这样想，郑秋兰也没水平朝这方面设喻。但是，他们心里都能隐隐地感到，并在不知不觉中被引领。他们一同看着那群羊，怎么看怎么顺眼，以至于郑秋兰顺手就抱起一只小羊，给它梳理绒毛，把脸贴在它身上。

　　他们往回走的时候，天双发现，脚底的石头路面上，散落着零零星星的羊粪豆子，他感到很可惜。如果把它们扫拢来，就是成撮成堆的粪肥，撒在地里可以肥田，助庄稼生长。他

指了指地面，对郑秋兰说："要是明天还出来遛弯儿，想着提醒我带上一把扫帚，好把它们扫拢起来，扔到咱家屋后的菜地里去。"

郑秋兰毫不犹豫地就点头，她心里一热，觉得这个男人还是她的，因为离本性不远。

沟环里突然就起了雾。

雾流动，从远到近、从高到低地缭绕。道路上那些大大小小、圆圆方方的石头，本来是固定的，冰冷的，此时也活动起来、温暖起来。他们看到了，忍不住觑了觑对方，有一样的喜悦。

夜色让郑秋兰瘦了一圈，也让她的脸清秀而白，疑似纯洁。肥皂洗过的手脸，发出淡淡的、暖暖的香味，这让天双产生了家常的亲切，他情不自禁地拢住了郑秋兰的肩膀。平时看着胖大的身子，在他的俯拢下，居然显得那么小，便暗暗地用了用劲儿。郑秋兰感受到了，顺势就把头靠在了他的肩上。天双心动了一下，直接就在她的嘴唇上吻了一下。没想到郑秋兰比他还心急，顺势就把舌头伸进他的嘴里。她的舌头温暖、湿润、肥厚，有清爽的味道，他顿感很盈满，激烈地吻了下去。动情之下，他顺势把手伸进了郑秋兰的衣领。毕竟是丰满，乳沟很深，他无论怎么把握，也握不完全。就着急，呼吸急促。

郑秋兰顺势往他怀里拱了拱："天冷，咱们回家。"

家里土炕是热的，门扉也能体贴地闭合。

热情足够他们延续，一句话也没说，就延续到土炕上，也不必再难为情，马上就延续得深刻了。

这一次，郑秋兰是有准备的，所以，她不仅把自己完全放开，还在迎合中感受。因为史双兰明确地告诉她，男欢女爱，不仅是男人的节日，也是女人的节日，因为男人欢快，女人也欢快。

男人在她身上冲腾，好像山场很小，不够羊儿跑。女人被震动，好像石头滚下山来，不怜惜被砸落的地方。不怜惜就不怜惜吧，因为她乐意，愿意在死中感动。

男人终于高叫："郑秋兰，你个该死的郑秋兰啊！"郑秋兰知道，为了久违了的相遇，他的诅咒，表达的是真诚的感激。

男人倒伏在她的身上，粗切的喘息热热地嘘呼着她的胸乳，竟喃喃地说道："你还好吧？"

郑秋兰温柔地一笑："我挺好。"

虽然她没有等到期待中的欢快，但因为是心甘情愿的给予，在自我感动中，也很舒心。

这种感觉，让她第一次发现，她是爱他的，他们之间，还是有爱情的。至少，他们是可以很温馨地把日子过下去的。

23 在不满足中满足

土炕上的事，郑秋兰本来是抗拒的，可突然之间，就迎合了，为什么会这样？天双根本就不去想。山里的汉子活得很随意，有就有，来到就来到，他们不追问。

可郑秋兰知道原因。但那个土炕上的整个过程显得是那么自然，而且有她想到的，还有她没有想到的，都是随着情境的发生，所以，她也当真了，觉得这谈不上设计，全是因为对抗得太久了，到了该和好的时候。

一如大水蓄得太久，一旦打开闸门，就汹涌得无遮无拦，天双夜夜贪欢，好像与身边人从来就没有旧怨。郑秋兰虽然还残留着旧怨，但闸门既然打开，就关不上了，只好被汹涌裹挟，任其冲撞。

天双不知羞耻地说："既然有今天，咱俩何必打，打得浑身是伤，让旁人笑话。"

郑秋兰说："打还是要打的，不打，就不知道珍惜，盐都不知道咸，蜜都不知道甜。"

天双说："这人就是贱。"

郑秋兰说："当然，甬说别人，我就感到自己贱，不是一般的贱。"说时虽然带着微笑，此时眼圈却红了，掩不住自怜。

自怜是一种力量，所以她对天双说："因为是你的老婆，所以我得给你点儿叮嘱：第一，不要再打猎了，狐狸的肉你都敢吃，说明你是越打心越狠，越打越不讲人性，甬说报应，跟你待在一起，都让人害怕，害怕有一天，你也把我当作猎物，一枪打死，或者一刀捅死；第二，酒要少喝，喝了酒之后，你会耍浑，让家里人不知道怎么对你，深了不是，浅了不是；第三，不要总是想着土炕上的事，纵欲伤身还不算，还让男人没志气、没出息。本来这些话应该是咱爹跟你说，但我发现他不愿意理你，把你当畜类看，这显得多不好。"

一个大男人被女人教化，天双觉得特没面子，脸红了。都是土炕闹得，土炕既给男人蛮横，又给男人柔弱，失去了堂皇的理由。他只是点点头。为了最后的一点儿面子，他绝不大声说出来。

由于让男人节制，所以郑秋兰珍惜每一次亲热。她留心感受，却怎么也等不来让她快乐甚至迷失自己的感觉。时间久

了，她居然有了另一种体验：他虽然每次都是那么卖力气地在她身上填充，但是她整个身子，包括整颗心，始终都觉得是空的。还有一个下意识的动作，每当他发泄得彻底之后，她都马上离开他，到茅厕那地方去，久久地往下控，好像他填进去了晦气的东西，必须抖落干净。重新回到他身边的时候，他问："你怎么去了这么久？"她随口说道："你那么强壮，弄得我直想撒尿。"他很得意，觉得自己雄风强劲，很男人，让女人屁滚尿流。

郑秋兰去找史双兰叙述苦闷，把事情的经过都对她说了。史双兰说："你也甭着急，说不准你哪天就被触动了。但你也要有心理准备，据我所知，山里的女人，大多数都是一辈子也尝不到快感，所以，这也不是什么大不了的事儿，只要两口子过得和和美美也就算了，关键的是，女人要认命。"

郑秋兰说："你也知道，我从来就是认命的。可问题是，这里还有认命之外的东西。"

史双兰说："你的情况是与别的女人不同，那就是，你心里有杀生报应的忌讳，本能地就怕怀孕，担心再生出个三片嘴，所以你一边接受着他，一边抗拒着他，这一点，可能连你自己都没有意识到。"

郑秋兰觉得她说得很有道理，因为她在土炕上，身子摊平了，但心里很紧张，一边感受，一边警惕，生怕一忘我，就把脏物留在身子里。

"双兰姐，你说，我要是再生孩子，会不会还是三片嘴？"

"这可说不准。"

"哦，我知道了。"

郑秋兰有点儿不甘心，又问道："你信不信有杀生报应一说？"

"我不信又信。"

"哦，我知道了。"

史双兰总不给她确定的东西，郑秋兰也只能把不确定当确定了。她很苦恼，陷入久久的沉默。

史双兰在一旁笑，笑得别有意味，既像是同情，又像是幸灾乐祸。毕竟是别人的痛痒嘛，而且别人的痛痒正可以抵消自己的痛痒，为什么不笑呢？这是郑秋兰心里所想，所以她狠狠地瞪了史双兰一眼。

史双兰的脸红了，红得多了几分妩媚，又多了几分善心，她说："其实也不是没有办法，就看你是不是乐意。"

"只要是你出的主意，我就乐意。"

"即便是我出的主意，也不能说是我出的主意，要变成是你自己的主意，不然的话，我绝不给你出这个主意。"

"双兰姐，你也就别绕我了，你就直截了当地说出来，我郑秋兰是什么人，你还不清楚？什么事我不能担？"

"那好，就听我的，你采取点儿措施，进行人工避孕。"

史双兰解释说，人工避孕也不是什么新鲜事，在城里人那里是家常便饭，只不过在山里，没有避孕的概念，有了就生，因为它代表着老天的旨意。也是这个原因，在山里，如果谁搞人工避孕，会被认为是对婚姻的不敬，对家庭的不忠，至少是缺少感情，缺少责任，是不正经的行为，会被人戳戳点点。

史双兰介绍说，人工避孕，一般有五种形式：一是躲开排卵期，在安全期行房；二是吃避孕药；三是放避孕环；四是做结扎；五是干脆做绝育。

"那我选哪种呢？"郑秋兰问。

史双兰说："我看你只能选第二、第三种。第一种，不好掌握，咱这儿的妇女，经期一般都不准，安全期不好算，也许你的准，但你又粗心，很可能算不准。第四、第五种，你又不能用，一个育龄妇女，去做结扎，去做绝育，男人会恼怒，以为你不想跟他过日子，成心让他断子绝孙。但第二、第三种，也有缺点，吃避孕药，会胖，放避孕环，有时会掉，都是没办法的办法。"

郑秋兰说："胖我倒是不怕，怎么也是胖了，就不怕再胖。"

史双兰说："但是和放避孕环比，安全性要差一些。"

郑秋兰笑着说："那我就既吃药，又放环，来它个双保险。"

本来是个麻烦事儿，她却笑，真是既天真又可爱，有说不出的朴实。史双兰说："需用的东西，我来办，我开着诊所，知道从哪儿进，而且还不花钱。至于怎么用，我来教你，既然是我给你出的主意，我就应该负点儿责任。"

偷偷地采取措施之后，郑秋兰的心放踏实了，就大胆地与天双同房。心里想，大胆与快感是相伴的，因此她也会欢快地叫起来，变成真正的女人。便做好了迎客（快感）的准备。

很奇怪，客人总也不来，不知问题出在哪里。但她并不懊丧，既然土炕上的事做得那么繁密，敏感的部位总会触到，就耐心地等。等的时间过长，依然没有动静。她就反过来问自己："是不是咱本身有问题，不配做女人？"这么一问，好像自己真的有问题了，就不敢张扬，隐忍这种结局。她变得越来越沉静，清秀了许多。没人知道她有心病，只认为她与天双日子过得正常了，心态平和，吃喝有度，消化好了。她自己也觉得轻快了许多，做家务活儿的时候，弄出的响动也小了，在村街上行走，也不用费力气扭屁股。

"怎么样？"史双兰问。

郑秋兰知道这是在问她土炕上的事，便说："不反感。"

不反感，是她现在的真实感觉。以前天双张罗着做，她很厌恶，觉得他是把她当玩具，只顾着自己乐，太自私。现在不一样了，觉得他要得正常，毕竟是寻常夫妻，重肉体，而不重精神。所以，别要求得太高，在不满足中满足就成了。

而史双兰却体会出她的不满足："你瘦了。"

一声体贴，让郑秋兰不可承受，她扑进史双兰的怀里："双兰姐。"委屈地哭了。

24 你没必要惯着他

甫银病了。

他的胃一贯健旺：粗粮瓜菜，都吃得格外香甜，且生冷不忌，再硬的食物，他也能消化。突然有一天，他吃什么吐什么，身体也疲软无力，只想躺在土炕上。

到县医院一检查，他得了胰腺癌。医生悄悄地问天双："已经是晚期了，你们还治不治？"

天双很疑惑："你这是什么意思？"

医生说："胰腺癌是癌中之癌，治愈的可能几乎等于零，我是山里出身，知村里的日子过得艰难，所以就实话实说，建议你们把病人接回家去，想吃什么就让他吃什么，甭花那冤枉钱。"

天双很生气，大声说道："他是我爹，还轮不到你做主。"

医生愕然，忍不住看了一眼病床上的甫银。甫银朝他摆摆手："大夫，你过来。"甫银朝他笑笑，说道："刚才你们的话我都听到了，知道自己得了绝症，你是好人，真心替我们着想，所以我决定了，回家。"

医生看了一眼天双，没有立刻表态。甫银啪地拍了一下脑门子："我现在脑子很清醒，还轮不到他替我做主。"

回到家里，天双把甫银安顿在土炕上，说："你看你，在医院里有医生护士，在家里还不就得拴住我和郑秋兰，不破费钱，却耗费人，背着抱着一般沉。"

"你给我出去！"甫银喊罢，欠起身来，冷冷地一笑，"你从我这屋里出去之后，就不要再来了，你妈身体不错，伺候我她有足够的耐心。"

"没错。"甫银的老伴立刻就接上了话茬儿，一点儿也不给儿子留客气。

甫银的老伴叫李翠花，人长得很瘦小，偌大年纪了，头上也扎着两条小辫儿，因为头发稀少，梳直发总会露出头皮。她有个口头禅，"是人就知道遮丑"，这也成了她的生活信条，她居家过日子，只是低头干活儿，从不多言多语，也不论人短长，就连家里的事情，她也不对人讲。遇到人多的时候，她总是躲在角落里，不让人看见她。所以她活得无声无息，像个影子。甫银在家的时候，不见她趋近，只要一叫她，她立刻就现身:"我在呢。"所以她一辈子与甫银夫唱妇随，不自作主张。甫银便挑不着她的短处，从不跟她红脸。虽也谈不上亲密，却跟一个人似的。

天双无节制地杀生，竟至追捕雪狐，还吃狐狸的肉，甫银跟他结怨，嘱咐老伴："你不要跟他来往。"她说："好，听你的。"即便是生活在一个庭院，每天都要彼此碰见，她见了天双，也不说话，也不感到别扭，因为她与甫银真的一条心，从里到外都很自然地跟他保持一致。以至于天双炖了猎物，趁父亲不在，把肉端过来，她也紧追着送回去："别让你爹看见，他恶心。"

她也很少跟郑秋兰说话，迎头遇见，也只是点点头。至于小两口儿怎么过日子，她一概不关心。但她却本能地认可郑秋兰，因为郑秋兰长得丑，还富态。甫银就说过，丑妻近地家中宝，她什么都能给天双，还让天双知足安神。后来小两口儿又打又骂，声音传过来，她浑身颤抖，说道："这个不争气的儿子。"甫银马上说道："他妈，你说得对。"认可的一个证明，是郑秋兰被天双打伤了腿，待儿子出工之后，她轻轻地溜进了儿媳妇的房门，把两贴麝香跌打虎骨膏递给她，还很不好意思地说道："媳妇，对不起了，就请你多担待吧。"

在天双眼里，有这样一个妈与没有这样一个妈是一样的，所以他就把她忽略了。没想到在老爹病了的当口——乡下很

看重的当口，她却出现了。她虽然瘦小，此时却很庞大，甫银拿她做秤砣，轻贱他，蔑视他，甚至还要给他制造一个不孝的恶名。

她里里外外伺候甫银，很是辛苦，即便是梳着小辫，也露出了清白的头皮。在当院里被天双发现，他忍不住皱了皱眉头："你也一大把年纪了，心脏病、血压高都有，还缺钙、骨质疏松，也要怜惜点儿自己。"她晃了一下小辫儿："我没病，即便是有病也不用你管，要真是被累趴下了，正好跟你爹一块儿走，这多好。"

这让天双很不是滋味儿，甫银的媳妇跟甫银一个脾气，这老天是怎么配的，照着灯笼都难找。"我说话你还甭不爱听，你要是真被累趴下了，倔强不会帮你的忙，还得指望我。"老人家冷笑一声，说道："你就歇菜吧，就你那德行，连媳妇都不当人，眼里还有你妈？你眼里只有你自己，就别在这儿说便宜话儿了。你就赶紧回你的屋吧，外边风大，别闪了舌头。"

甫银病了之后，天双也有收敛，他真的不再打猎了，一心出工。不做病人烦厌的事儿，也算是孝顺了。其实更多的还是郑秋兰的原因，她肯于跟他上土炕，泄了他的浮火，内心沉静多了，也懒得再拿猎物撒气。甫银很是纳闷："这小子怎么不折腾了，他是不是就盼着我得病？"李翠花说："不至于，他究竟是你生的，你身上疼，他怎么也得装出疼的样子。"甫银一听，乐了："看不出，你还是很有脑子的。"李翠花扭捏了一下："你一辈子都没夸过我，这时候却夸了，让人心里别扭。"说完，居然就抽搭起来。不是嫌夸得晚，而是不应该这时候夸，有"人之将死，其言也善"的意思。

甫银在屋里忍痛，始终不弄出一声呻吟。到了后期，止痛药不管用了，要注射杜冷丁。注射的事自然是靠史双兰，这个庭院，便每天都要出现她的身影。刚开始的时候，依本性，她来的时候穿着是讲究的，但后来就穿得很随便了。因为郑秋兰直往她身上溜，目光忧郁。由于她几乎都是白天来，天双碰不上她，所以收工回来的第一句话："双兰姐她来没来？"郑秋兰回答说："你爹他今天不太好，白天一口饭都没吃。"郑秋兰话里有话，意思是说，你应该先问咱爹他今天好不好，不问也就算了，却单问那人来没来，也不嫌臊得慌。但郑秋兰有脑子，虽答非所问，却态度鲜明，提醒他自重。

到了一个时候，不仅白天打杜冷丁，到了晚上，也要打。只要甫银呻吟的声音一剧烈，天双就跳下土炕。"你要干什么？"郑秋兰问。"我要去请史双兰，给爹打针。"郑秋兰说："你白天出了一天工，就不累？还是我去吧。"

天双执意要去，她不好再阻拦。但是他前脚出门，她后脚也跟上了。天色昏黑，一男一女在一路上有说有笑，好像分别太久，他们有说不完的话。因为盯在远处，到底他们说了什

么，郑秋兰一句也听不真。是不是还有亲昵的动作，她也看不准。她心里很不是滋味，越来越觉得，作为男人，天双他真是差劲，他重色轻亲情，你爹都病得这样了，你还有调情的兴致，你还要脸不要脸？

知道他不要脸，所以再请的时候，她先就跨出门去。天双在后边喊："天黑，就你这个重身子，也不怕摔着。"郑秋兰晃了晃手中的手电筒："有它，再黑的路也看得分明。"天双只好望而止步，在黑暗中不停地摇头。

临近最后，止痛的间隔变得更短，三五个小时就要打一次杜冷丁，已经离不开史双兰了。天双便有理由和郑秋兰交替地去请。郑秋兰动了心计，对天双说："我想跟双兰学一学打针，总是这样不停地麻烦人，不是事儿。"天双说："要是这样，也得是我学才对啊，你是儿媳妇，整天往老公公的屁股上捅针眼儿算怎么回事儿？"郑秋兰说："你这个人不正经到骨子里去了，他再是我公公，首先他是个病人，俗话说病者为大，我给他打针是在尊天理、尽孝道。"两个人就都学，郑秋兰预备给白天，史天双预备给夜晚。

郑秋兰觉得这很好，史双兰她不用来了，虽然她自己辛苦一点儿，但省心，耳根子清静。

打杜冷丁是皮外注射，技术要求不是太高。再说又是打在一个将死的病人身上，手艺差一些，也能下得去手。但还是有区别的，郑秋兰心软又笨，注射起来，胆战心惊、手忙脚乱，本来是怕扎疼了病人，反而扎不准部位，扎得更疼。因为是儿媳妇，甫银顾忌，即便是扎疼了，也隐忍，只是面部肌肉抽搐，让郑秋兰不忍看，满心的歉疚。天双的操作就不同，他注射前，手指在甫银的屁股上不停地游走，嘴上说："我说老爹，你也是精壮汉子，原来的屁股坐在哪儿哪儿都被压出来一个坑，可现在怎么这么奇怪，一下子就瘦得这么小，还不如一个孩子的屁股大，你这是怎么搞的，是在跟谁置气？"本来他心里是想说，你造了什么孽了，把自己弄成这个样子，但是他又觉得甫银肯定接受不了，便弄出现在这样的调侃。甫银一撇嘴："我都快抽成一团儿了，你还拿我开心，你是不是我儿子？"天双说："我不是怕你紧张嘛，才跟你开个玩笑，怕扎疼了你。"甫银说："就别耍贫嘴了，快扎吧。"天双说："已经扎完了。"甫银说："我怎么一点儿感觉都没有？"天双说："没感觉就对了，剥了这么多年牲畜的皮，伸手就能找准穴位，再一抚摸，它浑身的肉就放松了，即便是挨刀子，也觉得舒服，更甭说是人。"甫银说："哦，原来你把我当牲畜了，摸我的屁股是在找穴位，我也当了一辈子猎人，最终还是败在你手里，任你拿捏。"不过他还是愿意让天双注射，因为感觉不到疼，不遭罪。

天双完成注射之后，回到自己的屋里，喉头哽咽，忍不住掉泪。制服牲畜的这点手艺居然用到了老爹身上，本来紧张的

父子关系，因此得到一点放松，疑似被迫的原谅。这真是莫大的讽刺。看来，人终究是逃不出老天的捉弄，亲疏远近，爱恨情仇，都是它的规定。人活得真是无奈、真是渺小，也真是没劲。

有一天，他给甫银注射完，想主动跟他说两句。但甫银识破了他的意图，迅速翻过身去。枯木一样瘦硬的后背刺得他心都要碎了。"爹，你就不能跟我说两句话？"甫银哼了一声："我要睡了。"天双说："你就没什么叮嘱的？"甫银说："听你的意思，我是不是马上就要死了？"天双赶紧退出门去。

倒是有一天，甫银给了郑秋兰一句叮嘱："秋兰啊，那小子一直就不怜惜你，这我和你妈都知道。我们也没脸让你说原谅我们的话，只是觉得你太厚道，我们担当不起。所以我要告诉你，你千万别惯着他，该反抗就反抗，让他知道，你也不是好惹的。如果他再跟你动手，你就跟他动刀子。"

郑秋兰大吃一惊："爹，这怎么成？"

"傻姑娘，动刀子是态度，并不是真让你往他身上捅，"甫银冲着李翠花吩咐道，"去，把我那把剥牲口的刀子拿来。"

李翠花赶紧拿来刀子。

甫银接过来，在刀子身上仔细地抚摸了一遍，递给郑秋兰："闺女，拿着，这就是你爹我给你的尚方宝剑，只要那小子一跟你耍蛮横，你就拿出来。"

25 原来我拿着老鼠当大象了

甫银走了之后，天双想让老妈跟着他们一起过，横竖是有郑秋兰在家里弄锅炊，不过是多加一双筷子而已。但李翠花执意待在自己的老屋里，过一个人的日子。

老屋昏暗，烟火冷清，她进出不定，像个幽魂。

这个幽魂也是有分量的，她附着在天双的心里，让他不敢任性。比如他对郑秋兰，不顺心时想发作，想抬手就打骂，但一想到邻屋里还有个老妈，一如甫银留下的一只眼睛，也就收敛了。等到他出工在外，郑秋兰会趁机登门，给老人家通风打扫、拆拆洗洗。李翠花说你别对我这么好，我已秋风无力，什么也帮不上你。郑秋兰说你可千万不要这么想，对待老人就等于对待伦理，主要是做给自己看，能找到做人的本分。

甫银去世，天双也觉得自己失去了分量。老人在世时，自

己没能给他鼓捣出一男半女，没让他亲眼看到香火的延续，那么，儿子也只是个概念，没有实际价值。再有，他的使气打猎，虽然郑秋兰是直接起因，但暗下里，猎人之间的较量，也是个重要原因。甫银的蔑视激起了他的火气，他要把蔑视还给甫银。然而最终还给了死亡，让他大感虚无。

女人驯服，老人死亡，天双失去了打猎的兴趣。只不过，街坊邻居谁打了猎物，都来请他操刀剥皮。手艺究竟是手艺，能把皮毛剥完整，省得糟蹋天物。这就等于他被人看重，在村里有了地位。这个地位比李玉屏的要高，因为李玉屏吸引的是女人，而且还是靠记账、记工分的公家便利，而他征服的是男人，是村里的能人，靠的还是自家的手艺。他觉得史双兰应该能够区分得清楚，所以颇自美了一段时间。但他发现，史双兰并没有欣赏的态度，见了他，不仅表情很冷，而且还有意回避，不想跟他多说话，他便有些泄气。后来他又发现，给自己打的猎物剥皮的时候，他有征服的快感，而给别人拿来的猎物剥皮，竟觉得是恶作剧，是杀生，是造孽。他便想金盆洗手。邻里们觉得他可笑，对他说，你手上已沾满了畜类的鲜血，无论怎么洗，名簿上的字迹也抹不去了，你也就别自欺欺人了。相反，你给我们剥几张完整的皮子，还能留下一点儿乡情，也许还能换来一些现实的护佑。

路一旦走过，脚印就怎么抹也抹不去了。

郑秋兰对他的态度就更让他不解。她现在对他可算是百依百顺，在土炕上，他愿意什么时候摆弄、愿意怎么摆弄，一切听便，不仅不拒绝，而且连一句多余的话都不说。这样一来，他摆弄起来，也就觉得没什么意思。激情遇到死物，像热手握住冷石。到了后来，他觉得自己身心俱空，活得一点儿意义都没有。有一天，他突然对郑秋兰说："你说，我是不是应该干点儿什么？"郑秋兰说："你想干的、你能干的，不都干了吗，还想干什么？"他说："你没明白我的意思，我的意思是说，我应该干的，到目前来说还一件都没干，大把大把的日子都让我白白浪费掉了。"郑秋兰摇摇头，竟说："你虽然想干点儿什么，但是，你又能干什么？"

这疑似是轻蔑，天双感觉到了："郑秋兰，我又给你脸了是不？"

这的确是轻蔑。

甫银的轻蔑、李翠花的轻蔑，也许还包括史双兰的轻蔑，自然影响了郑秋兰的轻蔑，但关键的是，郑秋兰自己找到了应该轻蔑的理由。

对天双，虽然被迫，但她毕竟是选择了驯顺。驯顺之后，自然要回收期待中的东西，但是，你史天双却什么也没有给予，给予的是空空的等待。不能给予子嗣也就算了，也不能给予快感，还不能给予安心（对史双兰的觊觎）。既然什么都不能给予，索性就完全驯顺，在土炕上，只要他有摆弄的意思，郑秋兰就把身子摊平了："你来吧。"

男人在身上摆弄，她空空地承受，竟一点儿委屈、羞耻的影子都没有。她迷惘地看着他不停抖动着的身子，竟满眼是他的断指、是他的疤痕。她突然意识到，这个身子原来是残疾的、丑陋的，是可笑的；还嫌弃我胖大、臃肿，没有身段，但我全身光滑，整头整尾。你有什么资格嫌弃我？我没有嫌弃你就算是守住了妇德、给你面子了，哼！

不被满足，就放大缺陷，从这一刻起，她嫌弃他了。嫌弃是一种力量，她空前地壮大起来，可以不把他当回事儿了。

"原来我是把老鼠当大象了。"

他不过是个山里的小男人，无知、自私、好色、蛮横、低能，成不了什么大气候。

这是个巨大的发现，郑秋兰多少有些兴奋，忍不住就把感受告诉了史双兰。

史双兰听后，咯咯地笑个不停，弄得郑秋兰本能地有些后悔。这究竟是家丑，怎么轻易就跟外人说呢？我不愧是史天双的媳妇，动不动就露出残疾，让人笑话。"双兰姐，你真不厚道。"

"秋兰，你想多了，"史双兰擦了擦笑出的眼泪，"我是忍不住地笑，因为你说出了我想说而又不好意思说出来的话，李玉屏在我心里又何尝不是你说的那个样子。"

这就是说，李玉屏跟史天双一样，也不过是个山里的小男人，无知、自私、好色、蛮横、低能，成不了什么大气候。那么他一镰刀把自己阉了，反倒有自知之明，落得个名副其实。

郑秋兰觉得自己的想法有些恶毒，羞愧地低下头去："瞧你说的。"

这个表情，让史双兰觉得她既单纯又可爱，虽看不起男人，但还是不愿意一卜子就把男人看得太低。因为否定男人，就是否定女人自己。

"我说的是实话，所以李玉屏闹出那么大笑话，我也没有天塌地陷的感觉。既然无用，索性根除，这样一来，反倒让我不能背叛他，因为他终于像个男人了。"

这么一个优雅、好色的女人，居然也能说出这么粗犷、贞洁的话，这是郑秋兰所没想到的。她突然觉得自己有些对不起史双兰，因为李玉屏阉了，史天双还健全，自己便有些不厚道，好像是得了便宜还卖乖似的。"李玉屏他刚烈，不像我们天双，色大胆小，没有气性，只会跟畜类和老婆较劲。"

"你说得对，"史双兰拉过郑秋兰的一只手，亲热地抚摸着，接着说道，"所以你们家天双再怎么跟我递媚眼儿，我也不能跟他趋乎，我既要对得起李玉屏，也要对得起姐们儿你啊。"

26 原来还可以这样快活啊

"女人要想快活，就不能指望男人，还得靠我们自己。"史双兰对郑秋兰说。

史双兰说完，指了指侧旁的灶间："炉子上的水壶开了很长时间了。"

掀开棉质的门帘，炉灶上的那把大水壶发出咕噜咕噜的响声，热气顶得壶盖上下错动，像仙人嘘气，撩拨凡心。"木盆里的皂角我早就泡上了，你辛苦一下把水注上，我去给你拿拖鞋。"

不仅拿来拖鞋，还拿来睡衣。拖鞋的颜色，一红一绿，睡衣的颜色，也是一红一绿。"红的是你的，绿的是我的，赶紧换上。"史双兰对郑秋兰说。语气是那么自然，好像是习惯和历史的延续，早已轧出辙了。

"双兰姐，还是你先泡吧。"

"不，咱们今天一起泡。"

两个人对坐着，脚都放在木盆里。两双脚都白，不过是一个白而肥厚，一个白而纤秀。即便是白，也有细部的区别：肥厚的白，有白里透红的光泽；纤秀的白，则苍白如纸，没有血色。木盆是老木，黑里含紫，掩藏高贵，也烘托新晖，白就显得触目惊心。

郑秋兰很拘谨，脚待在盆里。猝然降临的亲密，让厚朴的心无措，她不信以为真。史双兰不仅用脚搅水，还往郑秋兰的脚面上撩水，并借机触动，兀自做亲密的进犯。地域狭窄，郑秋兰躲不开，心跳加剧。躲避到绝境，只能迎头反击，郑秋兰也如法炮制，谁怕谁呢？两双脚便在狭小的空间里做最放达、最自由的游戏，她们痒在一起，也开心在一起。热水溅到地面，亮晶晶的。

她们的心也随之变得透亮，好像生活从来就没有沉闷过。

两双脚也发生了变化：肥厚的那双，起初是白里透红，此时变得颜色深暗，黑红黑红的，像负重走远途，透着辛苦；纤秀的那一双，起初是苍白如纸，此时变得白里透红、鲜润欲滴，像脱离险境，走进新生福地。也有共同的情景，两双脚的脚面，血管和筋络都绽露而出，像是从凝滞之地迫不及待地走到阳光之下，扭曲和喘息也是美的。女人受热就膨胀，所以她

们看在眼里，也不惊异，就当是生活的脉络，曲曲折折，真真实实。她们互相看了一眼，同时感到了这种豪迈。

水流是触须，脚是心灵，她们越触动，越感到亲密，爱在了一起。史双兰俯身的时候，睡衣的领子闪了一下，乳房隐约地露出了一角，像葱绿的苗地猝然生出一只白色的圆头蘑菇。郑秋兰竟冲动了一下，忍不住伸进手去，在上边捏了一把。史双兰也不吃惊，笑着说："泡脚就好好泡脚，你要是真想摸，待会儿到土炕上去，姐任你摸。"

本来是无意识，却变得有闲心，郑秋兰羞得抬不起头来，下意识地用力拢了拢自己的睡衣，好像那里边的乳房也有不正经念头，因为人的不正经，便想借机跳出来。

待躺到土炕上之后，羞愧的余绪让郑秋兰不好意思跟史双兰挨得太近，她往一边挪了挪，中间有了一个明显的间隙。史双兰偷偷一笑，把身子靠过去，毫不犹豫地填补上空白，并进一步张开怀抱："来，让咱姐儿俩抱团取暖。"

温暖它没有性别，也给亲热正名，郑秋兰不好拒绝，回应了她的拥抱。在拥抱中，她忐忑的心慢慢平复，放松了身子。

双兰姐身上的味道真好闻。好像体香是来自远处，似有若无，也许根本就不是香味儿，只是一种气息，清清爽爽，干干净净。跟这样的人躺在一起，她有了心甘情愿的感觉。

两个肉身子紧紧地拥抱在一起，温暖内聚，好像被温火烘烤，她们慢慢地膨胀起来。膝盖上的骨节里，寒气往外发散，像有小虫子在蠕动，很痒。她们忍不住踢腿，把自己弄得更舒展。腿既踢在土炕上，也相互碰撞，像情人之间的试探，撩拨欲望。

"真热，"史双兰对郑秋兰说，"穿得这么严实躺在一起，你就不嫌热？"

郑秋兰不说话，眼神灼灼地看着她。她是被动的，从一开始就被动，心中有盲目的热情，需要引领。其实史双兰拿来一红一绿的拖鞋和睡衣的时候，郑秋兰心里就动了一下，感到很暧昧。男红女绿是情侣的搭配，双兰姐这么做，不知是有心还是无意。

史双兰猛地坐了起来，急切地把睡衣扒掉了，然后恶狠狠地扔到远处。干吗要恶狠狠的，不就是光一下身子吗？在山里，这不叫事儿。郑秋兰心里说。山里有老话说，未嫁的乳房是金奶子，开了怀的乳房是银奶子，哺育过的乳房是土奶子，她们俩的乳房在银和土之间，都被打过折了，成色贱了，不怕露。

但裸坐的史双兰却一下子让她愣住了——她皮肤细腻，双肩平滑，见骨见肉，不胖不瘦，好看得令人嫉妒。特别是她的一对乳房，不大不小，却坚挺、浑圆，两颗乳头向内紧缩，是金子一般的质地。这样珍贵的宝物，却长在她这个年龄的女人

身上，还美得出人意料，便像是假的一样。强烈的好奇心给了她一个莫名其妙的驱动，她伸手去触摸。触摸时有弹性，再一揉捏，饱满而结实，确确实实是真的。

"你可真会长。"她稀罕得不得了，忍不住惊叹。

史双兰很得意，说道："拿开你的爪子，这东西不经磕碰。"

待郑秋兰把手缩回去之后，她自己却手心向上，把两只乳房往上托了托，好像是要亲自验证一下它们的品质和分量："怎么样，还可以吧。"

郑秋兰撇一撇嘴，意思是说你明知故问，等于炫耀，我可不给你的得意之上再加上得意。

"还愣着干什么，赶紧的，脱吧。"史双兰催促道。见郑秋兰不动作，她上前就扒。郑秋兰的两个乳房像棚架上的两只葫芦，立刻就呼地坠了下来。郑秋兰感到羞耻，本能地就用双手遮掩。史双兰可不容她遮掩，不由分说地把她的手打掉了，还说道："它们可不像你。"

她的乳房真是大，好像满胸怀都是乳房；她的乳房真是沉，好像满胸怀都是重量。

郑秋兰满面通红："丑死了。"

史双兰竟有些激动："我喜欢。"

郑秋兰说："你可别挖苦人。"

史双兰说："为什么我喜欢？没别的，就是因为它们大、它们沉，像土地上的长出来的东西。"

史双兰一边说喜欢，一边就去抚摸。因为身子挨着身子，像连体的一个人，郑秋兰就无处躲闪，索性就反击过来，也在史双兰的胸前一阵乱摸，而且暗暗用力，似乎要把它们揉皱了，以发泄一下心中的嫉妒。

史双兰好像不经磕碰，因为她一被抚摸，就抽缩，她浑身都有敏感的神经，不得不躲避触动。郑秋兰说："是你先招惹了别人，现在你却装模作样，不许躲。"

"不躲了，不躲了，你随便吧。"

史双兰自己收住了手，听任郑秋兰继续揉搓。起初是互动，现在变成了单方面的动作，就没意思了，所以郑秋兰也停下手来。两个人对坐而视，襟怀坦白，实际上，就变成了乳房看着乳房，很滑稽的一种光景。

史双兰突然眼睛放光，居然托起郑秋兰的一只乳房，好像要亲自掂一掂它的分量。也许是分量压动了心，她忍不住噙住了乳头。她的眼神很无辜，即便是女人吸吮着女人，也与羞耻无关。奇怪地，这种非正常的吸吮，也没让郑秋兰受到惊动，觉得跟三片嘴的吸吮没什么不同。她的无动于衷，倒叫吸吮者无地自容，史双兰恼了："难道你就是个死人？"

郑秋兰一脸的迷惘，感到史双兰很怪异、很陌生："我什么都不明白，可不就是个死人。"

史双兰不好解释，恨恨地在郑秋兰的乳房上捏了一把，然后松开了手。这恨恨的一捏，郑秋兰也不感到疼，肥大、沉重遮掩神经，不感情怨，就来得徒劳。史双兰便不再暗示，而是直接命令道："难道你就不能亲亲我？"

她托起了自己的乳房。好像她的乳房也很大，也很沉实，所以她用力往上托举，直举到郑秋兰的唇边，几乎是按进她的嘴里。舌头比人敏感，它下意识地动了起来。一旦吸吮，可就不得了了，她身子抖动了一下，然后就发出呻吟。不停的吸吮让她渐渐地矮了下去，最后躺倒在土炕上，指引着迟疑的郑秋兰……

郑秋兰沉重地压下去，遵从着被压迫者的指引。

揉搓是有惯性的，一旦上路，就有了莫名其妙的驱使，郑秋兰一刻也不敢停歇。到了一个时候，史双兰身子猛地一挺，大叫了一声，然后抓住郑秋兰的头发，把她大汗淋漓的脑袋拉到自己的胸部，用力地摁下，不动了。

过了许久，她嘘了一口气，好像死而复生，然后把郑秋兰压在胸前的头猛地一推："你想把我压死啊。"

郑秋兰很委屈，瞪了她一眼。

她羞愧地一笑："不好意思，我来了。"

想到她曾经说过，"女人要想快活，就不能指望男人，还得靠我们自己"。郑秋兰猜度，所谓"我来了"，就是她尝到了性欲被满足的滋味儿，快活了一次。

满足之后的女人羞于袒露，她抓过睡衣，把自己包裹严实了："我得睡一会儿了。"

"这可不成，"郑秋兰把她的睡衣重新扒掉，气咻咻地说道，"你把别人折腾得兴奋了，你却要睡，你自私不自私？"

实际情况是，郑秋兰在刚才覆盖、揉搓的过程中，一种沉睡的东西也被渐渐地唤醒了，有一股陌生的暖流从脊椎升起，慢慢地蹿到小腹、尾骨，好像遇到了梗阻，就地回旋，想要重新找到路径和出口。回旋的感觉久久不散，也希望被冲撞、被疏导，不然就瘀滞在那里，既上不去又下不来，很难耐，疑似痛苦。

这是怎么回事呢？

史双兰一句"我来了"给了她一个提醒，莫非我也要来？因为没有来过，所以"来了"就变成了一个巨大的期盼——同样是女人，我为什么就不能来？这很不公平。

这个感受，史双兰是知道的，便笑着说："看来，我是把你招惹起来了，那好，我就成全你，让你真正做一回女人。"

她温情地揉捏、吸吮。虽是很体贴、很用心的动作，郑秋兰却只是木在那里，最后竟不耐烦地说道："算了，算了，一点感觉都没有。"

她对史双兰再次如法炮制，没想到，史双兰的欲望真是蓬勃，恰如一堆易燃的干柴，扔下一根火柴就燃烧。这空前地刺激了麻木者，她带着嫉妒，又带着愤恨，毫不怜惜地压了下去，壮怀激烈。

史双兰不迭地呻吟，且一声高过一声。既是有意识的迎合，又是下意识的欢叫，到了后来，已经真假难辨。突然，郑秋兰的瘀滞通了，火热的激流从小腹到尾骨汇合到她的下部，终于找到了出口。"哎呀，我的妈啊！"她大叫一声之后，委屈地哭了。

身下的人急切地说："你先别哭，接着使劲儿，快，快！"

好像她的哭声招来了狼狗，为了免遭撕咬，她必须快速奔走。已没有了思考的余地，她闻声跑了起来。

不久，身下的女人被咬住了，因为她在剧烈的伸挺之中放声大叫，而后也变成毫不掩饰的哭声。所不同的是，她在哭声中还詈骂："去你妈的李玉屏，去你妈的史天双！"

听着这奇怪的骂声，郑秋兰愣了。之后，巨大的疲倦铺天盖地而来，她的身子好像被抽去了筋骨，只剩下了肉。"真累啊！"她把自己扔躺在土炕上，呆呆地望着房梁，"女人，原来还可以这样快活啊！"

27 别一种生活

本来是一潭死水，却猝然涌出新生的浪花，史双兰的庭院便有了郑秋兰经常出现的身影。浪花滴进浪花，就欢快成生活的河流。

她隔三岔五就去一趟，既惴惴不安，又兴奋异常。本来恨不得天天到场，却觉得有些恬不知耻，便忍下了。每次去的时候，她都要捯饬一番，把自己弄得光鲜亮丽。也讲究穿着，把压箱底的好衣裳穿在身上。这很像赴情人之约，也觉得过分，最后还是说服了自己："我乐意，管它呢。"

史双兰见了，抿嘴一笑："你这个人真是简单，喜乐都挂在脸上，也不知道遮掩。"郑秋兰说："女人见女人，还不是想见就见，有什么可遮掩的，一遮掩反倒不好了。"史双兰点点头道："说你简单，还真是委屈你了。"

她们亲亲热热，自自然然，觉得一切都好。好在她们有了道理，好在她们又不在乎道理，一切都服从于女人追求快乐的天性。

奇怪地，她们之间的这种亲热，让郑秋兰对史双兰残存的一点儿幽怨也消失得无影无踪，对史天双曾经的背叛，也给予了彻底的原谅。因为她自己现在也变得这么不正经，那么，他们早些时候的不正经便可以抵消了。

郑秋兰开始有了情欲的概念。情欲是本能，是一种不管不顾的力量，脑袋它控制不住肉体，它一冒头，人就得顺应，不然就浑身燥热、魂不守舍，甚至想撞墙、投井。清正本分和礼义廉耻都消失得无影无踪，胆子大得想奋不顾身、赴汤蹈火。以前在乡井上，也经常听到骂一个女人"浪"，她只觉得这不是好话，牵扯品性，但现在她隐隐约约悟出了"浪"字的含义，好像就跟她和史双兰这样，为了满足快感，一反常态，欢叫着做出格的事儿。

她们俩没有，至少是郑秋兰这一方，没有同性恋的观念，只觉得既然男人不尽职，那么她们替他们尽职，还不扰乱别人，不败坏风气，自我娱乐，热爱生活，何错之有？

因为没有过错，还关起门来，那么大可以理直气壮。女人走到绝处，不能被尿憋死，她们自己给自己立法，制定规则。她们在土炕上，相拥着说了许多话，其中就有这层意思。所以她们一边羞耻，一边放纵，一边自我安慰，不断补充着快活下去的理由。

郑秋兰越来越觉得，她的人工避孕是对的，跟史双兰在一起快活省心，快活了，还不留痕迹。山顶上的云朵为什么整天地移动？因为它轻，不把下雨当作必然的义务。那么，我们俩为什么就不能把自己当作两朵云彩？来去无牵挂，愿走就走，愿停就停。

那天，郑秋兰从史双兰手里领取避孕药具，在史双兰寻找包装纸时，她一把抓起茶几上放着的一张报纸："就用它包吧。"史双兰说："那是李玉屏从村部拿回来看的，好像他还没来得及看。"郑秋兰说："他看也是瞎看，天根都不全了，还是省省眼吧。"

史双兰有些不悦，说："你刚见了点儿阳光就瞎灿烂，虽然咱们俩要好了，你也不能这么说他，他毕竟是我男人，你得尊重他，因为你尊重他就等于尊重我。"

她吐了吐舌头。没想到，还有这种内涵，虽然亲在近处，还有远的东西。她心里一怔，只听说要好的人之间不分你我，却隐隐之中也有芥蒂，还是小心一点儿好。

郑秋兰这是真情流露。自从不靠男人也得到快乐之后，她心里豁亮了，不再把男人放在眼里了。因为轻蔑，所以她不再把跟男人做土炕上的事儿看得太重，天双只要是想要，她马上

就把自己躺平了："给你。"男人在她上面动作，她在下面歇息。横竖没有感觉，做事儿不做事儿是一样的，就等于没做。这是一种不抗拒的抗拒，她的自我意识醒了。

天双也有察觉，激情渐渐地弱了起来，土炕上的要求也变得少了。因为在这种情形下，再激荡蓬勃，真是没皮没脸。

"你现在怎么总是往史双兰那里跑？"

"跑又怎么了？她一个女的。"

这倒是，所以他没理由阻拦。但是他隐隐地恨史双兰，觉得这女人城府太深，身子柔软，可心不柔软，肯定给郑秋兰灌了什么迷魂汤。

郑秋兰为什么几乎急迫地抓起那张报？因为在等待史双兰洗漱的那个间隙，她拿起茶几上的报纸随便翻了几眼，看到了那上边竟登着两首诗。诗句通俗、有趣，像有韵的大白话，她被打动了。很想把这个发现告诉史双兰，又怕被她嘲笑。一个山里的婆娘读什么诗，岂不是猪鼻子插大葱——装象。所以她忍住了。

上中学的时候，语文课本里有一个诗人的阶梯诗，因为音韵生动，朗朗上口，她和许多女生都记住了，在课间玩耍的时候，她们一边跳绳、踢毽子，一边顺口朗诵，权作是游戏的节奏。自然而然就有了一点儿"诗"的意识，对音韵敏感。

把报纸拿回家之后，她读了几遍，居然就记住了。她很兴奋，因为自己的记性还是那么好，并没有被不顺心的生活所磨损，也就是说，虽然身上被风尘糊上了一层泥巴，清水一冲，还是一株翠绿的嫩草。

有了一桩新异的感情，又遇到诗，她心中盈满。觉得这都不是偶然的，是老天眷顾，让她在土埋中，探出头来，呼吸几口新鲜空气。虽然他们家打猎杀生遭畜类报应，但老天悲悯，反过来报应畜类，他们还可以活。

那个写诗的，是一个叫兰斯顿·休斯的美国黑人。第一首诗题目是《黑人谈河流》——

我了解河流：

我了解像世界一样的古老的河流，

比人类血管中流动的血液更古老的河流。

我的灵魂变得像河流一般的深邃。

晨曦中我在幼发拉底河沐浴，

在刚果河畔我盖了一间茅舍，

河水潺潺催我入眠。

我眺望尼罗河，在河畔建造了金字塔。

当林肯去新奥尔良时，

我听到密西西比河的歌声，

我瞧见它那浑浊的胸膛

在夕阳下闪耀的金光。

我了解河流：

古老的黝黑的河流。

我的灵魂变得像河流一般深邃。

郑秋兰觉得，这个穷苦的黑人真有意思，命相不济吧，却不甘心，还要向往大海，还要像河流一样自由流淌。这给了她一点儿启发，人要想过上属于自己的好日子，是不能轻易就认命的。

一天，天双喝了点儿酒，又来操持土炕上的事儿。在麻木地承受上边的冲撞的时候，她想到了这首诗，灵机一动，想捉弄一下这个无所用心却又不可一世的人。

她问："你知道幼发拉底河吗？"

天双一愣："你怎么突然问这个？"

"你甭管，你就说你知道不知道吧。"

"不知道。"

"那么，你知道尼罗河吗？"

"不知道。"

"那么，你知道密西西比河吗？"

"不知道。"

"咱上中学的时候可都学过啊，难道你都还给了老师？"

"嘿嘿，我光想着怎么拴女同学的大辫子了。"

"嘻——"她长叹了一声，一瞬间更把他看轻了。

一问三不知，加上一声叹息，弄得天双扫了兴致，器官萎缩，难以为继，败下阵来。"郑秋兰，你什么时候学会了拿钝刀子杀人了？"

天双第一次感到，征服一个女人的身体容易，征服她的心可的确有点难；而且，她虽然是自己的老婆，从头到脚他都熟悉，可突然之间，她怎么像一个陌生人了？

这种陌生感让他心中一顿，看来我们之间，虽然同在一个屋檐下，夫妻固然是夫妻，但还不够爱。这以后，我对她可不能再一味打骂、收拾，也要尊重、顺从，要学会哄。

两天后的晚上，他又喝了酒，又有了蠢蠢的欲望。郑秋兰正躺在他身边看报纸，弄出细碎的声响。他很温顺地移过身去，轻轻地攥住她的一条肥软的胳膊："我说秋兰，这张报纸你拿回来之后，几乎是天天看，既然反复看了多少遍了，也没什么新鲜的了，就别看了。"他的声音很温柔，像是别人发出来的一样。郑秋兰问："你什么意思？"他不好意思地笑笑："你看天色也不早了，咱们亲热亲热行不？"

这真是日从西出，郑秋兰很觉陌生，不禁迟疑了一下。天双以为她不允，又弄出一声楚楚的哀求："行不？"

这让郑秋兰不可承受，她重重地把身子摊平了："你随便。"

天双在她身上动作，她在下边看报纸。

天双感到很别扭，放纵不了激情，委屈地说："你是不是很看不起我？"

郑秋兰说："你凭什么说我看不起你？"

"你是不是在读那个黑人的诗？"

"对呀，我正在读他的《苏婶的故事》。"

"但是，你把报纸拿反了，有诗的一面在我这边。"

"你瞎说，明明就在我这边嘛。"

"你别嘴硬，如果你能从你那边把诗全读下来，就算是我瞎说。"

"那好，我给你读。"

一要读，郑秋兰发现的确是拿反了，不过她抿嘴一笑，还是"读"下去了——

苏婶装着满脑袋故事。

苏婶装着满肚皮故事。

夏夜在前廊，

苏婶怀抱一个棕色脸庞的孩子，

给他讲故事。

黑奴

在酷热的阳光下劳作，
黑奴
在露湿的夜晚行走，
在汹涌的河边唱着悲伤的歌，
他们温柔地
混合在老苏婶滔滔不绝的声音里，
他们温柔地
混合在贯穿苏婶故事的
暗影里。

那个棕色脸庞的孩子听着，
知道苏婶的故事是真实的。
他知道苏婶的故事绝不是
书本上的，
它们完全来自
她自己的生活。

一个夏夜，
棕色脸庞的孩子静静
听着苏婶的故事。

郑秋兰在反面读，天双在正面不错眼珠地盯着看，她居然"读"得一字不错，他大为震惊，明明是轻蔑，还让你找不到轻蔑的证明，叫你发脾气都没底气。他悻悻地说："嘻，咱也甭亲热了，还是躺着说会儿话吧。"

郑秋兰知道是自己把天双弄得没兴致了，他才中途下马。搁在以前，她是高兴的，今天却有些懊丧，好像是她败坏了夫妻之间的感情。她心头一酸，居然抽泣起来。天双很不解，明明应该我伤心，你却占据了我的位置，便问："没头没脑的，你这是怎么了？"一问，反而催化，郑秋兰索性哭出声来。天双心里厌烦了一下，觉得她有些得寸进尺："你愿意哭你就哭，我可不会哄人。"郑秋兰抽搭着说："谁愿意哭了？我是觉得，我就是那个老苏婶，对，准确地说，是老郑婶，也有满肚子的故事，可就是没地方诉说，因为我没有那个棕色脸庞的孩子。"

28 新时代开始了

突然有一天，公社，不，现在叫乡了——乡里来了工作组，帮助村里搞分田到户。

山上那层层叠叠的堰田，村里统一种植着，虽然产量很低，但庄稼整齐划一，也是一个美丽的风景。如果分到各户，依各自的好恶，杂种杂收，不仅产量不保，美好的风光也就会跟着消亡，变成似是而非的记忆。村里人明白这个道理，所以凄惶，所以抵制。

工作组的人很生气，说道，难道你们真不知道你们村在乡里的位置？这么小，连你们自己都称作"巴掌岽"，所以乡里根本就没把你们放在眼里，知道巴掌大的地界，也折腾不出驴大的天来。就是说，你们愿意分就分，不愿意分乡里还不管了。

李玉屏站出来说话了，他说，你们是从乡里来的，代表着乡政府的态度，所以你们千万别意气用事。我在村部管点事儿，所以能看上报纸。因此我知道，分田到户可不是把土地一分了之，它是一种生产责任制，包括包工计酬、联产计酬、包产到户、包干到户。而这些做法实施起来，大前提是自愿，目的是提高农民的生产积极性、增加粮食产量。问题是，有人愿意种地，有人不愿意种地，不愿种的你非让他承包，这不是"牛不喝水强按头"吗？他会糊弄土地，既不能增产，顺利地完成上交定额，又会饿死他自己。关键是，我们这里的土地你怎么埋头苦干，它也不会增产，土质贫瘠、气候干旱、光照期短，根本就不适合土地承包。

李玉屏的说法把乡里的人镇住了，他们熄灭了火气，客气地问，依你的考虑，该怎么办？

李玉屏说，既然不适合种粮，干脆就搞退耕还林，让老百姓挣工资，吃返销粮。这叫从实际出发，因地制宜。

乡里来人说，吃返销粮没问题，还要挣工资，你是不是太超前了？

李玉屏说，你要说有点儿超前，我也不跟你抬杠，但你看着，过不了一二十年，咱们京西之南肯定被划定为首都的生态涵养区，到时候，你想种地都不让你种了。

乡里来人说，你先甭说那么远遥的事儿，你就说眼目前儿的吧。

李玉屏说，成建制的堰田，也就是你们说的梯田，可以搞大户承包，梁头梁尾、坎前坎后的边缘地块，就搞退耕还林——因为横竖没多少产量，还耗费劳力，还不如把人解放出来，让他们出去打工。至于村里的畜群，可以搞个人承包，把它们交给有特长的人，真到了搞生态涵养的时候，养殖业不让搞了，就让它们自然消失。

乡里来人说，这个退耕还林虽然说起来有道理，但国家现在还没有明确的政策——哦，我的意思是说，不是不敢搞、不能搞，而是说，没有政策规定，就没有资金支持。没有钱，那造林员、护林员的工资拿什么开？

李玉屏说，那好办，先让村里人吃上返销粮，然后给没有承包土地的人家，一户一个造林员（造林员也是护林员）的名额，具有普惠扶贫性质。一涉及扶贫，钱就可以少开一些，因为具有补贴性质；但钱的来路可就多了——民政部门、山区建设部门、水利部门（泥石流防治），都可以名正言顺地拿出一些钱来，最不济，也可以从乡统筹村提留中列支。你会问，给村民开很低的工资他们干吗？我要告诉你，他们不仅干，还非常乐意干。因为山里人穷惯了，对金钱没有奢望，吃上返销粮，不会挨饿了，他们就已经知足了，额外的，又有了现金收入，手里居然还有了零花钱，他们还不美得不知说什么才好？

乡里来人说，那好吧，我回乡里向书记、乡长汇报一下。

　　最后，乡里还真采纳了李玉屏的意见，吃返销粮，搞退耕还林，实行分类承包，让村里人都有饭吃、有活干、有钱挣，虽然规模都不大、水平都偏低，但人人有出路，社会稳定。

　　就李玉屏本人来说，他和史双兰顺势就承包了村卫生所，变成了个体诊所。诊所可不像卫生所，只需在家里坐诊，它要挣钱，需要经营。而李玉屏爱看报，懂形势、有知识，人又活泛，便信心满满，对人说："这个诊所放在我们两口子手里，还不弄得红红火火？"听了他的话，村里人很反感，你这简直是在咒我们，因为你们要是搞得红红火火，还不是希望我们整天都得病？李玉屏说："你们这是嫉妒，怕我们最先富裕；不过你们放心，就是你们都不得病，我们也能挣到钱，我们走出村去，到上下连三村搞巡诊。这就是承包的好处，经营起来灵活，可以跨村、跨乡界。"

　　可乡里却不让他自己灵活，把他抽到乡里，当了临聘干部（即社调干部）。乡里觉得他爱看报、爱动脑子，会分析形势，有点子，又熟悉山村的情况，正好山区搞承包责任制，需要这样的人才，就把他编进下乡工作队中，发挥特长去了。

　　村里有人很纳罕，追着乡里来人反映他的情况，说他好色，生活作风不好，还把自己阉了，你们乡里怎么会用这种人？乡里来人说，他的情况我们是知道的，可问题是，正因为他把自己阉了，不仅比别人聪明，还能专心工作。

这个说法有点儿犯众怒，李玉屏即便是走了，村里也议论纷纷。其中最不服气的，是天双。他对郑秋兰说："乡里的人会不会说话？还有没有一点儿唯物主义的觉悟？这男人一把鸡巴割了就聪明了？简直是胡说八道。"

郑秋兰一撇嘴："你是嫉妒人家，不然你也把它割了，即便是割了，你也不会变得聪明。"

天双一愣："那么，我就把它割了？"

郑秋兰一笑："好，我等着呢。"

"我说郑秋兰，你现在是不是有点儿离不开史双兰了？"

"这跟你割不割、割不割……你自己有什么关系？"

别看郑秋兰平时大大咧咧、粗粗糙糙的，但那两个粗俗的字眼到了嘴边又咽下去了，因为她从史双兰那里沾染了优雅，说不出口了，便就势换成了"你自己"。

天双没有退路了，假装做了一番思忖，说道："哦，我明白了，那我就不割了，绝不让你的反革命阴谋得逞。"

郑秋兰笑着摇摇头，在天双的肩膀上拍了一下："那我可要叮嘱你一句，这今后别跟着别人瞎议论，对你不好。"

拍肩膀的动作类似亲热，天双也乐得承受："我还真懒得议论，不过李玉屏那小子也的确给了我点儿刺激，让我也觉得，再不干成点儿什么，真的要叫村里人笑话了。"

"你心里有了什么想法没有？"

"有了。"

"想干点儿什么？"

"我想承包村西那群羊。"

问他是怎么考虑的，天双也不卖关子，和盘托出。

那天晚上，你让我跟你到村西遛弯儿，我第一次注意到了那群羊。虽然羊群早就在那里了，我整天伺候山上的鸟兽，根本就不把它们放在眼里。那天我发现，这群羊真是听话、驯顺，明明羊栏很矮，它们也不往外跑，就那么老老实实地待在原地。你那天还抱起了一只小羊，给它梳理绒毛，那个劲头，像怜惜地料理孩子。我虽然什么也没说，却被你打动了，觉得你真是可怜。也不禁自责了一下，我史天双算个什么东西，整天鼓捣土炕上的事儿，却不能让她做成母亲。还打骂、任性，实在是有些说不过去。这以后，晚上一遇到无聊，我就到羊栏那里去，跟它们说话，比跟你说话来得容易。我到了羊栏边上，先是上眼看看它们。我发现，我一放眼，它们就低头，不敢正眼接着我的目光。我跨过羊栏，走进羊群，我又发现，它们都想躲我，可又不敢躲我，待在原处浑身发抖。我也像你一样，抱起一只小羊给它梳理绒毛。可我发现，它一进到我怀里，眼睛就合上了，浑身变得很僵硬，本来柔软的绒毛，我一抚摸，就一根一根地直立起来，像一只忌惮人的刺猬。由于我每一次去，羊们都是这样的表现，所以我明白了。原来我不是一般的人，是恶人，打猎杀生，在动物里留下了印象。在山梁、山峁、山场上，只要我一出现，山禽、野兽都逃躲得无影。也许它们之间早就传递着信息，把我的容貌、身形、声音、气味都交代给同类了，好让它们准确地辨识。它们是我的目标，我也是它们的目标，是敌我关系，是生死关系。山禽、野兽都这样怕我、防备我，更何况家禽、家兽？栏内、栏外，它们是同一族类，一如远亲，即便是平时很少来往，一遇到大事，特别是有关生死的事，也都会尽来往、告知的义务。所以，家禽、家兽也早就把我当成了危险的人物。因为它们已被人驯养，已失去了躲避、逃跑、反抗的能力，所以它们对我就更惧怕。怕又不能躲，也只能颤抖，所以我理解，小羊抱在我怀里，比杀了它还难受。

"既然是这样，羊群你就不应该承包，因为你让它们很难受。"郑秋兰说。

"这是善良人的想法，"天双摇摇头，说道，"可往深里一想，这羊群非得我承包不可。为什么？这其一，因为它们怕我，放养的时候，没我的同意，它们就不敢乱跑。这退耕还林了，新栽的小树就怕羊啃，有我在，它们就不敢伸嘴。这土地承包了，种出的庄稼是私人的了，不同集体那时候，肉烂在锅里，羊啃了就啃了——如果再啃，就会引起纠纷。有我在，

这种事儿就不会发生。这其二，正因为我杀生无数，担着报应，我就应该抓住机会赎罪。要赎罪，还得面对生灵。我承包羊群之后，我加倍善待它们，让它们喝最清的水、吃最好的草，迎最小的风、淋最少的雨，把它们放养得周周到到、舒舒服服，通过它们，让漫山遍野的禽畜们都知道，我史天双不仅放下屠刀——立地成佛了，还是它们的朋友、家亲和贴心人。说句实在的，如果我把羊放好了，我的性情也就会变好了，对你的态度也就会变温柔了，说不定我们就会真的爱在一起。到那时候，老天开眼，感念真诚，让我们生下健康的一男半女，我们俩也就过得如意、和美了。"

真是没想到，简单的一个羊群承包，竟让天双思磨出这么多内容，而且听起来还不无道理，让郑秋兰不可反驳。不仅不反驳，还暗暗生出一声感叹：这个史天双，跟李玉屏比起来，并没差多少。

29 镜像之爱

李玉屏到乡里去了，史双兰"单"在家里。

郑秋兰不仅白天造访，到了晚上，也经常住在她那里。

天双不太乐意，说："你这个人还有没有这个家，大晚上的，也去串别人的门槛子。"

郑秋兰说："她孤单，我们是好姐们儿，还不跟她就个伴儿？"

天双说："怎么就你知道她孤单？你也忒上心了吧。"

郑秋兰说："她对咱们有恩。"

"有什么恩？"

"这你心里还不清楚？"

黑夜的陪伴和白天的亲热是不一样的，两个女人之间的感情不仅发展得如胶似漆，还觉得理所当然。

郑秋兰半夜醒来，看到史双兰甜美的睡相，很是感动，忍不住去拥抱她。她也顺势投怀，抱得很紧。她们居然能相拥着一觉就睡到天亮，被阳光照醒，她们相视一笑，很自然地就亲吻。她们甜蜜着，也羞耻着，一对山里人却不像山里人，多少有些过分。

　　郑秋兰的感觉更强烈些，因为她和天双一起躺在土炕上的时候，从来就没有过相拥而眠。同过房之后，马上就分开，她不愿意被他拥抱，因为他们没有那样亲热，性和情感是两码事。但却跟一个女人这样亲热，美好是美好，可很不正常，比偷男人还让人忐忑，一边享受快乐，一边自我鄙视。

　　史双兰身上的气味儿很好闻，相拥时是暖香，分开时是迷香，总之，都能让她心乱。在她朴实的观念中，让人心乱的味道都不能久闻，是有毒的，不是被麻倒，就是自我迷失，便找不到清白做人的感觉了。但是，她一边清醒，却一边拼命吸啜，清白敌不过迷醉。

　　一天，她又住在了史双兰那里。早晨起床，她到史双兰的淋浴间去冲澡。浴霸的蜂鸣声很小，像蜜蜂在荆花丛中发出的那种欢快的声音。像花心被蜜蜂撩拨，她的心情也很愉悦，恣意地享受水流对皮肤的亲吻。也奇怪了，从自家的土炕上爬起来，她从来也不冲澡，因而他们家也没安淋浴设备。洗浴的时候，用的是木盆，很不讲究地揩抹。洗过跟没洗过，几乎没有什么区别。即便是这样，也不觉得什么，一个山里人，没必要那么臭讲究。

到了史双兰这里，就不一样了，人家睡前睡后都要淋浴，逼着她也要学人家的样子。一学不要紧，她比领路人还要贪恋水，每次都要在淋浴间里待上很长的时间。起居简陋的人一遇到奢华，比奢华的人还要奢华。

可能是在淋浴间待得太久了，史双兰在外边敲门："你有完没完，真是不费你们家的电吧。"

郑秋兰仓皇地闪出来，忘了穿上睡衣，光着身子。史双兰就赤裸裸地站在门外，人一闪出，她就闪进，迫不及待。

郑秋兰没办法再进去拿睡衣，就光着身子站在梳妆镜前。阳光透过窗户照进来，就变得既明媚又温柔，镜中的自己就又白净又光滑，她爱上了自己。索性就光着身子梳妆，洗面、敷粉、勾头发卷儿。粉敷得很仔细，从前脸敷到耳后，竟至后脖颈。这是史双兰指导的结果。以前她只是草草地在脸上抹两把粉，不顾及耳台子、后脖颈子，便遭到了史双兰的嘲笑。"前边白，后边黑，把人分成了两截，让外人一看，就知道是一个村姑。"她逼她改变，她说，既然你是我的相好，就不允许你再有标志性的村相。郑秋兰原来是直发，史双兰叫她改卷发，因为她头大、脸肥，在直发的衬托下，整个轮廓像个大冬瓜。而卷发就不一样了，发梢翘起，脸盘子下沉，既显瘦又显

清秀还显俏皮，洋气了许多。

郑秋兰正专心地勾着发卷，史双兰出来了也没察觉。"这镜子被你占的有多久了，还不往一边闪闪。"史双兰用光身子撞了她一下。

两个女人就同时站在了梳妆镜前面。

镜像中，两个女人都白，只不过，史双兰的莹白（刚刚出水，有水气滋润），郑秋兰的黯白（被阳光照了许久，红色素上浮，失去光泽，就黯淡了）。史双兰比郑秋兰细心，看出了这微妙的区别，不免有了一丝得意。镜像中的两个女人，由于相互对比，区别就被放大了——史双兰其实也胖，大腿饱满，小腹隆起，但是有郑秋兰衬着，不过是恰到好处的丰腴，近似苗条。反衬过来，郑秋兰就显得遍地肥大，颤颤巍巍，都是多余的肉，是惨不忍睹的臃肿。史双兰觉得自己真是美，也忍不住爱上了自己。一自爱，就下意识地贬低别人，竟然觉得郑秋兰真的有些配不上自己。"秋兰，你就不管管自己的嘴，瞧这身肉长得，真丑。"她说。

晨光和煦，明镜无尘，本来各自心里都美，正可以纵情地弄温柔，却传来这么一声不温柔的声音，郑秋兰抬手就把梳妆镜打碎了。

一地碎银，模糊了美丑，郑秋兰放声大笑。

史双兰吃了一惊，想责备又心怀歉疚："快看看，你的手扎破了没有。"

郑秋兰挥了挥那只本能地捍卫尊严的手："它皮糙肉厚，经得住磕碰。"

见那只手真的完好无损，史双兰说："你这是何必呢，不过是顺嘴开的一句玩笑。"

郑秋兰说："我可不傻，你这不是玩笑，你这是嫌弃。"

"这又有什么关系呢，咱们是姐们儿，又不是夫妻。"

"要是夫妻，也就算了，正因为是姐们儿，才不能容忍。"

"本以为你大大咧咧，什么都不在乎，却原来你也有这么多禁忌，那么好，念姐姐无心，你也就别放在心上了。"

这是在变相地表示歉意，本想怄气而去的郑秋兰却不好意思了。她拿来笤帚和铁簸箕，一边低头收拾梳妆台的碎片，一边偷偷地流泪。我也没想长得这么胖，即便是使劲管住自己的嘴，可喝凉水都长肉，我有什么办法？

史双兰给她递上一张面巾纸。

就你眼尖，连偷偷地掉个眼泪，你也能看见，你就不能也装装傻？郑秋兰也不抬头，很不情愿地接过面巾纸，心里说，就凭你这么精明，我们俩长不了。

两个人重新坐定了之后，虽然还能相视而笑，却都觉得有些不自在，便找不到交谈的话题，无言地呆坐。

"我走了。"郑秋兰用这种方式打破了沉默。

"秋兰，你还来不来？"史双兰急切地问。

"干吗不来，来。"

"这才是你。"

"再说，我又没地方可去，你又对我这么好。"

虽然说来，但来的时候，她有些迟疑。心说，还是不去为好，因为女人之间，好就纯粹地好，不能有嫌弃的东西。但是腿却不听使唤，自己就往那个方向走。迟疑到最后，腿还是决定了心，去了。

郑秋兰走到那棵皂角树下，见史双兰就站在台阶上探头迎望，忍不住停了下来。史双兰就拼命招手："秋兰，秋兰！"

她心里一酸，你这是何必呢，搞得跟久别重逢似的。

走到史双兰跟前，立刻就被挽住了胳膊，被拽着进了厅堂。进了厅堂她就吃了一惊，那茶几上摆了过量的东西：香蕉、苹果、橘子、花生、瓜子，还有月饼和大白兔奶糖。

"要来人吗？"

"不，都是给你预备的。"

"怎么还有月饼？"

"难道你不知道，过几天就是中秋节了。"

"你也真是的，咱们俩住得这么近，干吗也弄月缺月圆的事儿？"

"住得近怎么了？也思念，我不瞒你，一错眼珠儿，我就想你，真担心你不来。"

这让郑秋兰大为感动又大为惭愧，她觉得自己心眼儿有些小，在不该计较处计较。俗话说得好，褒寒（褒贬）是买主，嫌弃是爱人，要想痛痛快快地爱在一起，就什么也别计较了。

"双兰姐，我也想你。"她说。

两个人就一起吃水果、剥花生、嗑瓜子，尽情地享受情谊。

大清早就吃凉水果，而且还吃得那么尽兴，郑秋兰的胃很不争气，压着凉气了，肚子咕噜咕噜叫，忍了再忍还是没忍住，就放出屁来。真是粗俗，郑秋兰羞臊得恨不得钻进地缝中去。史双兰抿嘴笑了笑："不碍事儿，你放的是五香屁，不臭。"郑秋兰也难为情地笑笑，她知道，人家加了十二分小心，对她客气了。

接下来就是一起泡脚，再之后，就是一同躺到土炕上去。虽然是习惯，可这时郑秋兰横竖都感到别扭，芥蒂它有痕迹，她放不开了。史双兰上手："难道你就不想跟姐亲热亲热？"

"你以为我会饶了你？想得倒美，"郑秋兰翻身而起，一把把史双兰掀翻了，"你放心，我现在就把你弄死。"她心里说，你对我客气，我对你可不能客气，一客气了你会认为我心胸狭窄、气量狭小，我要让你知道，我郑秋兰也是很会爱的。

她们爱得昏天黑地，有了从来没有过的欢畅。

30 与羊群一起成长

天双承包羊群，虽然跟郑秋兰说了那么多玄乎的理由，其实最根本的一个理由，就是要实现自身价值，确立自己的存在，让人们看到，我史天双不仅仅会打猎，还是能干成点儿正经事的。

起初是硬着头皮放羊，到了后来，他从放羊中发现了乐趣，竟真的喜欢上了这份差事。

他对郑秋兰说，不要认为放羊就委屈了人，与其说是人放羊，不如说羊放人，因为羊竟然让我懂得了许多天地间的道理。譬如说吧，羊一撒出去，就争竞着吃草，以为只有眼前的草好，如果不赶紧吃进肚里，就失去机会了。可羊不知道，山场这么大，遍地是好草，然而羊只有一个胃，这搭吃饱了，那搭就吃不下了。以前我不知道羊的眼里为什么常汪着泪蛋子，现在我知道了，是因为羊拿遍地的好草没办法，觉得无奈，只剩下了伤心。都说属羊的命相不济，毁就毁在一个"贪"字。

他又说，村东的云上广其实跟我们家一样，本来都是雇农，半辈子都给地主扛长工，临解放的时候，地主低价甩地，他买进了不少。总以为近水楼台先得月，他赚了，没想到，一划成分，被划成了地主，成了专政对象。都说是地主把他陷害了，现在看来，其实是他自己害了自己，因为他长了贪心。再说，土地自古以来就是大家的，属于自己的只是身后的一小座坟茔。所以，对于土地，你只需种，没必要占有。

他说，从羊身上，我看到了一个人自立的重要——你看到羊没有，无论大小，无论公母，无论瘦肥，都是它们自己在啃青草，而且是争先恐后，不指望人喂。难道我们人还不如羊？

他说，羊也是有感情的——你如果偏袒了哪一只羊，别的羊就朝你叫，一声比一声高，里边含了很大的怨气。那只羊再回到羊群里，别的羊会就会用犄角顶它，从此就再也不能安生了。再有，病了的羊你也不能喂吃喝，因为你一旦喂了，它会真的以为自己病了，撒到山上，它也懒得吃草，它对人产生了依赖，知道你不会让它饿死，到了，它会连跑山的本事都比别的羊差了，不是掉队，就是被狼撵上。我悟出来了，原来怜就是害，让它以歪就歪，越来越弱。你就说这鞭子吧，它不只是为那些调皮捣蛋的羊预备的，更多是为那些偷懒撒贱的羊预备

的，羊的勤快和矫健都是鞭子抽出来的。所以，对老婆的不管不顾，反而是又管又顾，使她从头到脚都懂得自立，自己往好里活，嘻嘻。

"你从来就没关心我，这样一来，你就更不会关心了，因为羊给你撑了腰。"郑秋兰说。

"我只是告诉你我从羊身上懂得的道理，并不是给自己找不关心你的理由，你怎么净瞎类比、瞎联系？"天双就势辩解了一句，然后就转了话题，"郑秋兰，既然你事事爱联系，那么我问你，羊最喜欢待在哪里？"

郑秋兰说："我联系不上来。"

"那么我告诉你，是半山腰的阳坡。"天双摇摇脑袋又问道："你知道不知道羊最不喜欢待在哪里？"

郑秋兰依旧说："我还是联系不上来。"

天双便开始得意了，他说——

羊为什么喜欢待在半山腰的阳坡上？因为那地方风刮得小，水分存留得多，土质也肥，光照也温暖，百草就繁茂。对羊来说，那简直是一处喜乐福地。接下来，你就知道，羊最不喜欢待的地方了，对，就是山顶。山顶之上，无遮无拦，是个大风口，风刮得那么猛，水土都被卷走了，一片光秃之外，只生荆棘和苦草。你也看到了，山顶是瘦寒之地，绵性的羊是待不下去的。还有，羊们都知道，到了山顶，就意味着走下坡路，就意味着归栏，就意味着被关起来而远离了青草，只给它们留下一个字：等。这也连带着告诉你为什么关在羊栏里的羊常常咩咩地叫？那是它们在想念青草。想念可是不好忍耐的，因为它是苦。嘻嘻。

郑秋兰忍不住联系了一下：想念，我想念谁？想念你吗？屁！我谁也不想念，因为谁也不关心我。但她转眼间又觉得不能一概而论，可别忘了，至少史双兰是值得想念的，因为她在乎我。有了这个念头，她竟真的想念起来，好几天不上她那里去了，她还好吗？

不是她们之间闹了什么矛盾，而是李玉屏回来休假了。她掐指算了算，他还有两天才能走，真是烦人。他可是人家的老公，你有什么理由可烦的？但就是烦——这感情一不一般了，即便是女人和女人之间，也不希望有第三者在眼前瞎晃悠。那么，自己和李玉屏谁是第三者？那还用说，当然是李玉屏。

为了排解烦闷，她对天双说："你能不能让我跟你一起放两天羊？"

天双喜出望外："当然能。"

在放羊中，她验证了天双跟她所说的种种，对他有了一点儿信任。

"信任"一词居然用在了朝夕相处的夫妻之间，这是连她自己都没想到的。这类似进入，意味着他们才刚刚进入彼此的生活，开始有了"我们"的共同意识。

看得出，天双真是喜欢上了羊群。他的两个做法，加固了她的认识，就不再有一丝质疑。

一个是他在羊群所经过的路上，每隔一段距离，就筑起了一个小小的平台，上边放着一块完整的石板。他说，这对羊来说，是救命的设置。羊一旦吃了有毒的草，我就把羊赶到这个平台身边，在上面撒上盐末，逼羊舔。你也知道，盐既有直接的解毒作用，又能齁痒了羊的嗓子，招引它把吃进的草吐出来。

一个是他在每一处干旱缺水的梁峁上都凿出一口浅井，上边覆以树枝干草。他说，这是承接储存雨水的设置，也就一二尺深，里边的雨水反射着淋下来的阳光，亮晶晶的，像漂亮女人的眼睛——对，就像你的眼睛一样，所以我给它取了一个好听的名字——"眼子"。

这看似不经意的一句"就像你的眼睛"，类似赞美，让郑秋兰很受用，她忍不住抢过话来："我知道，这是饮（读去声）羊用的，好让羊群解渴。"

"你真是聪明。"

"哼，本来人家就不傻。"

"那平时你怎么显得那么傻？"

"这还不赖你，你今天说我傻，明天说我傻，就真的给你弄出傻的样子了。"

"看来我真的要经常夸你，今天夸你聪明，明天夸你聪明，你就真的聪明了。"

"哼，你早该这样。"

说说笑笑之间，他们相伴着在山路上走走停停，不知不觉地有了一种亲密的东西，彼此相看，好像比平时顺眼多了。

郑秋兰说："这羊你放得不错，多了不少小羊，大羊身上也有膘，很肥，能卖上价钱。"

"难得你也能正经地夸我一次，不免心里有些痒，"天双居然有些羞臊，好像有些不适应，"不过，我不想卖整羊，我想自己宰了卖肉。"

"你是不是宰东西宰习惯了，不动刀子就手痒？"郑秋兰故意逗弄了一句。

真是不经逗弄，天双本来舒展的眉宇猛地就皱了起来："你是不是成心揭短？"

"你看你，挺大个老爷们儿，什么时候这么不禁磕碰了，矫情。"郑秋兰说。

也不是矫情，温柔之下，见不得刀光，天双也是本能的反应。为了证明自己不矫情，他解释说："你看，卖整羊，一斤才几块钱，卖羊肉，一斤就十多块，你说，到底哪个划算？再说，咱们正好有现成的手艺，闲着也是闲着。"

"这我都知道，就依你。"郑秋兰笑着说。

到了年底，天双就宰羊。

新鲜羊肉一上了肉案，他就先以优惠价满足父老乡亲们的需要，要过年了，置办的年货中，羊肉是最重要的部分。涮锅子、包饺子，膻腥味儿糊满了嘴，才有过年的感觉。然后再把肉按市场价卖到山外去，赚取收入。

年关里，天双感到很盈满。他既赢得了父老乡亲们的感情和尊重，又发了家，手里有了余钱。他带着郑秋兰去了一趟县城，从大商场里给她添置了两身时鲜的衣服。所谓时鲜，就是单挑流行的款式，比竞着城里人的着装。价格当然是贵的，所以郑秋兰有些舍不得："一个山里的婆娘，很少能到场面上去，干吗要花这么多钱买这种样子货？"天双说："你怎么这么不会说话，难道山里的婆娘就不是女人了？甭舍不得，给你买就拿着。"问她还想买点儿什么，她到了鞋柜那里，不停地转悠。她看上了一双高靿的皮棉鞋。价格当然不菲，所以天双主动说话："既然是看上了，就买，别心疼钱。"郑秋兰告诉他，不是钱的事儿，是鞋的款式有些遗憾，鞋的样子很让人心动，但鞋跟太高，不适合在山里穿。天双说："那好办，这里的鞋这么多，你尽管挑。"挑来挑去，鞋跟合适了，鞋面又不精神，郑秋兰下不了决心，便说："不买了。"鞋柜的小姐不高兴了，嘟囔了一句："一看就是山里的，抠。"这话让天双听见了，血液冲腾了一下，指了指最先看上的那双鞋："就是它了，给我买单。"郑秋兰阻拦，他把她推到一边："你甭管。"出了商店的门，郑秋兰埋怨说："你净瞎买。"天双说："怎么叫瞎买，难道咱山里婆娘就不能穿高跟鞋了？再说，穿上鞋以后，你干吗非往石头缝里蹬，你就不能蹬在平地上、石头背上，你得会迈步，喊。"他脖子梗梗的，好像他终于出了一口气，找到了做男人的感觉。

其实郑秋兰心里是很感动的。她看得出来，天双还是在乎她的，只不过家里穷，事儿不顺，他才心里犯窄。现在有俩钱了，好像路也宽了，男人的本性也就能流露了。由于感动，她对自己说，这今后，我应该对他好点儿，就他的这个小小的生活空间，能折腾出点儿彩儿来，也是很不容易的。

回到家里，郑秋兰第一个举动，就是穿上那双高勒高跟皮棉鞋到史双兰那里显摆。

铿锵的走路声，招引了史双兰的耳朵，因为鞋的主人刚一进庭院，她已经倚门迎望了。为了不让她笑话，郑秋兰挺胸提臀，加着十二分小心，努力往好里蹬。

史双兰看见，穿了高跟鞋的郑秋兰，肥胖但是挺拔，沉重但是轻盈，有了从来没有过的大好模样。她情不自禁地喊道："我说秋兰，我这院里还能放得下你啊！"

这疑似赞美。所以郑秋兰得意地说道："放不下也得放，

除了我你还有谁。"

进了堂屋，史双兰紧紧地抱住了郑秋兰："秋兰，你真给我争脸，我好高兴、好喜欢！"这情景像夫妻感动在感动中，两个人脸对脸呜呜哝哝地亲热在一起。

亲热之后，史双兰说："不行，我也得试试。"

这是进一步的肯定，郑秋兰自然是更为欢悦，毫不犹豫地就把鞋子脱了下来。

鞋子穿在史双兰脚下，在地面上铿锵，也让郑秋兰大为吃惊。她丰盈而挺拔，腰窝更深；她袅娜而端庄，风情更重，有逼人的魅力，真是惊心动魄。她说："这鞋，其实是给你预备的。"

史双兰赶紧说："不，它是为咱俩预备的。"

史双兰执意也要买一双，郑秋兰说："好像有点儿不好，我听说相近的姐们儿之间，穿衣是有忌讳的，不能穿重了。"

史双兰说："不管它，咱们俩都穿，就当是情侣装。"

第二天，史双兰就真的也买了一双，从款式到颜色，一模一样。

郑秋兰虽面上含笑，但心中黯然，觉得自己的鞋还没有正经穿出去，就已经打折了。

美狐

31 微妙的感受

感受到了天双对自己的"在乎"，郑秋兰对他的感情有了进一步的发展，他再有土炕上的要求的时候，她自然而然地就有了"情愿"的东西。

在他激情迸发之后，她虽然还是马上离去，在卫生间里往下控身子里的东西，但她对自己产生了疑问：我这样做，对他是不是有些不公平？在乡下，哪个丈夫不想弄出个一男半女，因为在这块土地上，延续香火的意识是重的。可自己就这样单方面地剥夺了他做父亲的权利，多少有些不守妇德。

所以，她从卫生间出来，再躺到土炕上去的时候，看到已倒头睡去的天双，怀着愧疚，她忍不住抚弄了一下他的头发。他的发根有些潮湿，那是欲望的气力留下的痕迹。但这样的气力有些徒然，不跟期待产生联系。所以她觉得他有些可怜，抚弄便继续下去，而且还带上了女性的温情。他感受到了，合着眼呜哝了一声，顺势把郑秋兰抱进怀里。她任他这样抱着，睁大着眼睛望着远处，但满眼空蒙。

她把自己的感受告诉了史双兰："我那样做，是不是有些不合适？"

史双兰一惊："你想干吗？"

郑秋兰说："我真想给他生个一男半女。"

"你就不怕再生出个三片嘴来？"

"哪里写着就真的会再生出个三片嘴？即便是再生出个三片嘴来，我也给他养着，好歹也是给他的一个交代。"

"那得有这方面的心理准备，心里能够承受。"

"好像我现在能够承受了。"

史双兰猛烈地摇头："你就搁车吧（拉倒），连你自己都不知道，你现在比以前更没有那种心力了，一旦那样做了，马上就会后悔。"

"你这是哪儿的道理？"

"你想啊，你们家现在在村里也有了地位，被尊重了。你自己也不像以前那样灰头土脸，自我的感觉也有了。这样一来，你就不会再像从前那样皮实了，我就不相信，一个整天穿着时髦衣服、蹬着大皮靴的女人，手里牵着一个三片嘴的孩子，会毫不在意？你真是头脑发热，想得太简单了。"

史双兰的话真像一把沉重的锤子，在郑秋兰的心中砸出了一阵通通的声响，她嗫嚅道："也是。"

"你现在过得就很好，所以千万别做傻事，"史双兰在她的优柔处又砸了一记重锤，"你在家里对他体贴一些、温顺一些，让他快乐，然后再到我这里，说说知心话，享受享受自己的快乐，不是很好吗？干吗还要自己给自己找麻烦？你醒醒吧，别给自己找累受。"

郑秋兰想了想，重重地点了点头。说白了，自己就是一个家庭妇女，不仅靠男人养活，还整天无所用心，闲得无聊，糊里糊涂地找非分的乐趣，本身就什么都没有，所以真是累不起啊！

而且，她忍不住又往深里想了想。她与史双兰之间，虽然很快乐，但是究竟是上不了台面，不能变成阳光下的力量。这种快乐还多少有些虚幻，放在实际生活面前，简直等于无用。拿无用的东西当依靠，纯属于自欺欺人，所以真是累不起。

居然冒出了这样的想法，她自己都感到吃惊，身子忍不住哆嗦了一下。

史双兰以为她冷，劝她到土炕上的被窝里去。一进了被窝，史双兰就没了指导老师的样子了，一下子就变成了调皮的学生。她又主动上演亲热的情戏，牵引着郑秋兰与冰冷的生活相疏离。可今天的郑秋兰有点不在状态，一边接受牵引，一边

暗暗地推拒。真是的，女人跟女人之间，竟也这样迫切，甚至比男女之间还热烈，是不是有点儿不正经？

郑秋兰第一次感到，这个史双兰就是一个不正经的女人。

史双兰感觉到了郑秋兰的被动，在她的大乳房上使劲掐了一下："别想那么多，专心享受眼前。"

猝然的疼痛，激起郑秋兰报复的举动，她也不客气地在史双兰的大腿里子上狠狠地掐了一把。史双兰尖叫一声："你怎么下黑手，专拣人家的嫩处掐？不成，我决不能饶了你，也要掐你的嫩处。"虽然被掐得很疼，但郑秋兰不叫，隐忍成颤抖。一颤抖就转化成了恶意的激情，她重重地压在史双兰身上："不成，我决不能饶了你。"

两个人就爆发了比以往更强烈的快感。

激情平复，两个人静静地躺着，没有了以前常有的喁喁情话。静默了许久，史双兰竟叹了一声，说道："唉，你说，咱俩这叫什么？"

郑秋兰不傻，从这一声叹、一声问中，她醒悟到，其实对她们俩之间的这种亲密关系，史双兰也有困惑，也有疑问，也有不安。那么，只说人家不正经，是不是有点儿不公平？那好，咱还她。"郑秋兰，你以为你是谁？你也是个不正经的女人。"她心里说。

她自责了一下之后，明白了一个道理，为什么我们俩在一起这么快乐？因为我们俩是一对不正经的女人。

这个确认让她感到有意思，她忍不住扑哧一声笑了。

"你笑什么？"史双兰问。

"跟你在一起真好。"她竟说。

"你就不担心咱俩有一天会分开？"

"不担心。"

"你这个没良心的，为什么？"

"因为咱们已经这么快活地好过了，很赚了，咱们村里这么多婆娘，她们哪一个像咱俩这样快活过？人不能太贪了，要懂得知足，不然就只剩下伤心了。我们家天双就这样说过他的羊，因为他的羊一出栏，就拼命吃，很快就吃饱了，然而羊只有一个胃，即便是满山的好草，它也再吃不下了，只剩下伤心地掉泪。"

"这个时候，你不该提你们家的天双，也不该一边跟我好着，还一边想着满山的好草，伤人。"

"双兰姐，这可不像你，我不过是顺嘴说到了天双，顺嘴学说了他的话，可没你想的那层意思。"

"嘿嘿，瞧把你急的，你我还不知道，没那么多心眼儿，不过你说的还是有道理的，因为花无百日红，人无千日好。既然我们都知道，我们就要懂得珍惜，珍惜我们好的每一天，别胡思乱想、三心二意。"

"嗯，我知道。"郑秋兰知道，因为她刚才走神了，反应有点冷，没有全身心地投入，让史双兰察觉了。她愧疚了一下，主动把史双兰拥进怀里，伸手就去抚摸。史双兰身子立刻就抖动起来，忍不住就呻吟起来。以为她又有了欲念，郑秋兰遂意动，但史双兰立刻止住了："别价，我不过是不经触动，管不住自己的身子，但是我的心还是清醒的，不能像羊一样太贪，要懂得节制，因为咱们的好日子多着呢。"

"你怎么还放不下，弄得我都不知道怎么办才好了。"郑秋兰说。

"不，我说的是真话。"史双兰说。

既然是这样，两个人便心无芥蒂，咯咯地笑在了一起。"瞧瞧咱们俩。"史双兰说。"嗯，对，瞧瞧咱们俩。"郑秋兰也随声附和。

32 隐隐的不安

现在的天双，身上的任性和蛮横好像消失了，能够心平气和地跟郑秋兰讲话了，而且在土炕上的时候，也能顾及她的情绪，如果她不乐意亲热，他也不再强求，有了尊重的模样。更出人意料的是，他居然开始关心她的生活起居，时不时地还主动地嘘寒问暖。

一天，郑秋兰忍不住问他："你现在，脾气好像突然就变好了，对我，也能像对人一样看待了，这是为什么呢？"

天双说："你这是怎么说话呢，你本来就是人嘛，不是我拿你当人不当人的问题。喊，你给我扣的帽子我可不戴。"

郑秋兰说："你甭嘴硬，你以前怎么待我，你心里还不清楚？不能昧着良心说话。"

天双想了想："如果你非要问为什么，可能还真有个理由。"

天双说，你看咱们这个地界，又封闭又窄小，号称巴掌崂。这么一个巴掌大的地方，能有什么前景？差不多就是自生自灭，而且一直就是贫和穷，在很多日子里，甚至连饭都吃不饱，活得憋屈，满眼都是沟坎和悬崖，不然旺儿也不会自己把自己从山梁上扔到山沟里去。他叫旺儿，却不能旺，看不到出路，不想忍受惭愧。就我的自身条件，还不如旺儿呢，但没有旺儿那腔气性，也只能认命，活在憋屈中。人一憋屈了，就想折腾，但我又能折腾个啥？只能折腾堰田，折腾禽兽，再有余力，就折腾你。也怨你命运不济，从一个有大米白面的家庭虎落平阳一般陷落到一个靠兽肉才能沾一沾油水的门庭。然而你还骄傲，还不温顺，还生三片嘴，我只好拿你出气。以为生活就这样完了，可年头它自己就转了，可以承包，可以放羊卖肉，交完集体的，剩下都是自己的。这样一来，家境就改变了，有了余钱，自然就会给你好吃好穿。所以，不是我自己主动要改变性情，是年头推着我改变——它先给了我用武之地，给了我希望，给了我欢悦，心中盈满了，就转过来把欢悦传递给你。不然的话，我一个小小的史天双，一个山里的农民，哪里有这个底气和胸怀？所以，你也别纳闷，也别念我的好，要感谢，就感谢这个好年头。

天双所说，是指国家的改革政策和时代发展，给他带来了改变，但作为一个稍有些知识的农民，他不会讲出"改革"和

"时代"这样的大词，便用朴素的语言，讲出了心中实实在在的感受。

山村封闭，也能吹进流动的风；地域狭窄，稍有波动就能有大的起伏；山民再蒙昧，也能感知这种流动和起伏。

郑秋兰听了他的话，既感动又忧伤："哦，这等于是你承认，你不是什么好汉，而是一个尿包，没什么大能耐。"

"差不多就是这个意思吧，"天双难为情地笑笑，"为什么我一直脾气那么大，对你那么不好？原因就在这里。俗话说得好，尿人脾气大，他怕别人小看，就靠脾气唬人、壮胆，嘿嘿。"

什么都说破了，郑秋兰对天双的看法有了很微妙的变化：觉得他既不可爱也不可恨，不过是一个被日子推着走的小男人。他都对命运没办法，那么，作为他的老婆，只能逆来顺受。不然怎么会留下了老话：嫁鸡随鸡，嫁狗随狗，嫁个枕头抱着走。

有了这样的想法，她的心头直往上拱，好像在往厚里长肉。乡下把手脚上多长出来的肉叫茧子，那么心里一长了茧子，对自己来说，就是甘于承受，对他人，则多了体贴和心疼。这种体贴和心疼，用书本上的话来表达，就是悲悯。

这个家庭，从这天起，平静多了。

一平静，就能感受到波动。这种波动来自郑秋兰。

她和天双，做土炕上的事儿，虽然多了甘心和顺从，甚至还掺进了关心和体贴，但总也没迎来销魂的快感，她便一边谅解一边遗憾，迫切地到史双兰那里寻求补偿。在她和史双兰的激情澎湃中，她快乐得忘我，但一平静下来，她居然有了一种隐隐的不安。

　　准确的描述是这样的——

　　在自家土炕上，她承受冲撞，也希望被触及出快感，真正做回女人。但总是失望，便转移到史双兰的土炕上。在这里，她变换了角色，像男人一样在史双兰身上冲撞，其结果，是两个人一同迎来了高潮，得到了特异的快感。虽然也感到不正常、不名誉，但究竟还是能说服自己。问题是郑秋兰现在突然生出来一种联想：先是史天双在她身上冲撞，带着不果的遗憾，再到史双兰身上冲撞，终至爆发了快感。这个过程，好像是从史天双身上承接了能量并带着他的意志作用到史双兰身上，这样一来，表面上是我郑秋兰在和她肌肤相亲，怎么越想越像是史天双在和她做爱？这可怎么得了，我糊里糊涂地当了他们的媒介，让他们通奸、让他们乱伦！从史天双方面说，他本来就对这个女人有强烈的欲望，一有机会就想和她趋乎在一起，是我的介入，阻隔了他们，没想到，我却给他们提供了特别的连接，让背叛者背叛，还由我说出没有背叛的理由。

　　这可不好，真的不好，让人心里膈应。可是，我怎么变得这么复杂了？朴素的生活，只产生朴素的道理，我怎么有了这么额外的道理？是不是我变了？

一如芽叶一旦钻出地面，无论冷热，无论晴雨，都要往高了生长，郑秋兰的这个念头一经冒头，就再也淡忘不了，不安总是横在心里，走向史双兰门庭的脚步就再也不像原来那样急切了。

是不是应该结束这样的交往？她本能地问自己。

问过之后，她心里一震，不愿意做出明确的回答。都习惯了，没有外力的推动，自己哪能做出断然的割舍。就如李玉屏，如果没有自家女人在众人面前那一声隐含着刀锋的指责，他也不会抡起阄割自己的镰刀。

山地寒瘦，无趣又无聊，就得过且过吧。到了一个时候，该来的自然来，该走的自然走，先别急急忙忙地难为自己。

33 就走远些吧

　　春天来了，风不凉了，但小草还没发芽。人心却有些躁动，觉得今年应该有些变化。春天深了，百花开了，还是蝴蝶乱飞，蜜蜂来去，并没有看到有什么变化，天双忍不住骂了一句："真他妈的操蛋，怎么总是老日子！"

　　把羊赶出了羊栏，他懒懒地在羊群身后跟着。羊有记性，因为都是相熟的路径，它们能自己走。走到大山的中腰，到了阳光普照、好草丰茂的福地，它们下意识地就歇息。天双陪着羊群躺倒在草丛中，让太阳晒屁股，越晒越懒，很是困倦，他合上了眼睛。耳边是羊们啃草的声音，细碎而有力，但总是不变的节奏。他嘟囔了一句："整天这样吃草，你们也不嫌烦。"然后就打起盹儿来。

　　朦朦胧胧中，他眼前出现了一个白髯青衫的老人，拄着一根花椒木拐杖。他满脸皱纹，颜色鳖黑，很是有了一把年纪。但是他一张口说话，牙齿却异常整齐，而且一片莹白。他说："年轻人，你不能就懒在这里，你应该往远处走走，到百花山上寻寻祖。"

天双一怔，猛地睁开了眼，眼前却依旧是羊和青草，并没有老者的身影。他感到奇怪，怎么凭空就遇到这样的人听到这样的声音？莫非远处真的有个邀约，等着我前去？

他心里躁动了一下："去就去。"

那个去处不过就是背后的远山，那山的名字叫百花山。平时遥望，能很清晰地看到它的山尖，山尖上有一排渺小的树、有一座渺小的庙宇，一切都历历在目。既然能够看见，就说明不会太远。但即便不会太远，他长到了今天这个年纪，却也从来没有去攀登造访的愿望，真是莫名其妙。今年也怪了，从一开春就厌烦老日子，就觉得应该有点儿变化，那个飘然而至又飘然而去的老者又来挑逗，就说明，远处那座山，他是应该去的，这或许就是老天爷的旨意。

他一跃而起，驱赶着羊群向着眼前这座山的山顶走。羊们迷惑，不停地朝着他咩咩叫，很哀怜。他向空中甩了两声鞭子："叫你们走，你们就走，别问为什么，因为就连我自己都不知道为什么。"

很快就到了山顶，他停下来向远山目测了一下。虽然远山

的景物历历在目，好像真的不远，但他也知道"望山跑死马"的道理，要走到终点，最少也得用一天的时间。也许走到中途，天就黑了，肯定要住在一个什么地方。

自打跟郑秋兰结婚，就从来没有在外住过，是不是要踅回去跟她打个招呼？省得她着急。但这个念头刚一忽闪，就被他自己掐灭了。一跟她住在了一个屋檐下，就香香臭臭、恩恩怨怨地纠缠在一起，即便是相互厌烦，也没有过分离，这差不多就是被她管制了，失去了自由。好不容易有了一个自由的机会，还要回头问她，你贱不贱，还是不是个男人？

当然是男人，别管她，该走就走。

两山之间，还有沟壑，要想攀爬对面的山，就要先下到脚下这座山背面的沟底。这时的路对羊来说，就是陌生之途，所以，它们拥挤在一起不走。天双只好走在前面，吆喝着引领。羊真是温顺，对主人有无限的信任和依赖，它们紧紧地跟随着他，一个也不掉队。天双大喜，有了强烈的身份意识和责任意识，原有的慵懒一下子烟消云散，变得脚下有力，既走得快，也走得很稳健。

下到这座山的山脚，谷底赫然有一汪大水。两山之间筑着一座石坝，水是截存而成。水色昏黑，看来水很深。他搬起一块石头，调皮地扔到水中去，扑通一声响过，仅溅起零落的几星浪花，水面就又复合了。这是一潭静水，不希望人惊动。

坝体的斜面上，镂刻着三个大字"鸳鸯潭"，字涂朱漆，阳光披洒其上，呈暗红颜色。他突然想到，这里既然叫鸳鸯潭，那么潭下的那个村子肯定就叫鸳鸯水村了。便爬到坝顶上往村子那方向瞭望，果然看到村口的木牌楼上，雕着两只鸳鸯。因为鸳鸯凸起在牌楼的顶端，所以从远处也能看见。村子就坐落在山间平地之上，有稀稀拉拉的两排石板房，街道也是石板墁就，泛着冷冷的清光。

他突然想起，既然是鸳鸯水村，那么就是母亲李翠花的出生地了。

母亲的娘家，他竟也"突然想起"，就说明他跟外祖父母家不亲，故一直没有去过。母亲刚嫁过来，外祖父母就先后去世了，母亲娘家只剩下一个哥哥。她跟这个哥哥感情很冷，因为他把父母的遗产全占去了，不给她留下一毫一厘。这里既有私心，也是传统观念使然。"嫁出去的女儿泼出去的水"，既然连人都泼出去了，还给你留什么东西？母亲觉得娘家对她太绝情，就断了来往。到了年关，她也牵挂，对甫银说："你还是去看看你的大舅子吧。"甫银说："连你都不去，我干吗要去？"其实是因为家里穷，拿不出像样的东西。等天双大了，再到了年关，他对天双说："你还是去看看你大舅吧。"天双说："连你都不去，我干吗要去？"其实是因为他对这个舅舅真没什么印象，一点感情基础都没有，干吗还要硬去装样子。

母亲的娘家就只留给天双一个凄美的传说，母亲说——

地主家的长工爱上了地主的女儿，爱得昏天黑地，不可拆散。地主一气之下，把他们赶出家门，他们便拿地做床拿天当被，继续他们的爱情。后来地主的女儿有了身孕，但冰天冷地得不到将息，就小产了。从此以后她落下了病，一个水灵灵的大姑娘最后瘦得只剩下皮包骨头。她就要死了，对长工说，我一死，你就埋，然后再寻个普通人家的姑娘，好好过日子，你必须答应，不然我死不瞑目。长工说，好，好，我依你。地主的女儿带着微笑死在了长工的怀里。长工抱着她来到水潭边，然后用羊毛绳把两个人捆绑在一起，还拴上一块大石头，一同沉到潭底。他们殉情之后，村里的一个私塾老先生，写了一首酸诗：

棒打鸳鸯终不散，
一沉潭底定终身；
都说蜂虫恋花痴，
哪有男女私情深？

日月无言山水静，
胸有风雷念孽根；
逝者如斯当教化，

爱破川崖效忠贞。

　　老先生自嘲是酸诗，但村里人当正品，念及水潭无名，村名又过于俗气，就把水潭命名为"鸳鸯潭"，把村名改为"鸳鸯水"。其实大家心里都清楚，是因为人性向善，喜热烈感情和忠义情操，既是纪念，也是明志，以反拨村风、增益良俗。

　　李翠花和甫银的结合，虽然也是通过媒妁之言，但因为有这个传说的影响，她很敬重婚姻。不管甫银对她是冷是热，她都忠贞驯顺，心甘情愿地夫唱妇随。在她的意识里，既为夫妻，就是天作的一对鸳鸯，是鸳鸯，棒打都不散，更不能自己拆散。

　　天双这时想到了母亲给他讲的传说，心有所动，呆呆地望着那个村子。这个地方，是母亲的根脉，自然也就是自己的根脉，他真应该早点儿到那里去，也受受乡风的濡染，或许也能变得心软，对郑秋兰好一些。但大舅也已经过世了，即便现在去造访，因为失去了感情的链条，也不过是局外人的闲逛，没多大意思了。如果非要前去，再让村里人知道，我是这里人的外甥，肯定会遭到白眼，村里人会说，你舅舅在的时候，你怎么不来？你还有没有一点儿宗族感情？就你的这个做派，我们有理由相信，你对你母亲也不会太好。

　　天双摇摇头，对自己的母亲，他真的有点儿冷，岂止是

冷，还有些不敬，现在还依旧让她孤身一人地生活在老屋里，疏于问候。他感到了惭愧，对身后的羊挥了挥鞭子，那意思是说，咱们赶紧走。

羊跟着他，从坝顶走到对岸。

羊们一边走，一边回头。翻下这个山坡，它们已经渴了，清水就在身边，主人却不让喝，它们迷惑，恋恋不舍。天双知道这个意思，就更加快了脚步。说来说去，你们究竟是畜生，如果喝了潭里的水，再有了传说中的人性，那我的脸往哪儿搁？

离开了鸳鸯潭，就是百花山的山脚，仰头一看，只能看到近处的山石，一点儿也不见山顶的影子。山脚下的小草鲜嫩、青葱，草叶上还带着露水。这不难理解，离鸳鸯潭这么近，潭里的水蒸发起来复又落下，自然要落到小草身上。他把羊鞭插在地上，对羊群说道："就在这里歇一歇。"山高路远，是得歇一歇，以养足脚力，更现实的考虑，是刚才他忘了让羊们在潭边喝水，吃几口带露的嫩草，也可以解渴。

他坐在一块大石头上抽烟，望着羊群坏笑，希望羊们能领会他的用心。

但羊们不吃那带露的青草，因为羊们有记忆，知道一旦在山路上走热了，千万别吃带露的草，会烂胃，拉肚子，如果拉得厉害，会把肠子拉出来。这一点，天双忽略了，但是羊们不忽略，它们怜惜自己的小命。

天双愣了，难道你们一到了陌生的地界，就不听我的话了？

在他发愣的这个当口，羊群突然往回跑，跑到石坝上，顺着石坝的斜坡去触及水面，贪婪地饮水。天双急忙大喊："小心，小心，别他妈的掉进水里去，潭里的水深，有冤魂。"

羊们汲饮甘霖，虽然不管不顾，竟也安全，陆陆续续地返回，似乎不会再有什么意外。可是，最后的一只羊，可能是因为看到伙伴儿们纷纷走远，急切之下，蹬空了，在斜坡上滚了两滚，竟滚到水里去了。天双失声叫道："完了，完了！"但却见那只羊在水面上昂起头来，不慌不忙地往回凫水，很快就游到了石坝上。

天双很是吃惊，在他们巴掌峁没有河流，羊从来就没有试过水，它竟会凫水！真是奇怪了，看来本性就长在肉里，平时隐藏不显，一到关键的时候就苏醒了。小小的意外，让他长了见识，原来山羊也有水性，他这个放羊的，真是无知。

看到落水山羊自己在抖落身上的水，他扑哧乐了。他是联想到了李玉屏。他身块瘦小，优柔平和，却为了一句话，就咔嚓一下把自己阉了，以前不理解，现在似乎有点儿明白了，原来他骨子里就有刚烈的本性，平时别人不知道，连他自己也不知道。嘿嘿。为什么嘿嘿，因为他也联想到了自己。自己人

高马大，脾气粗暴，但就是治不服自己的女人，你打她两下，她也回击你两下，腰腿都被她打肿了，自己竟还能容忍，还不知羞耻地向众人宣布，是郑秋兰打的，好争得别人的同情，靠舆论提高自己在家里的地位。嘿嘿，看来自己骨子里就有戾的本性，对郑秋兰的泼辣倔强还是有些畏惧的。

"郑秋兰，等我回去之后，你再不听话，再不驯顺，看我怎么收拾你！"从这一刻起，羊性给他注入了刚性，对那个婆娘，决不能再客气了。

他爬坡，羊爬坡，爬到山的中腰，已是中午。沉闷中他听到了人声，原来中腰上有块平地，平地上建了几排白房子。白的是墙，其实房顶是灰黑的，也是山里的石板覆盖的。白墙上用红漆刷着标语，什么"安全与效益同行，事故与损失同在"，什么"生命至上，安全第一"，什么"安全生产牢牢记，生命不能当儿戏"。标语的暗示，好像一不注意安全就会死人似的。不用问，这里肯定是一处煤矿了。

再往近了走，果然在山壁上看到窑口，陆续有煤罐车钻出来。罐车走得很慢，细一看，是人在推。终究是在大山上挖煤，连生产方式都那么落后原始。他听人说过这里有个曹家房煤矿，挖煤的人挣的钱很多。嘿嘿，即便是挣得再多，咱也不羡慕，因为挣的是辛苦钱，比不得咱放羊这么闲逸。快到跟前了，煤山大了起来，披披洒洒占了一面坡。坡底有两根立柱，立柱上有一根横梁，横梁上钉着一块横板，上面歪歪斜斜地写着一行字：曹家房煤矿。字是黑墨写的，顺了煤的颜色，所以看起来很不显眼，像明珠暗投。

美狐

34 瑞云寺

因为已是中午，矿上的人开始吃午饭。

许多人蹲在房前，手里端着个大号铝盆，那里装的是肉炖冻豆腐、白菜和粉条子，筷子上插着几只大白面馒头，稀里呼噜吃得很贪婪。

天双忍不住咽了一下口水，因为他今天出门忘了带干粮，旁人的吃相，让他有了本能的反应，而且，他感到今天特别饿，恨不得把别人的馒头抢过来，一下子吞下去。

这时，一个戴鸭舌帽的中年男人朝他走来，手里也端着大号铝盆，筷子上也插着五只馒头。人走近了，把手中的东西往天双眼前一递："兄弟，这是给你的。"

他嘿嘿一笑，不敢接手，因为他没有带钱，觉得不好白吃别人的东西。那个人说："别介意，你是远道来的，正赶上了饭口，我们自然就要接待一下，你尽管吃，算是我请客。"

他接过饭菜，但还是迟疑地看着来人，意思是说，我吃了你的，你吃什么？正迟疑间，又来了一个年轻工友，手里也端着一份饭菜，默默地递给眼前的这个人。两个人就蹲在一起，一边吃一边攀谈。

这个戴鸭舌帽的人原来是这里分管后勤的副矿长，叫史天才。

天双嘿嘿一笑："巧了，我也姓史，叫史天双，莫非咱是当家子，还是同辈？"

史天才也嘿嘿一笑，说："肯定是当家子，你没听说过，天下一个史，洪洞老戒尺。既然是一个史，中间又都是'天'字，那肯定是同辈了。"

俩人一盘算，矿长比天双大，矿长便说："兄弟，咱们真是有缘分。"

天双说："真是有缘分，因为我往日放羊，从来就不往远处走，今天突然心里躁动，就走到你这里了，好像老天爷有支配，就是让我来见你的。"

矿长哈哈一笑："兄弟，说到羊，我倒是想跟你商量点事儿。"

"什么事儿？大哥，你尽管说。"天双一边说着，一边去打量自己的羊。

他的羊竟都依坡而卧，老老实实地待着。好像它们都知道，羊吃草，人吃肉，既然是主人在吃午饭，便跟它们没什么关系，便不能随意走动，给他添乱。

矿长说："你看我是管后勤的矿长，食堂自然归我管，平时进菜进肉都要到三十里开外的乡场上去，很是不方便，既然你都把羊群赶到我跟前儿了，就给我留下几只。我看了，你的羊很肥，又是吃山草长大的，肉质一定很纯正。"

"不成，不成！"天双本能地叫道，赶紧站起身来。

矿长说："别误会，我可不是要占便宜、白吃肉，我是出高价买。"

天双说："我知道你是出高价买，也知道你是图省事儿，但还是不能给你留下。"

矿长不解："你这就奇怪了。"

"一点儿也不奇怪。"天双解释说，你看，我们放羊的也有放羊的规矩，羊成群地放出来，也要成群地返回去，中途一个也不能少。因为人讲究运气，放羊也讲究运气，羊只一少，就破了运气了，羊群就不能兴旺了。还有一层原因，羊们成群结队地一起出行，中途有几个伙伴儿竟被截留，还入了刀口，会给余下的羊只留下阴影，再从羊栏里往山上赶的时候，它们就不愿意动弹了，即便是硬赶上山去，它们也会始终支棱着耳朵不专心吃草，怕中途被人牵走，这样一来，就会减了膘口，不肥壮了。所以，放羊的最忌讳的是中途少羊，最欢喜的是在山场上添丁进口，这跟财运有关。

听了天双的解释，矿长说："既然是这样，我也就不勉强了，因为我也是山里人，尊重礼俗。"

这个人很通情达理，弄得天双反倒不好意思："念你赏饭，等到年关宰羊的时候，我亲自给你送几只剔好了的全羊上来。"

矿长说："那你就见外了，咱有的是缘分，而没有这种交换关系。"

天双往西侧一错眼珠，瞥见山环儿里耸着一座高高的古塔，便灵机一动，岔开话题："我看西边有座塔，是不是有座庙？"

矿长说，是有座庙，叫瑞云寺，始建于北周，中间的历代，都有重修，几百年来香火不断，福佑四方。百花山虽然富含矿脉，但也不是在哪儿都能凿个窟窿挖煤，也要讲究风水。煤矿之所以开在这儿，就是因它近旁有瑞云寺。因为挖煤矿的，是吃阳间的饭，干阴间的活儿，更迷信佛祖的保佑。矿工在这里吃饭，在那里烧香祭祀，两两方便，就心安气顺，卖力生产。所以，塔罩比人罩更能提神，比那几条安全标语管用。

天双说："今天真是缘分，不但认识了你这么一个同姓同族的哥，还开了眼界，原来放羊的有放羊的讲究，挖煤也有挖煤的道道，都有忌讳，都不能任性。"

"一点儿不错。"矿长说。

在他们唠嗑期间，天双看到，几排白房子的门前，出现了不少妇人。有的在自来水龙头前给吃完饭的矿工冲洗餐具，有的在大木盆前搓洗衣物，有的干脆就靠在门扉上晒着太阳扯动着针线缝缝补补。

"怎么还有女人？"他问。

"那是矿工们的家属。"矿长说。

天双说："挖煤的倒挺滋润，一边挣钱，还一边过着家庭生活。"

"挖煤的都是以命换钱，所以我们当矿长的，在管理上也要讲点儿人性，"矿长似有醒悟，笑着说，"兄弟，你也别嫉妒，如果你也想来挖煤，也允许你带家属。"

也是，如果把郑秋兰带来，在这荒山野岭、老山背后，没有了史双兰的勾引，她还不往死里依恋自己？嘿嘿。天双虽然心动了一下，但也没接矿长的话头，他觉得初次见面，还得矜持一下。

他突然发现，有几个女人跟这些操持活计的女人显然不同，她们都很年轻，身姿也妖娆，穿着也时鲜，看着就有些风骚，透着一股子脂粉气。她们并不在某个门前坐定，而是不停地串屋檐。他忍不住问："那几个也是矿工家属？"

"她们不是。"

"那她们怎么也待在这里？"

"你就别多问了。"

不让多问，便增加了暧昧与吸引，反倒激起了天双的兴趣，他说："大哥，你可要说话算数，如果我不想放羊了，就真的来找你。"

"来尽管来，但是有一个条件，你必须把弟妹带上。"

"这当然。"

天双觉得该告别了，对矿长说："我该动身了，还要往上爬。"

矿长说："爬上去天就黑了，你今天就回不去了，我劝你还是就地返回吧。"

"不能。"

"为什么？"

"从我们村的后山顶上，总能望到那座山的山顶上有几棵小树、一座小庙，吸引我弄个究竟。"

"那是百花山的山顶，也不是几棵小树，而是几棵高大的古松，也不是小庙，而是有三重院落的大庙，庙的名字叫显光寺。既然你执意要去，我也不拦你。我想告诉你，要想在那里留宿，你就去找那里的甫银法师，他也本姓史，是咱们当家子的长辈，你就说是我让你去拜访他的，他一定会给你提供方便。"

35 显光寺

　　甫银法师，而且也姓史，怎么这么巧，他的名字居然跟死去的父亲相同？也许只是发音相同，具体到用字，肯定就不同了。

　　他觉得应该是这样。

　　等见到了寺庙的影子，天果然就黑了。起初只是看见黑黢黢的轮廓，后来它的四角以及有飞檐走壁的地方，猝然放起了光明，原来上面挂着成串的大大小小的彩灯，把整座庙宇堂堂皇皇地显示出来。

　　走到近前，有一扇面向山路的朱漆大门，门上有两个硕大的镀金的狮头衔咬着的门环。天双既兴奋又紧张，在门环上轻轻地扣了两下。

　　门马上就从里边开了，竟然一点儿声音都没有。从里出来一个老者，上眼一看，让天双大吃一惊：老人白髯青衫，挂着一根花椒木拐杖，满脸皱纹，颜色黧黑，表情蔼然。正与他在恍惚中看到的那位形象相同。

他赶紧上前，谦恭地说道："您一定就是甫银法师了，我是曹家房煤矿的史天才介绍来的。"

"还用他介绍，我一直就在等你，"老者捻须一笑，继续说道，"太阳把整座显光寺照亮的时候，从云端里就反射出一群羊和一个人，我就知道，羊和人都是奔我来的。就请进吧，哈哈。"

虽然很是有了一把年纪，但是他一张口说话，牙齿却异常整齐，而且一片莹白，笑口一开，里边的舌头竟也特别鲜润。

人可进，那么羊呢？他看看羊，嘿嘿地笑着。

甫银法师说："我知道你是在担心羊，不过，请你放心，羊当然也要进到寺里来，因为羊是圣物，哪次佛家盛世，能少了羊的供奉？所以必须把它们请进来，好生安顿。"

进了寺门，天双问羊们如何安顿。甫银法师说："寺里廊庑广阔，你不必为它们操心，要听从它们的意志，看它们想卧在哪里。"

也许是跋涉辛劳，刚进到第一重庙宇，羊们就在廊庑处卧下了。甫银法师捋髯一笑："这是天意，与佛的处置暗合。"

天双当然不知道，佛的居所在原初的时候，因为生存的艰

难和生产水平的低下，如果有三层（三重）殿堂，第一层歇牲畜，第二层装农具，第三层才住人，把家畜和农具放在优先的位置。

天双随甫银法师到了后殿，进了偏居一隅的禅房。"禅饭已经给你预备下了，你尽管用。"

禅饭里居然有鸡鸭鱼肉，非出家人的膳食，天双嘿嘿地笑。甫银法师说："你别笑，都是豆腐做的。"

几案上还放着一只小号的酒甑，看天双疑惑，甫银从墙上摘下一柄长把竹舀，从甑里给他舀了一杯："酒你也可以尽管喝，你爬了一天的山路，解解乏。"

天双说："您也一起喝吧，我好敬您一杯，表达一下谢意。"

甫银皱了一下眉头，捧起一只青瓷茶盏："我喝这个，黄芩。"

天双知道，黄芩，是山上产的一种山茶，茶汤清亮金黄，茶梗始终漂在水面上，茶味有淡香，口感清爽，可以清火，解油腻。"那好，您就喝茶。"他说。甫银嗯了一声，声音拖得很长，然后说道："在我这里它不叫茶，叫药草。"

几案上的菜式，虽然都是豆腐做的，但都有肉味，很对胃口，天双就吃得很专注，也喝得很专注，好像他眼前只有酒菜，而没有人。

甫银一直含笑看着他，看得出他这个人不太善谈，肚里也没有诗书货色，不仅是一个标准的凡夫俗子，还是一个蛮荒未开的人，愚昧包裹着本性，需要点化。

"你怎么就想起到这里来？是求福禄运势，还是求子嗣？"甫银从天双的面相和做派上，看出他膝下无子。

天双说："嘿嘿，我既不求福禄，也不求子嗣，虽然我至今还没有一男半女，我只是脑子一热，来看个究竟。因为从我们那座山的山顶，总能望到这里有几排小树、一座小庙，让人纳闷。"

"就这么简单？"

"就这么简单，嘿嘿。"

这个人，年龄也不小了，却像个顽童，更像个呆子，脑子里是空的。甫银闪出这么一个念头之后，不禁摇摇头。他问："你知道咱们脚下这座山叫什么山？"

"嘿嘿，自然知道，叫百花山。"

"那么，你知道不知道为什么叫百花山？"

"嘿嘿，不知道。"

"那我现在就告诉你。"甫银法师说道——

百花山以花多而得名，"花多目所未者见，红黄紫翠不可名"。一般人能叫出名字的有牵牛花、野刺玫、山荆花、山桃花、映山红、金莲花、山杏花、杜鹃花、山樱桃花、江西腊、野芍药、紫丁香……数不胜数，人们说"百花山是草便开花"，即使是在附近生活了大半辈子的老人，也不能把这里所有的花都叫上名字来。

百花山由于山高，垂直温差较大，山脚比山顶就早了一个节气，因而花的开法就特别了，是从山下向着山顶，一层一层，一圈一圈地往上开，从春到夏，从夏到秋，百花山总是不断地改换着自己的装束。当山腰处花开得正红火的时候，山脚下却已经开败，而山顶上则刚刚吐出花苞来。最美丽的地方是百花山的山顶，这里地势比较平坦，属于高山草甸，各种野花山草姹紫嫣红，编织成了一块巨大的花毯。在青绿色的草地上，开满了黄、红、蓝、白、黑、紫、绿、粉各色花朵，使人仿佛置身于花的海洋之中。那个大草甸子叫"百草畔"，名声在外，被誉为"京西小西藏"，游人如织。在这里除了赏花之外，还可以采集芥葱、荠菜、山韭、野黄花、蘑菇、马勃等数十种可食用的野生植物以及猪苓、党参、刺五加、大黄等几十种中草药。据不完全统计，百花山的植物往少了说，也有两千多种。由于草木繁盛，自然就是动物的欢场，有野鸡、狍子、青羊等几十种野生动物，珍禽异兽就有百余种，除了赏花，还是打猎的大好福地。

"嘿嘿，我原来就是打猎的，要是知道这里是这样的地界，我真应该带上我那把猎枪。"天双忍不住说道。

甫银很不高兴，低声喝道："不要插话。"

甫银继续说道："你别看咱们百花山山顶是平的，但也是京华最高的山峰之一，灵山够高的了吧，但是却有这么个歌诀——'灵山虽有万丈高，打在百花半山腰'，你说牛不牛？"

虽然甫银讲得须眉乱颤，天双只是嘿嘿傻笑，也不给予应有的赞和，弄得甫银只觉得这个人不是合适的听众，真的有点儿对牛弹琴。不过，因为谈性正旺，不可收束，他还是继续讲下去——

"有谚云：自古名山僧占多，所以这里就有了瑞云寺、显光寺，也因此，这里就有了道德和文化。"

"这里哪里写着道德和文化？"天双又来插话。

甫银无奈地一笑，没头没脑地扔给他一句："就写在人走的山道上和寺庙的廊庑之间。"

因为不懂，所以天双的耳朵，朝别处旁逸斜出，他听到室外有窸窸窣窣的杂音。他很不识趣地问道："您听听，外边是什么声音？"

甫银顺耳一听："那还用说，是羊倒嚼的声音。"

天双说："好像不是，像是您庙上那一串串小灯笼里的灯油快烧尽了，熄灭之前发出来的声音。"

甫银表情很难过，狠狠地摇了摇头："我那灯笼里安的是灯泡，用的是电，难道你是猪脑子！"

一个吃素斋的法师居然说出这么荤腥的话，看来真是触怒

他了，天双不免惭愧了一下，嘿嘿地笑着。

甫银想结束今天的谈话，拂袖而去，但他又觉得这不符合佛性，再说，远来的就是客，即便他很愚蠢，很无趣，也要好生待之。他沉吟了片刻，脑子里冒出来"筛漏"两字，这让他复又心定。正因为他无知无识、不灵不慧，而且还不能专心倾听，才正需要给他强力灌输。筛子再眼儿大，如果你不停地往筛面上放东西，筛下去再多，多少也能留下一些。想到这儿，甫银无声地笑了。佛教讲究先自悟，然后再悟人，既然自己想开了，自然就应该耐烦，不紧不慢地做开导人的工作。

"菜凉了，我去给你热一热。"他说。

天双赶紧捂住菜盘子："不用不用，我的胃是铁打的，就喜欢不冷不热。"

"既然是这样，你就尽管吃、尽管喝，我呢，就给你讲讲咱这显光寺，就权当是给你新添的下酒菜。"

"您可不能这么说，说实话，我正想听呢，因为既然来到显光寺就得知道显光寺，不然回去之后，婆娘问起，我说不上来一二，还不被她笑话？嘿嘿。"天双隐约地感到，法师对他的不够专心有些不满，说是去给热菜，实际上是在催桌，嫌他吃的时间太长了。可这么好的饭菜他还没有来得及尽情享用，他不甘心。

天双的这个说法，让甫银有了新的兴致，他开始给他讲显光寺——

　　显光寺全名叫护国显光寺，它位于百花山山顶海拔一千九百米处，是百花山上最大的寺庙之一，也是北京地区海拔最高的寺庙。据传，唐武宗灭佛后，天云山（今灵山）之灵山寺（时称小雷音寺）被毁，寺中长老携僧侣逃至百花山千佛山，遂建寺。因寺庙附近有千佛岩而称佛岩寺，后因百花山千佛山时常夜间闪光，白天有七色光环笼罩，被视为是佛光显现，故又改名为"显光寺"。显光寺规模宏大，甚为壮观。《钦定日下旧闻考》记载："……千佛山有显光寺，寺内有千佛阁、观音山之菩提树无存，仙人桥、望海石遗迹尚存。"显光寺东南建有娘娘庙，东北建有龙王庙；龙王庙北又建有大士殿、关帝庙、菩萨庵，整体地形成为一个完整的寺庙群。清代道光年间前后寺庙倾毁，之后，有一浙江绍兴柏门村人邑洪，上百花山"驱虎豹、建道场"，于道光四年修复寺庙。自邑洪起，显光寺和尚的法名辈分为法、定、无、真、常、乐、菩、提、道十个。

　　显光寺坐西朝东，三进殿宇为天王殿、药师殿、大雄宝殿，为显拥山自重，别于他处，三进殿后又修千佛阁（文殊殿）。千佛阁为双层结构，在山顶耸立，阁内有高十余米的铜铸文殊佛像和铜钟。这里的香火特别繁盛，在每年的阴历五月五日、九月九日都要搞显光寺庙会。进香的人特别多，人头攒

动，从山脚到山顶满是人群。之所以有这么大的动静，佛事本身的吸引自然不在话下，还在于，庙会也是商会，那些日子，这里成了商贸大集。山外的人到这里兜售物品，山里人则坐卖山货，既互通有无，又人情来往。

"这么热闹的集市我怎么不知道？要是知道的话，我打下的猎物就可拿到这里卖它一下子，也能变成钱。"天双又急迫地插话。

"你真是个俗物，"甫银拦住他的话，"你先听我说完。"他说——

显光寺前边为什么又加了"护国"二字，是因为它既敬佛又爱国。远的不说，说了你也记不住，就说近的——在抗日战争时期，昌宛房联合县政府在显光寺内设有情报站，是北平地下交通站的中转之地，情报、物资、人员从这里源源不断地输送到山西的八路军总部和革命圣地延安。最感人的是，在抗战最艰苦的时期，为了巩固平息抗日根据地，这里的僧人毅然决然地把庙中的大铜佛像和铜钟熔铸成原料送给瑞云寺地下兵工厂，做成了刀枪和子弹。因此就遭到了报复——民国三十三年（1944），显光寺被日军用炮火摧毁。庙里最后一代住持大井和尚不得不下山还俗。抗战胜利后，在政府的支持下，显光寺在原址上重修。在重修过程中，当地村落，特别是曹家房和莲花庵村，竭尽民力，鼎力相助，为寺庙重塑佛像十五尊，新铸高一米六、口径一米一、重一千两百多斤的葵形边沿大铜钟一口。其中，天王殿里的四大天王采用了寺庙中少见的站像姿态，其佛像高度四米二，为北京寺庙之最；文殊殿里的文殊像神形请自于山西五台山的殊像寺，故有百花山是文殊菩萨的分道场之说。这里的山民为美化寺庙环境，还自发地栽植了数百棵松柏、银杏、广玉兰等珍贵名木，包括山顶上你看到的那排松树。可以说，寺内、寺外的每一棵树，都是功德树。

天双听后，似也有感动，但没有甫银期待中的热烈反应，只是不停地嘿嘿笑。他说："看你的样子，好像这一切跟你无关似的，这你就错了，这一切都跟你有关。因为你们村虽然离这里远些，但也属于百花山山脉，名山的美景和名寺的历史与传统，也都荫庇着你，是你们村、你们家和你个人的风水。你仔细想想，你们村即便是四面相夹、坐落于山口，是不是也一直风调雨顺？即便是土地贫瘠打不了多少粮食，是不是也满山花木瓜果、遍地飞禽走兽不声不响地供奉给你们，让你们不至于饿死？即便是此地无银、一清二白，是不是也是相安无事、一派祥和？就说你自己吧，你说你原来是打猎的，那么你的猎物从哪里来？还不是百花山和瑞云寺、显光寺的涵养和繁衍？如果你还不理解，那么就请你出了你们村，到平原和县城的界面上走走，那里的人一准能看出你是从百花山这地界来的，因

为你眉清目秀、唇红齿白、做派朴实，有别于被风尘浸染的
人。如果你再跟他们交谈，自报家门，说我就是从百花山地
区来的，他们肯定高看你、尊重你，并热情地对待你，因为名
山、名寺的美誉给你头上罩了一层光环，你不是一般的山民。"

甫银所说，让天双从蛮蒙中间感到了一丝天光，他隐隐约
约地感到，这个法师的话，虽然有些虚玄，似乎还是有些道
理。"您说的这些道理，实不相瞒，我一直就没想到。"

甫银说："如果你以前没想到，从见了我的今天起，你就应
该想到。光想到还不成，你回去之后，还要往深里琢磨琢磨，
一直到能说服你自己。"

天双说："我一定会的，我们村里有老理，吃了人家的饭，
要热在肚里，听了人家的话，要装进心里。"

甫银觉得天双虽然已经是个成年人了，却还像一个天真未
凿的少年，既可叹又可爱，还是要善待的，便呵呵一笑，和缓
地说道："你下山之后，我建议你有意识地到平原、到县城里去
试一试，看我说的话，能不能得到验证。"

36 家谱

天色已到了夜半，甫银安排天双歇息。进到后院的客房，一开门，闻到一股浓重的霉味，天双忍不住皱了皱眉。他说："我还是到前殿的廊庑那儿去吧，撒几把干草，跟羊们睡在一起。"

甫银说："那可不成，这里山高风硬，夜里湿气重，会睡坏了身子。这样吧，你要是不嫌弃，就跟我住在一起吧。"

天双赶紧说道："使不得，使不得。我睡觉没正形，翻身、踹腿、打呼噜，会打搅您。"他本来想说他咬牙、放屁、吧唧嘴，但觉得这些字眼儿太粗俗，有辱法师的仙风道骨。

甫银哈哈一笑："我跟你也差不多，也是肉眼凡胎、一介老叟，无碍。"

甫银的卧房里，居然有一大一小两张床，大的一张上，铺的是一张油毡褥子，颜色深黯，也看不到原来的底色，一只圆筒状的枕头，很长、很硬，油脂麻花的，颇不洁，跟他已过世的父亲的卧榻没什么两样。那张小床，却铺得柔软，还苫着洁白的床单，枕头平展而饱满，也盖着雪白的枕巾，上眼一看，是躺干净身子的地方。

看一眼大床，他心里放松；看一眼小床，他心里紧张。他站在地上，嘿嘿地笑着，无所适从。甫银指一指那张小床："你就睡这张床，床有些小，你就凑合一晚上吧。"

甫银和衣躺在那张大床上，连脚上的禅鞋都不脱。他仰卧在床上，目光炯炯地望着顶上的雕梁，好像他能穿透障碍看到天光。天双也和衣而卧，好像被钉在床上一样，纹丝不动。这么干净的床榻，他不敢造次。就是因为这床小，使他暗自庆幸，他可以学甫银的样子，让穿着鞋的脚在床沿处垂放，以免污了这么洁净的被褥。虽然纹丝不动，但一直就不能睡去。他觉得很怪异，这么一个长髯青衫、一身清气的法师，居然睡在这样的床上，而且室内的空气是那么的污浊（漆味、体味、霉味、香火味混合起来的味道）。还有，污浊之下，竟多了一张这么干净的床，显得与环境格格不入。为什么会有这样一张床？他百思不得其解。

"既然都睡不着，干脆就说话。"甫银说。

"嗯，我张着耳朵呢。"天双说。

这是个被动的态度，意思是说，您愿说什么尽管说，我听着呢。所以甫银说："难道你就不想问点儿什么？"

"嘿嘿，您姓史，又称甫银法师，您的大号是不是就叫史甫银？"

"嗯，姓史不假，但不叫史甫银，甫银是我的法号，俗名叫史元仁。你问这干什么？"

"因为我爹就叫史甫银，我担心与您重名。"

甫银从他的枕头下掏出一张黄表纸和一支炭笔，写上"甫银"两个字给他看："我的法号就是这两个字。"

在晦暗中，天双也看真切了："我爹的名字，也是这两个字。"

甫银咳嗽了一声："即便他是本名，我是法号，也算是重名，这就犯下忌讳了，那么我问你，你老子是不是身体不好，或者干脆就已经过世了？"

"已经过世了，前年走的，走的时候刚五十出头。"

"你看看，这就是犯忌之果。你想啊，我在山顶，他在山脚，我在寺里，他在乡间，他的命脉哪里冲撞得过我？他吃亏了。"

"恕我冒犯，您这叫封建迷信。"

"这是你们俗人的说法，在我们出家人这里，叫命相感应，是一种气场，虽然肉眼看不见，但它始终在流动，能辐射到千里之外，对相关的人发生作用。"

"您弄得这么玄乎，可别吓唬我。"

"我不是吓唬你，是佛理上说的。你没听说，天下一个史，洪洞老戒尺，咱们是一个祖上。就如老话所说，萝卜不大长在背儿（畦埂）上，虽然我还不高寿，但就我的辈分来说，长你爹四辈，是你们的活祖。你爹冲撞祖宗，还不折寿？"

"您怎么会长我爹四辈，哪里的说法？"

"难道你就不知道老史家的家谱？"

"还真的不知道。"

"可悲啊，可悲，既姓史，又不知史家的家谱，你干吗要姓史？"

甫银告诉天双，之所以有"天下一个史，洪洞老戒尺"的说法，是因为整个燕赵、华北大地上的史姓人家，都是明朝大移民时，从山西洪洞县大槐树下迁移而来的，那里还有个祖庙，祖庙里挂着一把掌家法用的黄铜戒尺。戒尺现在好像已经见不到了，但始祖的画像和家谱却保留了下来，不断地翻印，传承给后裔。

甫银从他的枕头底下，翻出了石刻翻印的始祖像和家谱，对躺在床上的天双说："还不赶紧站起来，这是圣物，你得站着，恭恭敬敬地接。"

天双接过来，看到那始祖戴着官帽，面颊饱满，长目细眦，大耳有轮，唇薄口阔，两腮有玲珑须，一派丰仪，有帝王样相，心中不禁有了一丝自豪。再看那幅家谱，字句叠落，像是一首诗，读下来是这样的——

彪万大朝庭，

进从宏有德。

成元明正甫，

天长保安全。

美维清香远，

声扬震帝都。

通达回环路，

迈步登龙虎。

从家谱上看，祖上有宏大志向，对身后也有极高的期许，有不甘平庸、出人头地、成就望族的野心。法师的甫银是"元"字辈，其父的甫银是"甫"字辈，当然就长了四辈。空口无凭，家谱为证，天双无话可说，而且心中猝然生出肃然的情感，情不自禁地就跪下了："活祖在上，受嫡孙一拜。"

这也是出乎甫银意料的，他心里一震，赶紧从床上翻身而起，把天双搀起，不迭地说道："孺子可教也，孺子可教也。"

待心情平定，甫银说："其实，每年的除夕，每家都要举行

祭祖仪式，不知你们家循不循老例，也烧拜祖旺族的香火？"

天双面有惭愧："既没有始祖画像，又没有现成家谱，祭什么祖？再说，我们那里根本就没这方面的意识，什么都不敬，整天合眼瞎混，更甭说寻根问祖了。"

"这可不好，"甫银摇摇头，"民谚云，年关不祭祖，旺地不长黍。这意思就是说，如果不祭祖，即便是好地也长不出好庄稼，更甭说家业发达，人丁兴旺。而且，同一家族的人因为不知来路、不知传承、不知亲疏、不知敬畏，来往也就少了，关系也就生了，感情也就淡了，纲纪也就松了，长幼也就逆了，秩序也就乱了，运势也就没了。到头来，少不敬老，老不护少，女不尊男，男不怜女，不伦不类，不明不白，不兴不旺。

甫银说，为什么要祭祖？就是要告诫今人和后人：我们所有的一切，都是来自祖上、来自逝去先人曾经的哺育、教养与恩惠，特别是要年青一代都知道，感恩是为人的本分，报答是做人的责任。正是在祭祖这一时刻，人们面对先人要做出内心的宣誓和共同的勉励：感激所有施恩于己之人，怀念所有对家族、家庭和社会做过贡献之人，立志做一个不负先人厚望、奋发有为、德行高尚之人。由此可见，春节祭祖绝对不是简单的形式，更不是封建迷信，而是今人对先人表达感激、认同、崇敬并真心铭记，明示自己慎终追远、继往前行，凝聚家人亲情关系，传承优秀伦理道德，提振精神士气、自觉贡献的操守之举。

甫银说，祭祖的意识是非常隆重和讲究的——如果要往深里溯源，就要到供奉始祖牌位和画像的祖庙上去，也就是说，像我们史氏家族，就要到山西洪洞县大槐树下。但祖庙山高路远，非假以时日，经受一番车马劳顿不可为，这是畏途，一般人做不到。更多的人家，是年三十到近处的祖坟上去，全体男性族人面向祖宗的坟墓，燃香焚纸，行跪拜礼，请列祖列宗回家接受供奉。族人把缠着烧纸的芝麻秆沿路插在墙缝里，让先祖的灵魂顺着芝麻秆回到家中的祭坛。所谓祭坛，就是在家里摆上一个象征性的供桌，供桌上方的墙面上挂上始祖的画像和写有家谱、家训的谱牒，两边摆放逝去先人的牌位，从曾祖父母到祖父母到父母，由远而近。摆得越多，说明家族越悠久越兴旺。供桌上摆满鸡鸭鱼肉、炒菜、水果和点心，还有年糕、枣饽饽和覆上一层大豆的小米干饭。当然了，现在生活好了，也要放上三碗大米蒸饭和五个大大的开花馒头，记住，因为是祭鬼神，要是单数。然后摆上三双红筷子，再把酒和茶斟满。一切都妥帖了，就点上三只高香和七根蜡烛，族人依次列队，由家中最年长者带领众人读诵祭文："天地玄黄，赐福我享，日月同辉，荫庇我谁，山河同在，共济我侪……"叨念完毕，再共同向牌位叩拜，拜上四次，一拜天地，二拜日月，三拜山

河，四拜祖宗。礼毕，再去活人的餐桌，且互相敬酒，先是小的敬老的，后是老的敬小的，都感到生活大好，情谊深厚，其乐融融。这个时候，即便小的说话有所放肆，长辈也不计较了；即便老的有些颠三倒四，晚辈也觉得不能挑剔，因为有祖宗的护佑，只享受欢悦，不追究对错。

这有多好，天双听呆了。

做父亲的甫银怎么从来就没教过我们祭祖？现在看来，他真有些差劲。

两个人虽彻夜长谈，却都不觉疲惫，即便是经过了一整天长途跋涉又没有得以歇息的天双，也觉得神清气爽，迈出门去，居然感到脚下有根，腿上有力。

"甫银法师，一夜叨扰，给您添麻烦了。"

"你是家里人，到我的寺上，就如同回到家里，还谈什么叨扰，"甫银慈和地笑笑，"一夜之间，开导了我的后裔，既算是做了一次法事，又算是代表祖上做了一次家训，全是功德，哈哈……"

天双也跟着傻乐。

他心里有从来没有过的明朗，不仅是因为得到了明朗的点化，而且多了一个说不出口的抚慰——父亲死得早，都说（连父亲自己也说）是因为他杀生太多，被阴魂报应，但依甫银法师的说法，是因为"命相感应"，一个俗人也敢叫"甫银"，冲撞了法师的名号。那么，就是说，虽然我也打了那么多的猎物，未必就真的会遭报应，大可以把心思放轻松一些，和别人一样，不挂不碍地过日子，最终落得个长命百岁、寿终正寝。

嘿嘿，这次往远处走，算是走对了。

37 居然还有惦念

天色大晚，还不见天双归来，郑秋兰很是纳闷。她一趟一趟地走出庭院，在村口向山上瞭望。一看到树梢摇动，还伴有窸窣的声响，就以为他就要下到山脚了，便赶紧踅回家去，给他热饭热菜，并重新温酒。

这样的动作重复了好几次，却一直不见他的人影，便再也坐不住了。她到了后院，轻轻地敲婆婆的屋门。李翠花早已睡下，听不到敲门的声音，所以久久没有动静。这加剧了郑秋兰内心的慌乱，她用力敲起来，嘭嘭，嘭嘭。

灯亮了，里边不耐烦地问了一句："谁呀，还让不让人睡觉？"

"我，秋兰，天双他——"

门从里边开了，李翠兰冷冷地说："有话屋里说。"

老人家听到"天双"两字，心里一顿，赶紧来开门，因为山里有禁忌，夜深人静的时候，在室外、在空旷处，不能叫家人的名字。

掩上门，她问："天双他怎么了？"

"他到现在还没回来，是不是出什么事儿了？"郑秋兰急切地说。

"可别瞎说，这山上的路他走了几十年了，就是合着眼，也能摸回家来，他会出什么事儿？别急，再等等。"

都到下半夜了，还没把人等回来，郑秋兰焦急地看着婆婆。李翠兰眯着眼，她受不了儿媳那副眼神儿，因为他们夫妻平时不和，这时的表现，有些假惺惺的味道。

郑秋兰再也沉不住气了："我看，咱们别再傻等了，赶快去叫人，到山上去寻他。万一他有个跌跌闪闪，再不去人，可就晚了。"

李翠兰想了想，摇了摇头："不妥。"

"这人命关天的，有什么不妥？"

李翠兰说："你别这么不吉利好不好，不会有人命的事儿。你想啊，他要是动弹不了了，羊认识路，它们会回来给人报信。可现在你既不见人，也不见羊的影子，就说明它们还是跟天双在一起呢，什么事儿也不会有。"

婆婆说得在理，所以郑秋兰说："那他就是去会什么人了，一忘乎所以，就住在那人的家里了。"

"这倒是有可能。"

"什么人能拴住他的心让他住下？肯定是个女人。"

"你净瞎猜疑，天双不是那种人，我的儿子我还不知道？"

正因为是你的儿子，真实的人品你才不知道，郑秋兰撇了撇嘴，说："一想到他可能住在什么女人家了，我心里就长草，不成，我必须叫上人去找。"

李翠花脸阴了起来："你千万别干傻事，万一他真的住在了什么女人家里，你兴师动众地找了过去，见了面怎么收场？我要是你，就待在家里，好好去睡自己的觉。自家男人去找别的女人，虽不是好事儿，但也不是什么大事，如果你非得弄得司马昭之心——路人皆知了，就是天大的坏事儿了，因为你败了门风，他脸上无光，你脸上也不好看。依我看，正经女人要有肚量，要懂得为自己男人遮丑，这也是为了你自己，他不丢人，你也就不丢人，家丑不可外扬的道理就在这里。"

这个农村老太太，居然还知道司马昭之心，居然还会用"正经女人"这样的词儿说含义很复杂的话，郑秋兰觉得平时真的小瞧她了，她身块虽小，但腔里很大，她虽然寡言，但一张口就说到要害，很够你琢磨一番。

"不找就不找，死在外边算了。"她恨恨地说。

"秋兰，你是厚道人，不应该说这样的话。"李翠花说。

话已至此，郑秋兰觉得不能再跟婆婆待在一起了："那我去睡了。"

躺在土炕上，她怎么也睡不着。她觉得身下的炕面真硬，好像瞬间冒出了一层土疙瘩。她不担心他真的睡在别的女人的土炕上，因为他虽不依托土炕却也和史双兰趋乎在了一起，她经历了，便有了一点儿承受能力。她担心的，是他真的有个三长两短，甚至死在外边。这时她醒悟了，虽然素日里总是感到不爱，但到了这个茬口，对他居然还有惦念。这男女之间，真是复杂，有许多说不清的东西。

怎么也睡不着，就到门外去。她发现，后院婆婆屋里的灯，也还亮着，染红了一爿夜空。

她在村街上不停地逡巡，盼着那个该死的赶紧露头。她莫名其妙地走到了村西大皂角树下，往史双兰的庭院张望了一下。她肯定在做梦，因为他男人不在家。她曾经说过，没有男人躺在身边，她总是睡得特别香。这个不正经的！郑秋兰忍不住骂了一句。她本来想去敲她的门，想让她陪伴自己度过这个担惊受怕的不眠之夜，但想到婆婆的话，知道这时去找她，只能说明自己也很不正经。她必须替天双遮丑，因为他们到底是两口子，彼此的名誉是紧紧地连在一起的。

她走了一夜的路。

夜露真是浓，她脚上的鞋都打湿了；夜气真是凉，虽然披着厚厚的外套，身子也特别冷。她双脚发软，脚趾像变成了鸭蹼；她全身刺痛，像扎满了种种的不如意。天色不知不觉地放出光亮，太阳也在东山顶上的雾岚中探出了头。她不愿意让人看见，急急地往家走。进了家门，就把自己扔在土炕上，晕过去了。

中途醒来，已是中午。她翻了一个身，脑袋一片昏沉。离晚上还远着呢，就没必要进食，只有饥肠辘辘，才能更真切地提醒牵挂，所以，她还是把自己挺在炕上。因为她知道，天双一早即便是离开了那个什么女人的家，也会顺势在山场上放羊，羊只趋乎草，而不趋乎人的心情。天双的归来，也只能等到晚上。忍受这等的煎熬，最好的办法是躺着，迷糊在昏沉中。

李翠花不声不响地摸进屋来，站了许久，终于对昏睡中的郑秋兰说了一句话："也不起来，拾掇点儿午饭。"

郑秋兰也不睁眼，只是懒懒地反问了一句："我为什么要拾掇午饭？"

"喊，到底是没经过事儿的，不拾掇就不拾掇吧。"撂下这么一句话，李翠花扭扭地走了。到了阳光之下，好像经不住强光的刺激，眼泪流了下来。她狠狠地抹了一把："哼，你以为谁愿意拾掇午饭？"回到屋里就枯坐，她也没心思茶饭。

房间里的光线暗了，郑秋兰睁开了眼。她意识到，晚上终于被等来，便猛地翻身而起，砰地就跳到地上，撒腿就往村西跑。也不用费力瞭望，一个叫天双模样的人，已经在山腰上露了头。他把鞭子插在腰上，手里提着个布袋子。

他走的时候可没提什么袋子，这个突然多出来的家什让郑秋兰恨，恨覆盖了盼归的渴望，她竟转身往家跑。天双已经看见了她，心里一热，究竟是自己的婆娘，她牵挂着呢。但她突然就往回迈步，这是什么意思？也许她是赶紧回去给咱热饭，嘿嘿，他往亲热里想她。

郑秋兰进到屋里，委屈得想哭，但身后的屋门开了。"他是不是回来了？"李翠花问。她转过身来看着婆婆，既没有眼泪又没有热情，冷冷地，一句话也不说。"不说话就是回来了。"李翠花给自己找了个台阶，扭扭地出了房门。"瞧你养的儿子，丢人。"郑秋兰在她的身后发泄道。

屋里冰天冷地，因为焦灼的昏睡，还没来得及预备晚炊。郑秋兰感受到这份清冷，突然有了一种恶意的快感："这真好，连一口热汤都不给你预备，看你还怎么美。"

但她还是看着锅台上的碗炊，问自己，我这样做，是不是有点儿过分？

正纠结间，门外传来一个欢快的声音："秋兰，我回来了。"

她无心相迎，就木在那里。天双推门而进，冲着她没心没肺地傻笑。她冷冷地看着他，心里说，甭献媚，献媚也不理

你。但天双不仅傻笑，还向她张开了怀抱。不知怎的，有一股不由分说的力量从身后推了她一把，她顺势就投进了那个怀抱。由于羞臊、由于惭愧，她狠狠地匝住他的腰，并狠狠地往肉里掐。天双疼得直叫："哎哟哟，我知道，我知道。"

"你知道什么？"郑秋兰只来得及反问了一句，就呜呜地哭在了男人的怀里。

真是丢人。郑秋兰对自己说。

天双不停地抚摸着她厚厚的背脊，这抚摸的背后，就是"我知道"的含义。与甫银法师的一夜畅谈，他知道了，怀里这个女人，不是他发泄情欲和传宗接代的工具，而是他家族里的一分子，家庭里的一个亲人，得怜惜，得护佑，得宠爱，而不能使用、轻贱、漠视。过去他错了，现在要对起来，就从现在开始吧。

在相拥之中，郑秋兰碰到了他挎在肩上的布袋，便猛地推了他一把，并顺势把自己从怀抱中挣脱出来。她薅过那个布袋，举起来就要狠狠地摔向脚下，天双赶紧拦住："使不得，使不得，袋里是我从百花山取来的宝贝、圣物，得供起来。"

郑秋兰哆嗦了一下，天双趁机把布袋夺过来："嘿嘿，看有多悬。"

"昨天夜里你死哪儿去了，赶紧老实交代。"

"好好，我马上就老实交代。"

正在这时，门开了，李翠花进到屋里。郑秋兰便遮掩了一下："你回头再说吧。"天双立刻叫了一声妈，然后说道："不用回头再说，我现在就当着妈的面，向你老实交代，嘿嘿。"

天双从梦中的情景开始交代，青衫老人的指引，内心求变的蠢动，百花山寻祖……他兴奋地说："这一趟，我算是开眼了，知道了百花山是名山，有百花百草，还有百兽。也知道了山上有瑞云寺、显光寺，是佛教圣地，多年来香火繁盛，吉星高照，护佑着山上山下，当然也包括咱们。还认识了两个本家族亲：一个是瑞云寺边上的曹家房煤矿的副矿长史天才，约好了到了年关给他送去几只剔好了的全羊。一个是显光寺的住持甫银法师。甫银法师本名叫史元仁，是咱们老史家的活祖。他告诉了我咱们老史家的来历、始祖和家谱，还告诉了我怎么做祭祖仪式。这一趟走的，真是丰收盈满，既做成了买卖，又完成了寻根问祖，嘿嘿，可以告诉你们，我现在的史天双已经不是原来的史天双了。"

之后，他打开那个布袋，小心翼翼地把始祖像和印有家谱的谱牒取出来。"这是甫银法师赐的，嘱咐我，平时要好好珍藏，到了年三十，要在厅堂里设供桌，把它们端端正正地挂在供桌上方的墙上，然后要聚集全家，正正经经地行祭祖之礼。这样一来，咱们就家道昌盛、人丁兴旺了。"

李翠花和郑秋兰赶紧俯过身来，看到始祖有帝王风仪，家

谱有帝业声势，全不是她们这样的小女子所能担当的，便被震慑得大气都不敢出，也不敢随意说话。

这时，天双腹鼓擂响，咕噜成一片。"家里有吃的没有，我饿坏了。"

郑秋兰脸立刻就红了，似燃起满脸的火焰，烧得她不敢抬头。

李翠花说："有，当然有，就在我屋里的炉台上给你热着呢。"

38 为家族的兴旺而战

　　天双从显光寺请回来的始祖像和家谱，依甫银法师的叮嘱，本来是用来在年关祭祖的，但他格外心切，第二天就在家堂设了供桌，把这两样圣物供上了。他还安上了香炉，置办了线香，一早一晚都要烧上三炷。"天地玄黄，赐福我享，日月同辉，荫庇我谁，山河同在，共济我侪……"叨念一番之后，再向牌位叩拜，一拜天地，二拜日月，三拜山河，四拜祖宗。

　　他矫枉过正，从此虔诚。

　　香火弄得家堂有了庙里的味道，让郑秋兰闻香识趣，任性收敛，甭说大声讲话，就连大气都不敢出一口。因为天双告诉她，家人不祭祖，旺地不长黍，法师那番长幼尊卑、伦理纲常的原话被他鹦鹉学舌活学活用。

　　天双还告诉她，因为一祭祖，你郑秋兰就不再只是我的媳妇和土炕上的一个玩意儿，而是我史氏家族的一个组成分子，是我史天双家里的一个重要成员，是族人，是亲人，便要和我一道，共同承担着家道昌盛、人丁兴旺的责任。

香火能铸魂，让人感受到庄重，郑秋兰意识到，一香火缭绕，她就不能只待在家里吃闲饭了。要帮助男人成事儿、旺家。说白了，她有旺夫之责。

怎么旺夫？

给他生儿生女是不成的，那么就给他挣家业。

念头藏在心里，郑秋兰什么都不说。整天被始祖且慈和且威严的目光注视着，她变得深沉了。

怎么挣家业？搞种植，堰田被人承包了。去造林、护林，需要乡里分配指标，而且也挣不来大钱。养猪、养鸡、养兔，又没有这方面的技术，经营不了圈养；不圈养，就形不成规模，有不了上好的效益。她发现，在农业方面，她什么都干不来，必须离土、离乡，出去做买卖。一想到做买卖，她心里就发怵，甭说进货的渠道她不清楚，就是逢人吆喝的卖相，她也感到难为情，再加上斤斤计较，她更是羞于张口。

她好一阵忧郁。

天双问："近来你好像有心事，大脸蛋子掉了膘还不算，脸色还灰暗。"

她说："我整天待在家里，又没有拖儿带女，心里凄惶。"

天双说:"你是怕我养不起你?"

她说:"即便是你养得起我,我也不忍心让你养,因为我不值得你养。"

"你这叫什么话?俗话说,孩子是用来打的,媳妇是用来养的,这是天理,不存在值不值得养的问题。"天双知道,他从甫银法师那里学来的话,让她吃心了,心重了,待不住了,也想找点儿营生,实现一点儿自我价值。所以他又说道:"你实在不忍被养着,那你就守家在地,干点儿力所能及的事儿。"

想来想去,天双说:"那你就给村里倒倒菜吧。"

郑秋兰眉毛一挑:"这倒是个营生。"

眼下的山里人,一吃上大米白面,口味就高了,自产的农家菜有些吃腻了,也想吃外来的菜,什么菜花、香芹、葱头、莲藕、西兰花,等等。猪羊肉之外,也想吃牛腩、腊肉、水产、海鲜,等等。这些菜蔬和肉类都要到平原的市场去买,而家里的人力都忙着活计,很是不方便,如果有人给倒进来,就地采买,大家会很高兴、很欢迎。

倒菜需要交通工具,天双便从养羊的收入中拿出一部分,给郑秋兰置备了一辆农用三轮车。这种车,俗称"三蹦子",是一种烧柴油的、适宜在田野里行走的机动车。那时管理不严,不必路考,只需到乡农机站办个使用手续,就可以上路了。驾驶技术靠自学,全凭自身的悟性和操作能力。也奇怪

了，一个山里的妇女，郑秋兰的车感竟特别好，买车的时候，车行的技工只给她讲了讲驾驶要领，并带她到车场里试开了两圈，她就学会了，然后就自己把车开回了村里。天双当然就坐在车上，他吓得心惊肉跳，不迭地说："郑秋兰，你胆子可真够大的，这是车老虎，不是猫。"郑秋兰笑着说："你就放心地坐着吧，在我眼里，虎也是猫。"

这是村里的第一部机动车，所以一听到突突的声响，村里人就纷纷围过来。郑秋兰对天双说："你是户主，你就给大家表演两圈、显摆显摆。"天双觉得这个理由很充分，就上了驾驶座位，但无论怎么驾驭，车不是就地转圈，就是跑偏，总也走不直。郑秋兰鼓励他："别着急，沉住气，再来，再来。"无论怎么再来，车子就是不听他使唤，好不容易走直了，却不走道路，专奔沟坎，吓得天双满身大汗："郑秋兰，你饶了我吧，不能再来了，闹不好会车毁人亡。"

郑秋兰只好接过车来，给村里人显摆。

村街是石板路，每家每户也是用长石板墁就的台阶，郑秋兰驾车从村前的石子土路走上了村街，由于颠簸，就有了激情，开到自家庭院前，竟一时兴起，抬起车把，蹦上了台阶，三蹦两蹦，竟蹦进了院子。村人愕然："这个天双媳妇，可真不是一般人。"

天双说："我真后悔给你买这个玩意儿了，就你的这个开法，用不了多久，准得散了架。"

郑秋兰说："为什么管它叫'三蹦子'？因为它本身就会蹦，不是我硬要它蹦，我是顺应它，所以不会散。"

郑秋兰倒菜的营生，还真的很兴旺。她的车子只要一进了村口，婆娘们就都跑上来，一会儿的工夫，车上的菜就都卖光了。一些人没买上菜，生气、发牢骚，怨郑秋兰偏心。郑秋兰突然灵机一动："你们也别生气，也别发牢骚，你们看这样好不好？你们把要买的菜，提前在我这儿登记一下，我倒菜的时候，给你们专门买、专门放，让别人没法抢。"

这个预订的做法真好，既可以满足父老乡亲的需要，她也省心，免得盲目采购。天双对她说："郑秋兰，没想到，你还很会做买卖。"她说："就如同我不知道我会开三蹦子一样，我也真不知道我还会做买卖。"

天双相信她说的话，因为人的潜力是沉睡着的，没有时势和运势，谁也不会发现它。就譬如他放羊，原来没放过，但一放就上道了，还有模有样的。

时间久了，郑秋兰的倒菜，成了村里的一个标志性的风景。天凉了，她给自己置备了皮衣、皮裤、皮手套、大皮靴，再扣上头盔、戴上大墨镜，驾起车来一派英武。由于这些装束都是黑色，村人戏称她是黑衣大侠。天双却说，她不是黑衣大侠，而是白面大侠。因为整体的黑色，衬得她的脸格外的白，白得冷冽，有神圣不可欺的感觉。天双特别爱看她这身装束，进了家门，也不让她脱，而是要她在自己身边走几遭。皮衣收身，又是黑色，郑秋兰不仅显瘦，而且身姿挺拔，全无往日臃肿，倒是有几分特别的魅力。这疑是性感，让天双激动不已。他猛地往她身上趋乎，隔着阻碍，他就泄了，泄得天旋地转，痛快淋漓。

由于倒菜要到平原去，郑秋兰要起早，天不亮就得上路，所以到了晚上，她只能住在自己的家里。到史双兰那里说话、就伴、亲热的机会就少而又少。史双兰对她很幽怨，有一天早晨，在昏蒙中，她堵住了要出村的郑秋兰："你眼里还有没有人？难道只有钱？"

"这年头，谁还不抓紧挣点儿钱？"郑秋兰竟不假思索地反问道。

这过于直截了当的回答，让史双兰无话可说了，她狠狠地在郑秋兰皮裤紧绷的臀部拧了一把："快滚！"然后扭身就走，由于步履太急，她被台阶绊了一下，险些跌倒。

郑秋兰忧伤地怜惜了一下，脚踩油门上路了。

在路上她想，这人就是奇怪，闲着无事，就去亲热，而且还把亲热当作大事，现在有营生了，亲热就变得可有可无，竟然还能决绝地割舍，好像那是多余的感情。看来繁盛家族、旺夫的念头是浸在骨子里的，一到关头，它自己就冒出来。这没办法，所以双兰姐，你也别怨我。

她又想，你干吗要怨我，好像我该欠你似的。你自己就有着营生，开着私人诊所，村里人到你这里看病，即便是普通的头疼脑热，你也给开一大堆药，不就是为了多挣点儿钱吗？而且，你们家李玉屏在乡里端着铁饭碗，旱涝保收，你还这么削尖了脑袋往匣子里搂，而我们家就天双一个人挣钱，我不得帮衬一下？你们家是家，我们家也是家，难道就许你们家锦上添花，就不许我们家也往兴旺里迈迈步子？

想到这儿，她心里有了不平，在她们紧密的感情土壤上，竟不声不响地裂出一道缝。不用管她，时间长了，她也就习惯了。她对自己说道。

39 保健品推销

又是一个早晨，又是在昏蒙中，史双兰又堵住了就要出村的郑秋兰："你等等我。"

郑秋兰皱了一下眉头："你又想说什么？"

史双兰说："我要跟你出村。"

郑秋兰这时才发现，史双兰穿戴得很整齐：一身红色长身羽绒服，一顶红色针织绒线帽，一双红色高靿冬皮靴。整个人在熹微的晨光中，像一束丰腴的火焰，烧热了眼前的清寒。

郑秋兰一惊："你出什么幺蛾子？"

史双兰说："我也去采买。"

"那好，上车吧。"郑秋兰让她坐到车斗里去。

"不，我要跟你坐在一起。"

"那还不妨碍我开车？"

"嘻嘻，我老实，不妨碍你开车。"

一坐上驾驶的座位，史双兰就很自然地搂紧了郑秋兰的腰，脂粉的香味虽然清爽，但也弄得郑秋兰心里发乱，她暗暗叫苦，连大气都不敢出。

有这么一团缠绵，拥在腰部，郑秋兰把车开得比平时慢。史双兰说："开快点儿，一点儿都不刺激。"

"有你摽着，开刺激了还不掉到路下边去。"

"你又不是傻子，干吗要开到路下边去，再说了，即便你真开到路下边去，也挺好，两个女人一黑一红死在一起，香艳。"

"你是不是害神经了？"

"那倒没有，只不过这日子过得没滋没味的，没什么意思。"

这疑似幽怨，也近乎抱怨，好像都是她惹起来的一样，所以郑秋兰觉得不应该再刺激她，就把车开得快了起来。

问史双兰采买什么，她回答说，她趸药的药店进了一批保健药品，几次动员她搞搞推销，她一直就没有心动。这些天一个人待在家里很是凄惶，又看到你整天开着个破车到处浪跑，心里更是漂浮。难受之下，我便突然开了窍，既然你郑秋兰手里有车，那么我干吗不搭你的车，也搞搞推销？"

"呃，原来你搞推销还打着我的主意？这可不成，我是去

倒菜，哪有工夫陪着你推销？"

"不打你的主意我打谁的主意？没你的陪伴，我哪有心思推销？再说了，倒菜和搞推销，都是赚钱的营生，而且还正好顺路，你何乐而不为？"

这倒是，车走靠油，又不靠脚，多踩两脚油门，就多跑出一二十公里，也不费力气，还能再有一份收入，就加快了旺家的速度。郑秋兰便顺水推舟，问她推销什么保健药品。

史双兰告诉她，这个药品的名字叫蓝婷硅藻胶囊，有除湿、化瘀、解毒、通络、止疼、强骨的多种功能，男女老少都适用。老人用了，治耳聋眼瞎、腰酸腿疼的顽疾；儿童用了，补钙壮骨、促进发育；妇女用了，除露保胎、祛斑美容，是广谱药物。

郑秋兰说："这倒是好事儿，不过我听说，现在有打着推销保健品的旗号卖假药的人，所以你得认准了。"

史双兰在她的腰眼儿上捅了一下："你兰姐是什么人，怎么会卖假药？再说，批发药品的是正经的国营大药店，又不是市面上搞传销的，你大可放心。"

既然是这样，郑秋兰心思大动，因为这既可以搞营生，又能整天形影不离地跟老情人待在一起，还有赚钱之上的快乐。

的确是顺道的买卖。批发蔬菜、批发药品，都是转眼的工夫，她们很快就走上了返程之路。由于是初次尝试，她们的第一批推销对象，自然是村里的父老乡亲。回到村里，郑秋兰的买卖因为是已经轧好了的车辙，很快就倾销一空。接下来就专心推销药品。把药品的功效一公布，大家顿然觉得这简直是灵丹妙药。但大家都很犹豫，面面相觑地傻笑。以为他们是担心受骗，史双兰说："我在村里给大家治了这么多年的病，难道你们还不信任我？至于药店也请你们放心，那是正经的国营大药店，开药的又是多年打交道的熟人。"说完，她看了一眼郑秋兰。郑秋兰赶紧接上话茬儿："没错，我是跟她一起批的药，我可以证明。"村里人说："就你们俩我们还不放心？一个讲究，一个憨厚。就是这个药价有点儿贵，虽然我们现在手里有俩钱儿了，但它不是救急救命的药，心里也有些舍不得。"史双兰反应很快："那好，我给大家打折，打对折。乡里乡亲的，我不是为了赚钱，而是为了大家身体健康。"

这么爽快的态度，连郑秋兰都有些感动，虽然在药店批发的时候，史双兰没让她跟着，但依情感上的信任，她觉得史双兰说的肯定是真情实意，便帮了一句："大家就别犹豫了，这已经是最低价了。"

大家便争相抢购，兴高采烈，喜笑颜开，以为是捡了大便宜。

药品罄尽，人们散去。郑秋兰傻笑着瞥了史双兰一眼，有送秋波的意味。伙伴初试就成功，她比伙伴还高兴。

史双兰竟也有回馈，她从自己的怀里变出两盒硅藻胶囊：
"这个你拿给翠花大婶儿。"

郑秋兰说："这可不成，药这么贵，全是你自己出的底垫，
我不过是顺便给你捎了捎脚。"

史双兰说："拿着，就算是我给你捎脚的工钱。"

"你这就有些见外了。"

"不是见外，就当作是我对翠花婶子的一点儿心意。"

这个理由倒可以接受，郑秋兰心里不免荡出来一股柔情：
"双兰姐，我去你那儿待会儿吧。"

"今天就算了。"

"怎么了，有什么不方便?"

史双兰呵呵一笑："我回去还忙着数钱呢。"

说完，忙着往她家的庭院攀登。她的红色长身羽绒服有些
过于收身，从背后看上去，她扭动得有些吃力，屁股显得特别
大，有出乎意料的丑。

郑秋兰第一次发现，她这个一贯优雅的双兰姐，原来还有
这么不优雅的一面。

回到家里，她径直到了李翠花住的后院，把两盒胶囊递给
她："妈，您腿脚不好，这个可以给您灵活腿脚。"

李翠花抱着两盒胶囊，久久不说话，最后嘴唇激烈地颤
抖。"妈有点儿不相信，我是从哪儿修来的福。"她低声说道。

她的感动是真实的。因为眼前这个儿媳妇，不仅顾家了，不辞辛苦地给家里挣钱，还会体贴人了，开始把她这个婆婆当作亲娘了。

婆婆一感动，郑秋兰也感动，她忍不住搂了搂婆婆的肩膀："您先吃吃看，如果吃着好，我再给您买。"李翠花听话地点点头："秋兰，妈知道你的好意，不过，这药要是贵，你千万可别乱花钱，我这是老毛病了，治不治也不吃紧。"郑秋兰说："这挣钱就是给人花的，您就甭想那么多，我倒是想叮嘱您一句，给您买胶囊的事儿，您也甭跟天双说，因为我孝敬的是您，并不是为了买奉（讨好）他。老话儿说得好，谁的花儿谁戴，谁的情谁表，图的是往真里做人。"

村里人吃了一阵子兰婷硅藻胶囊之后，史双兰问他们疗效。有的说，还真管用，我的老寒腿活络多了；有的说，我的肩背虽然有些松快，但依旧是疼；有的干脆只是嘿嘿地笑，并不表态。史双兰说，这个药是保健配方，要想除去病根儿，就要连续吃，至少要三个疗程。一个疗程是三个月，三个疗程就将近一年，所以大家要坚持服用，千万别半途而废。村里人说，那好，就听你的。其实他们心里也有些嘀咕，但她史双兰是谁？常年靠她瞧病开药，是他们健康的守护神，一定要给面子。

但村里终究就那么些人，是个固定的小市场，要想增加收

益，就要往周边扩展。两个人就到周边的乡镇和村落去推销，每天都起早贪黑，马不停蹄。

多亏了有郑秋兰的加入，两个人的合作天然地就是个令人信任的组合。史双兰说话温婉，笑容嫣嫣，这样的人怎么会骗人，卖假药？郑秋兰胖腌腌的，一副没心没肺的样子，这样的人哪里会骗人，卖假药？同样的京西风俗、同样的山地感情，人们的心思跟当村的父老乡亲是一样的。所以，她们的推销搞得顺风顺水，挣了不少钱。

有了钱之后，郑秋兰是存，因为她爹是看粮库的，从小就跟她灌输，存粮于栈、藏粮于洞，饥年不慌、乱世不恐。但史双兰是花，而且不是一般的花，她要翻盖房子，建二层水泥预制板小楼。

郑秋兰对她说，李玉屏他不常回家，你一个人就住了一个完整的四合院，偌大个地界，你还不是打着滚住，有什么必要再大动土木？有了钱你不存着，转眼就花出去，是不是有点儿不会过日子？俗话说得好，包子有肉不在褶上，内心踏实就成。

史双兰说，这就是我跟你的不同，我不在乎肉，而在乎褶，就如同大家闺秀，有好衣服就穿在身上，而不是像小门女子总是压箱底，这叫活得光彩、活得体面。再说了，现在的房子抬腿就落在土里，封闭不严，到了秋冬，采暖还要靠煤火炉子，又脏又冷。盖起小楼就不一样了，人有了高的感觉，眼界就豁亮了，心气就高了。这就如同蚂蚁和蚊子，虽然都是贱种，但蚂蚁只会趴在地上，越用力往地下拱，眼前就越来越黑；而蚊子，因为长了翅膀，可以飞上地面，能看到周围，能看到上下，不仅能看到光亮，也能看到五颜六色，你想想，那是什么感觉？如果这个你不懂，那就说实际的，楼房可以安上小锅炉集中采暖，管道贯通，每个房间都是热的。郑秋兰插话说，住平房也可以安小锅炉，也可以集中采暖，热到每一间房子。史双兰一撇嘴，你真没有品位，一个住平房，也搞集中采暖，滑稽不滑稽，它值吗？小楼房时尚，值高级一点的配置，这叫好马配好鞍，瘸驴光背骑，物有所值，人有所用。

物有所值，郑秋兰不管，但这个"人有所用"，她不爱听，好像她史双兰比我郑秋兰高级，就应该住楼房。这是不露声色的贬损，她第一次感觉到，他们看似亲密无间的关系中，一直就有不平等的东西，便冷冷地对史双兰说："你爱盖不盖，我懒得管你，不过，你日后如遭到嫉恨、惹出是非，可别怨我没提醒你。"

40 红色粮仓

　　郑秋兰不仅倒菜，还跟史双兰一起搞推销，拿分成，便挣了不少现钱。天双看到家境渐渐殷实起来，内心欢悦，跟村里人来往，也越来越谦和，人缘就变好了，开始有了被人尊重的感觉。天双自己知道，他的欢悦是来自郑秋兰的喜悦。但郑秋兰能挣来钱，还不是最重要的，最重要的是，郑秋兰因为每天忙碌在营生中，她不再孤独，在从来没有过的充实中，脸上总是堆着殷殷的笑意，说话的口气也越来越温和，便能把喜悦传递给周围的人。天双觉得，这才是真正的旺夫之相，不仅旺家业，也旺精神。

　　天双就安心地放他的羊。

　　他发现，如今的山场，花开得越来越灿烂了，草木也长得越来越茂盛了，禽兽也聚集得越来越多了。因为他当过猎人，对禽兽的出没更敏感，它们不仅数量多了起来，胆子也越来越大了——松鼠就在他眼前晃悠，根本就不躲藏；山鸡就在他头上低飞，不担心他捕；猪獾大白天就骑着庄稞啃噬嫩玉米，不忌惮他枪打。他起初是担心报应，决定不再杀生；去了一趟显光寺，有了甫银法师的教诲，觉得不应该杀生；看到郑秋兰满脸的喜悦，他就更自觉地不杀生。百兽蹦跳，虽然也招惹得他手有些痒，但他坚决地克制，让猎枪锈在墙上。他有个信念：百兽喜悦，郑秋兰喜悦，才有他的喜悦，喜悦之下，百愁顿消，百孽顿消，有新生的道场，或许他和郑秋兰之间从此会有真心的交合，能生出一个、两个、三个、四个健康的婴儿，真的就人丁兴旺了。

一天，在掩埋残疾婴儿的山洞跟前，他遇到了一个陌生人。

那个人个子不高，年纪不大，眉清目秀，梳着偏分，手里拿着笔和本子，看上去就像是一个秀才。

"你在这儿踅摸什么？"他问。

"我在采风。"那个人把手里的笔和本子往上举了举，笑着回答。

他这一笑，让天双看到，他的眼角随着笑意竟被扯出了许多皱纹，便觉得，他虽然看起来年轻，其实已有了相当的年纪，便说道："这地界坡陡，你要加点儿小心。"

这种口气，疑似关心，便驱赶了陌生，他们很自然地攀谈起来。便知道，这个人叫姜玉央，原来是乡中心校的老师，退休之后，对探访革命遗迹大感兴趣，走了不少地方，写了不少此类的文章，差不多已经是这方面的专家了。

"可是，这么一个不起眼儿的山洞，你能做出什么文章？"天双感到不解，问道。

"能做出一篇大文章，"姜玉央兴奋地说，"这可不是一个普通的山洞，它是一处被埋没的革命遗址，是红色粮仓。"姜玉央在天双身上上下打量了一番，吃惊地问道："你就是这个村的人，还每天走上走下的，难道你从来就不知道？"

"嘿嘿，我一个放羊的，只关心哪里有好草，这种事情，我怎么会知道，嘿嘿。"天双说。

姜玉央摇摇头，不再说话，专心地在本子上写写画画。他写的是周围的景象描绘，他画的是山洞的形象图。看到天双紧盯着往本子上看，他说："我得记准确了，回去好把文章写得翔实。"

他描画完山洞，又顺势往下探寻。拨开杂草和荆棘，竟出现了一条依稀可见的山道。他极其兴奋："这就是运粮的山道了！"

天双说："放羊的，打猎的，去堰田锄耪的，还有采山果的、挖野菜的，都从这里走，时间长了，自然就走出了道缕缕儿（路的痕迹），你怎么就确定，这就是运粮的山道？"

姜玉央说："你看到没有，这山道有明显的人为的痕迹，隔上个三五步，就墁着一块麻面的横石，是有规律的。"

经他这么一说，天双仔细看了一下："还真是。"

姜玉央说："自然踩踏出的羊肠小路，哪里会有这样的光景？这里有人的用心，是考虑到雨雪天气，运粮的人和驮队走上去会打滑，才设置了这样的挡脚石。"

"那就真的是运粮的山道了。"天双信了。

姜玉央介绍说，1942 年，平西的抗日斗争进入了艰苦阶段，由于日寇的封锁，根据地粮食奇缺，部队行军打仗时常断粮，为了突破日寇的封锁，上级领导派八路军战士、共产党员史明楼潜回他的家乡——就是你们村巴掌峁，筹措军粮，建立粮仓，开辟粮道。据萧克将军的回忆录记载，粮仓就建在这个山洞里，储粮最多时达到二十万公斤。当年通往根据地的红色粮道就是由这里出发，沿崎岖的山路，先到鸳鸯水，再到曹家房，然后翻越百花山，到门头沟的斋堂，最远处，还到过河北省涿鹿的矾山。

他说，"粮道"不但运送了大量的军需物资，还护送了大批的军政干部和来自北平的进步学生。运粮食以毛驴驮运为主，还跟随着不少的此地民兵和民工，行程大概五六天。如果中途毛驴身体出了问题，民兵和民工就要身背肩扛，负重一百多斤，走上几十里山路，跟牲畜比体力，把粮食送到目的地。往往人累得趴在地上起不来，但他们从不叫苦，就一个念头，一定要把粮食送到目的地。但目的地是哪儿，一直对他们保密；所以，艰难对他们来说，始终是个未知数。在未知中跋涉，他们悲壮在希望中，却义无反顾。

他说，当年驮队运粮，上山时，要经过村西的一条小河。小河常年流水，冬天结冰，曾多次摔伤牲口和行人。史明楼便发动乡亲们，在河面结冰时，割来大量的荆梢和山草，铺在冰面上，远远望去就像一座从天而降的鹊桥，乡亲们干脆就叫它"草桥"。那一年，盘踞在山外据点的鬼子好像嗅出了什么味道，出动了一个小队的兵力到这里搜山。史明楼得到消息时，鬼子离这里只有二里多的路程了。情况紧急，而民兵手中又缺少枪支弹药，他不由分说，带领民兵攀上了草桥下游两侧的山崖，并隐蔽在树丛之中，还准备了大量的山石，要把鬼子打个措手不及。"决不让鬼子接近草桥，人在粮仓就在！"他命令道。

鬼子离草桥还有近三百米，突然头上乱石喧豗，如雨点一般。山高林密，道路狭窄，日本兵不敢恋战，急忙后退。向上仰望，却不见人的踪影，只见绿影婆娑，山崖威严，令他们胆战；再望望草桥，荆草扶摇，疑似有伏兵，让他们心惊。鬼子怕掉进前后夹击的埋伏阵，便胡乱地向山崖上、草桥上开了几枪，带着几个伤兵，灰溜溜地撤了。这之后，鬼子又多次派飞机在这一带盘旋侦察，因山树茂密，山洞隐秘，粮仓终未被发现，保证了根据地的粮食供应。

因为有些惊心动魄，天双忍不住插话说："幸亏有草桥，能迷糊鬼子。"

他突然又想到什么，说："可眼前，这里的小河枯了，只剩下了鹅卵石，你要是不说，我还真没有河水的记忆，更甭说史明楼他们的斗争故事了。"

姜玉央说："这也要感谢萧克将军，他文武双全，一边打仗，一边记日记，使他日后能写出不一般的回忆录，历史的细节，都写得那么详细、那么生动，到这里采风，我基本是按图索骥。"

姜玉央告诉天双，这个粮仓，到了解放战争时期，依然还发挥着作用，也就是说，从这里运到前线的粮食不计其数。但是，守着粮仓，史明楼却生生被饿死了——

那个年代，山里多是饥馑难挨的日子。山地产量低，又要筹集军粮，乡亲们大都是吃糠咽菜靠野果充饥。至于史明楼，他白天看粮仓，夜里披星戴月地种点儿石边地，为家里打点儿口粮。1948 年 7 月的一个深夜，他在锄地时突然腹痛难忍，艰难地挪回了家门，一躺上土炕，便卧床不起。请来的郎中诊断，因吃下的橡子面、玉米轴、柿子干和野菜粗糠太多，造成

了肠梗阻。要想救命，就要喝点小米粥、面片汤，吃点细软的食物。7月，正是青黄不接的季节，哪里去找细软的食物？他妻子说："山上不是有粮仓吗？"史明楼摇摇头："那是军粮，不能动。"妻子说："你不是身子有病吗，不能眼瞧着被饿死。"他猛地挺起了身子，一板一眼地说道："身子是自己的，可以病；粮食是公家的，绝不能动，要是动了公粮，我生不如死！"不久，他就在难以忍受的剧痛中溘然离世。巨大的悲痛，让他的妻子哭不出声，只是不停地嘟囔道："狗日的粮食，狗日的粮食，这狗日的粮食！"

讲到这儿，姜玉央泪眼婆娑，天双则是泪流满面。

在模糊中，天双脑子里出现了一个清晰的场面，那是在他岳父老郑看管的粮店里——"她的身子是私人的，个人可以做主；但大米是公家的，我做不了主——对不起了，大米你必须留下！"

这个场面当时让天双很不解，现在有了史明楼，他不禁联想到，岳父老郑是不是跟史明楼共过事，也是八路军运粮队的队员？嘿嘿，十有八九是的，这样，岳父的古怪，就可以理解了。唉，他们那代人啊！天双心里叹道。

"他叫史明楼，我叫史天双，依家谱，'成元明正甫，天长保安全'，他长我三辈儿，正经是我的曾祖哩，有这样的祖上，说出去，谁还敢小瞧我？嘿嘿。"天双说。

"你们老史家是革命家庭，当然没人敢小瞧，但只有根红苗正是不够的，你们做晚辈的，要知道缅怀历史，懂得自觉传承，不能把自己视同于一般百姓，更不能走邪门歪道，给祖上丢脸。"姜玉央说。

天双脸热了一下，说："那好，等你的文章写成了、发表了，想着给我寄一份来，我好对族人照本宣科，说得圆全。"

"那当然。"姜玉央说。

送他下了山，天双又回到了那个石洞。到石洞里走了一遭，发现里边的空间真是阔大。小时候跟小伙伴玩儿捉迷藏，也曾到石洞里来过，那时候竟没觉得有多大，现在知道它曾做过红色粮仓，兀然就感觉大了。石洞的顶壁上，多处滴着檐水，空间里的湿气就显得特别大，在这样的湿地上储藏粮食，曾祖父史明楼得付出多大的心思啊！甭讲什么大道理，就凭这一点，他就很了不起。

走出石洞，他又到了天儿埋骨的地方。发现那小小的坟茔上，一束荆棵长得一人多高，特别健旺。他心中不免一亮：盲目地埋，却埋对了地方。因为依老礼，葬人也有风水伦理，晚辈要埋在长辈脚下两侧，曰"牵马坠镫"，或曰"坠剑"。这样一来，后代就发旺了。看看那高大的荆棵，就说明了一切。给这么一个光荣的祖上"坠剑"，天儿有幸，他天双也有吉运，便可以跟郑秋兰纵情地在土炕上覆盖，说不定还会播弄出一个龙种来，嘿嘿。

他兴冲冲地给荆棵培了培土，心里说，有这样的一个曾祖保佑，我不会再那么倒霉了。

晚上回家，他劈头就问郑秋兰："我老岳父解放前是不是给八路军运过粮？"

郑秋兰一愣："你是怎么知道的？"

"你先给我烫壶酒，喝好了再跟你说。"

41 一定要往正经里活

晚上，躺在土炕上，天双对郑秋兰讲了白天的经历，也从她那里知道了岳父老郑不仅给八路军运过粮，而且他所在的运粮队，就是活动在巴掌峁—百花山—斋堂—矾山这一带。不用说，他们运送的粮食，就是出自史明楼看管的红色粮仓。

天双便很兴奋——岳父和曾祖，他们在历史上就有过交集，相互之间肯定相识，那么，他能娶郑秋兰为妻，就有了缘分注定的味道。兴奋之余，他心中也涌出了一种庄重的东西。从甫银法师那儿，他知道史姓家族是有根脉的，从岳父和曾祖这里，他又意识到，自己的这个家庭是有正统的。两下并一下，作为史姓家族的后人，就要本分做人，一定要走正路，往正经里活。他把自己的感受讲给了郑秋兰，郑秋兰点点头："就应该这样。"

他想顺势跟郑秋兰覆盖一番，郑秋兰说她累了，只想早一点儿睡。他笑笑："既然是这样，你尽管睡。"因为兴奋，他有了强烈的欲望，但女人无欲，便不好强求。他久久不能入睡，眼巴巴地瞪着黑黢黢的顶棚，好像那里有庄重的神明。他忍不住笑笑，觉得不强求女人，或许就是往正经里活的一个小小的证明。

郑秋兰翻了一下身，呜哝了一句："你还没睡啊？"

"睡不着。"

女人把自己躺平了："那你就来。"

他说："我不是这个意思。"

女人用手触弄了一下："它还真的很老实。"便又放心地睡去了。但她的手却始终置于其上，没有拿开的意思。天双感到这很温厚，是毫无芥蒂的爱，竟慢慢地睡去了。

第二天早晨，他睁开眼的时候，见郑秋兰那一边，已经空了。她既倒菜又推销药，走得早，即便是身子肥重，一切也弄得悄无声息，不惊动人。这个郑秋兰，既辛苦又知道心疼人，跟好女人没什么不同。

因此他觉得自己有理由再懒一会儿，他的羊群是早一点儿还是晚一点儿赶到山上，横竖就那些山草，没有什么区别，不影响收成。但刚眯瞪上眼，屋门猛地就被推开了，一个人栽了进来。睁眼一看，是他的母亲李翠花。

李翠花说："儿子，你老妈都快死了，你还有心肠睡懒觉？快起来，送我上医院。"

"妈，你这是怎么了？"

李翠花坐倒在地上，捂着肚子说："我这阵子就感到不好，夜里总是肚子疼，一直就忍着，今儿个实在忍不住了，不仅疼，还出怪相了。"

"什么怪相？"

李翠花撩开衣襟："你看，好好的，肚子突然就大了。"

天双上眼一看，老妈的肚子大得像有了六个月的身孕，且肚皮光滑，放着刺眼的青光。他大吃一惊，赶紧追问："还哪儿不好？"李翠花告诉他，都六十多岁的人了，好像又来例假了，下边总是沥沥啦啦地滴血。

这可不好！而史双兰又到山外批发保健药品去了，不能就地诊治，便只好到山外的医院去。他赶紧翻身下炕，跑到邻居的院里，对正在放寒假的半大小子说："你替叔把羊赶到山上去，我要急着给你奶奶去看病。"半大小子说："我又没放过羊，它们能听我的？"天双把手里的鞭子给了他："你拿着这个鞭子，在空中抽两下，它们就听你的了。"

他想背起母亲往山外跑，但她的那个大肚子不容背，便急切地四处张望。看到了素日里用来推柴草、秸秆的独轮车，他摇摇头，也只能这样了。

他把老人先搀到村道上，然后回来推车，再把她抱上车去。老人在车上喊："这个车子你怎么能推得稳，再我把摔下来，肚子就爆了。"

天双说："你用手抓牢车架子，我小心地推，我是你儿子，还能把老妈摔爆了？你别不相信我。"

离108国道有八里的河滩道，又要推得稳、跑得快，还不能颠着老人，天双不停地挑选道路，大睁着眼睛，眨都不敢眨一下。李翠花不停地嚷："就要摔着了，就要摔着了！"天双对她说："你合上眼就是了，心里什么也别想，只念叨'他是我儿子，他是我儿子'。"

刚到了108国道，就有一辆公共汽车从上边下来，因为不是站点，车子没有减速的意思。天双赶紧把老妈抱下车子，放在路牙子上，他本人则猛地就站到了路的中央。

随着一阵紧急刹车的声音，车上传来一声詈骂："操你妈的，你找死不等天亮是不？"

天双迷惘地一笑："不已经是天亮了吗？"

急切地跟司机说明了因由，司机气哼哼地说："操你妈的，还不赶紧把她抱上车。"

老人虽然被抱上了车，但还是不停地朝车下张望。"你在找什么？"老人说："咱家的独轮车还在那儿呢，没人看管，还不丢了。"他说："一辆破车，谁捡？丢就丢了，还是救命要紧。"

公共汽车经过乡卫生院,司机提醒道:"这儿就有家医院,下不下?"

天双犹豫了一下,然后明确地说道:"不下,一直到终点站。"

终点站是县城。他是想,老妈得的是怪病,一个小小的乡卫生院肯定不中用,不如直接把她弄到县医院去。

到了终点站,几辆拉脚的三蹦子围了上来:"打车不打车?"天双笑了,还是县城好,车子就给你预备着,不用发愁。他马上就打了一辆:"去县医院。"车夫说:"去县医院十块钱。"他也不还价:"十块钱就十块钱,你可要快点儿。"车夫说:"快可以,再加五块。"天双痛快地说:"行。"他老妈不干了:"凭空就加了五块,你有钱是不?"天双笑笑:"你就踏踏实实地坐车吧,别管那么多。"

到了医院,医生揉揉摸摸、听听诊诊,确定不了是什么症状,就开了几张化验单子,叫病人去照B超、CT,去验大便和尿。走来走去,累不算事,问题是老人家总是嘟嘟囔囔,觉得这些检查花钱太多,比她的病痛还痛。他没好气地说:"你烦不烦?"

对照化验结果,医生大为惊异:"你们山里是不是还是亏粮,还是用橡子面、玉米轴、陈谷糠和柿子干充饥?"这个医

生有了一把年纪，他知道山里过去的历史。

"你真是小瞧我们山里人了，我们现在每天都是大米白面，吃香的喝辣的。"天双说道。

"那就奇怪了，"医生把化验单子往天双眼前推了推，"她得的是肠梗阻和盆腔瘀血综合征，经络紊乱，所以下体滴淋，还有些胃穿孔，所以胃部剧痛，要是再晚来几天，就有生命危险了。"

天双也很纳闷，她又不是史明楼，原本饥肠辘辘，还吃了不易消化的硬东西，怎么也会得这种类似的病？

医生让病人住院，先输液，消炎，然后还要照胃镜、肛镜，再然后还要动手术。没想到自己病得这么重，李翠花呜呜地哭了。

天双陪着老妈输液。人坐在凳子上，心里却长了草，他在担心那群羊。在一个间隙，他到公共电话亭把电话打到村部，对值班的人说，麻烦你通知一下郑秋兰，就说她婆婆住院了，让她速来。

天将黑的时候，他焦急地在病房的楼道里走来走去。就要不能承受了，他无奈地往走廊的尽头望了一下，竟看到了一个熟悉的身影。他像得救了一样迎了上去。"你可来了！""妈得的是什么病？"郑秋兰急切地问。天双一咧嘴："得的是肠梗阻，还有盆腔瘀血。"郑秋兰也不惊异，只是轻轻地"呃"了一声，好像是在意料之中似的。"既然我来了，你就回去吧，那群羊离不开你。"她说。天双说："情况虽然是这样，但她是我妈，怎么能一下子就拽给你？"郑秋兰说："你怎么这么见外，难道她不是我妈？"说得这么掷地有声，天双的心平定了许多。

便跟李翠花商量。老人家看着天双，竟说道："有秋兰在这儿陪着我，我反而更踏实，你赶紧回吧，那羊比我更离不开人。"

公共汽车站的晚班车已经错过了，就去找拉脚的三蹦子，虽然他主动说要多给车费，但车夫也拒绝："这黑灯瞎火的，到老山背后去，虽然我们想挣钱，但还没有穷到要钱不要命的地步，不去。"

只好又回到病房。

"你怎么又回来了？"李翠花问天双。

"没车了。"

"让秋兰送你回去，"见两个人犹豫，老人家又说，"明天才动手术呢，今天只是输点儿液，再说液已经输完了，夜里只需要在病床上躺着，你们就先回去吧，秋兰明早儿再来也不迟。"

三蹦子开到国道和进村子的路口处，天双让郑秋兰停车，下了车就左右踅摸。

"你是不是在找咱家的旧独轮车？"

"你怎么知道？"

"我白天回家经过这里，一眼就看到了它，觉得面熟，下车一打量，还真是咱家的那辆，就顺手搬上了车，给拉回家了。"

天双受了很大的触动，觉得郑秋兰实实在在是自家媳妇了，因为家里的旧物她都能认得真切，而且本能地就不舍得丢。他想说一句表扬或感动的话，却嘿嘿一笑，说道："你真成。"

这在郑秋兰看来，就是最深的认可和最好的赞美了，便也嘿嘿一笑："这有什么，难道我不是你媳妇？"

到了家里，郑秋兰也不落座，而是从冷间（贮藏室）里提出装柴油的塑料桶，说："给车子加点儿油，我还要赶回去，让老人家一个人待在医院里，我不放心。"

天双吃了一惊："这黑天冷地的，河滩路颠，柏油路滑，再遇上坏人，不放心的，倒是我了。"

郑秋兰从工具箱里拿出一把长柄的扳子，在天双鼻子尖儿底下晃了两晃："这可不是吃素的，再说，就我的这个身块儿，坏人他还没近前，就已经趴下了，嘿嘿，你就踏踏实实地睡觉吧。"

"路上你一定要开慢点儿，我可就你这么一个老婆。"

虽然走的是夜路，车灯还晦暗，但郑秋兰一点儿也不害怕，车子开得又快又稳。因为天双的一句"我可就你这么一个老婆"，让她心里很受用，疑似铺天盖地的爱情。

躺在土炕上，天双一夜都没有合眼。对郑秋兰，平时他总是忽略她、不在乎她，怎么现在一合上眼，眼前就满是她被车子颠簸得上下起伏的背影？原来人的心都是肉长的，遇热就柔软，妈的，我史天双也不例外。

42 出乎意料

李翠花做了手术，医生不仅给她修补了肠胃，还从她的肚子里取出了不少沉积物。知道她平时吃的都是温软的食物，所以医生在早晨查房的时候，不禁追问："您除了正常进食之外，还吃了什么？"

"没吃什么啊，"李翠花搜肠刮肚地想了半天，在医生质疑的眼光注视下，她一拍大腿，"呃，我想起来了，我吃过一种保健药，叫什么什么胶囊。"

"吃了多少时间？"

"差不多快一年了。"

医生沉吟了半天，说："那么，让你的家属把样品拿来，我们化验一下。"

医生询问她的时候，郑秋兰不在场，她出去买早点去了。

一回来，婆婆就跟她说了医生的意思。

郑秋兰心里咯噔了一下，立刻就紧急思考起来。后来她对婆婆说："医生再问你的时候，你就说那保健药吃完了，家里没有样品了。"

"我记得很清楚，明明还有的嘛。"婆婆说。

郑秋兰脸子一下子板了起来："我说没有就没有！"她的语气很严厉，让李翠花吃了一惊。

这个儿媳对自己一向和声细语，在医院里也悉心照顾，比儿子都孝顺，怎么为了几粒胶囊跟自己使了脸子，这里边肯定不简单。"好，好，我就说吃完了。"

医生从患者这里横竖都得不到样品，便意味深长地笑笑："没有了就没有了吧，不过，我要叮嘱您老一句，回去之后，那药就不要再吃了，它不适合您，对您有副作用。"

李翠花听不出医生话里的隐含，但在一旁的郑秋兰听出来了。她觉得这个医生有仁心，不轻易戳破什么，给别人留有余地。她赶紧接话道："大夫您放心，我会监督我婆婆。"

她载着婆婆回家，即便是通明瓦亮的白天，车子开得也很慢，好像是照拂婆婆，别颠着她老人家。其实是她心里不干净，有杂乱的思绪。婆婆这个病，很可能是吃保健品吃出来的。但史双兰是什么人？她首先是医生，懂药；她又是一个优雅的人，心性良善。这么一个人，面对至亲至热的父老乡亲，

她怎么会成心卖假药？婆婆患病，或许正像那个医生说的那样，这种保健品不适合她，那么，不吃就是了，没必要往亲爱的双兰姐身上动多余的猜疑。再说，要是猜疑她，就等于猜疑我郑秋兰自己。我也整天跟她一起推销药，而且还不遗余力。而我是那种有歪心思的人吗？不是，我心术不多，厚道有余，无论如何也跟卖假药攀不上关系。但是，这些日子，在不同地点，不同时间，不同人群，她都隐隐约约地听到了关于保健药品的议论，虽然听不真切，但人们的猜疑肯定是有的。因为人们看她们的目光有异样，既躲闪又睨视，很不自在。

到了家里，她刚把婆婆安顿到土炕上，就把家里剩余的保健药品悉数收拾了，毫不犹豫地扔进茅坑里。婆婆说："你这是怎么了，那可都是钱。"她说："你可知道，你住了这半个多月的医院，又花了多少钱？"以为她心疼钱了，所以李翠花有些伤心，嘟囔道："这可不像你。"

第二天她就下地了，打扫前后院的卫生，浣洗前后院的脏衣服，并亲自下厨给小两口儿收拾饭食。郑秋兰很是过意不去："妈，你这是怎么了，你的身体可还没好利落呢。"

李翠花干干地一笑："你们肯给我花钱，我还不肯卖点儿力气？"

郑秋兰知道婆婆她是吃心了，便把她拥进怀里："妈，不是那样的，我不是舍不得给你花钱，我是怕你还吃那胶囊，再招出病来。"

"呃，原来是这样的。"

婆媳关系依旧，但是郑秋兰的心情却变得沉重了。再与史双兰结伴出山，她不再没心没肺地说笑，只是无言地开车。史双兰可承受不了这种沉闷："秋兰你这是怎么了，好像有什么心事，莫非是天双埋怨你没把婆婆伺候好？"

郑秋兰说："你问问他有资格埋怨吗，他老妈住院，却是我整天看守在床边，这样的媳妇他哪儿去找？"

"也是，别看你身子重，但心眼儿软，严守妇道，这一点，连我也比不了。"

史双兰的话有些暖心，她便说道："你有你的好，不能简单类比。"

气氛活泛起来了，两个人的话就多了起来。在某个时机，郑秋兰说道："双兰姐，保健药品咱们推销了这么长时间了，也该歇一歇了，因为吃药毕竟不是吃饭，必须天天吃、顿顿吃，别让父老乡亲们总是掏腰包。"

"你这是什么话，好像是咱们逼着他们买的一样，他们是自愿掏腰包，因为他们需要。"

"我觉得不完全是这样，是他们肯给咱们，不，主要是肯给你面子，因为他们厚道。"

"你是不是觉得这钱赚得有些太容易，不好意思了，难道

钱多了还咬手？"

这个双兰姐，一颗优雅的心什么时候变得这么不优雅了？几乎是变得贪了。郑秋兰心中不悦，脱口说道："我还真怕咬手，不想再挣这个钱了。"

史双兰说："你不挣我挣，但是你还得拉着我，因为你该我的。"

郑秋兰说："这没问题，不过，你再推销药的时候，我可不跟着你吆喝了。"

"你是不是听到什么了？"

"我能听到什么？"

"既然是这样，我们一没有卖假药，二没有强买强卖，你有什么不踏实的？"

郑秋兰拉着史双兰到了一个叫秋林铺的村子。刚到村口，一个育龄妇女就迎了上来，她对史双兰说："史大夫，有件事儿我要跟你理论理论，因为怕被村里人知道，对你不好，所以我就迎出村来。"

这个妇女就是保健药品的一个购买者。

一年前，她们进村推销药品的时候，这个妇女告诉史双兰，她因习惯性流产而导致不育，至今都没有坐胎，很是痛苦。史双兰眼前一亮，对她说，凭我的经验，你需要保胎，而我们的这个兰婷硅藻胶囊正是这方面的首选，我建议你吃上三个疗程。三个疗程之后，不仅没有疗效，患者还得了腰疼的毛病，脸色都黑了。

她感到问题严重，一个人偷偷地进了县城，到了一家妇产科医院。

一检查，原来她得了盆腔瘀血综合征。出诊的大夫很是吃惊："你应该化瘀，怎么还用保胎药？这是谁给治的，也太不负责任了！"

那个患者因为是山里的妇女，有隐忍的品性，只是幽怨地看了大夫一眼，没有多说话。

大夫便给用了化瘀的药，"打"下来许多浓黑的血块子。然后给患者刮宫。因为流产造成的残留，导致做胎不实，必须做一番清理。

经过大医院的疗治，这个妇女顺利地坐了胎，到现在，已有了三个月的身孕。由于内心喜悦，消解了怨恨，所以她平和地对史双兰说："咱们都是山里人，山不转水转，不能有刻毒之心，另外，我也知道，干你们这行也不容易，挣的也是辛苦钱，所以也不能败坏你们的名声。但是我受了那么多罪，心里总是不平衡，那么，就请你们把治疗费、医药费自己支付的那部分，还有营养费和误工补贴，掏给我，咱们就神不知鬼不觉地私了了。"

"听你的意思，你是认定你的瘀血就是吃我们的保健品造

成的？"史双兰很不高兴。

那个妇女笑笑："那还用说。"

"我觉得你这是在讹人。"

"我好心地在私下里跟你们通融，像是讹人的样子吗？"

"讹不讹人你心里知道，"史双兰蛾眉紧皱，语锋突然凌厉起来，"谁的钱也不是大风刮来的，哪儿能说掏给你就掏给你？咱们得讲证据。"

那个妇女好像是做错了事儿似的，低下了头，嘟囔道："医生叫我把吃的保健药的样品拿给他，他要做做化验，我一直就没有出手，就是想着给你们留点儿后路，既然你们这么不客气，就别怪我不仁义了。"

郑秋兰瞪了史双兰一眼，赶紧接过话头："我说姐们儿，我们的保健药品有没有问题，这也不是你我说了算的，可我知道一样，就咱们一个山里人家来说，哪经得起这凭空而来的额外的开销？所以你的心情我们是理解的，我们愿意给你一点儿支持，你说，要我们掏多少？"

"四千。"

"不多，"郑秋兰笑了笑，用商量的口气说道，"但是，姐们儿，你刚才也说了，干我们这行也不容易，起早贪黑、跑上跑下的，挣的都是辛苦钱，所以也请你心疼心疼我们，两千怎么样？"

那个妇女沉吟了片刻，看了两眼史双兰的冷脸，点点头："也行。"

郑秋兰赶紧从自己的挎包里掏给她，她接过去之后，好像怕被人看见，也赶紧塞进衣兜里，然后说道："两位姐姐，听我一句劝，这保健药就别卖了，凭我的感觉，闹不好，这里真有问题，别替药店背了黑锅。"

郑秋兰点点头。但史双兰却抢白了一句："这不用你管。"

望着那个妇女渐行渐远的背影，史双兰问郑秋兰："对咱卖的药，难道你也不信任？"

"说不好，"郑秋兰解释说，"对你，我还能不信任？但对搞批发的药店，我凭什么信任？"

"这么说，你早就起了疑心？"

"不是我起疑心，是发生的事蹊跷，让人不好理解。就说我婆婆，既吃热又吃软，怎么好好的就得肠梗阻？不得不让人怀疑。"

"你不必担心，这药店可是正经的药店，不会有什么问题；即便真有什么问题，不是还有我呢嘛，你不过就是个拉脚的，怨不到你。"

郑秋兰摇摇头："你怎么这么单纯？如果你是树，我就是影子，是分不开的。再说，往往表面很正经的，背地里反倒是最不正经，一如人。"

这话说得，让史双兰感到了有影射的味道，便心中起皱：
"郑秋兰，你一个没心没肺的人，什么时候变得这么复杂了，
都有点儿让人认不出了。"

43 你必须答应我一个条件

　　一天早晨，两个人去批发保健药品的时候，远远地就看到了那家药店门前，停着几辆警车。警车上虽然闪烁着相同的警灯，但车身上却印着不同的字迹，有"公安""工商""药监"。那是几个部门联合执法，给药店打上封条，把药店经理铐上了警车。

　　警车扬尘而去的时候，她们靠近了，询问围观的群众。人们告诉她们，这家药店公然批发假药，也就是那个叫什么兰婷硅藻胶囊的保健药品，经药理分析，居然是淀粉混合了蜂蜜封制而成。药品的成分虽然无毒，但是不易消化的，长期服用，生生把人吃出病来，比如肠梗阻、瘀血、神经紊乱，真是麻子登门——坑人到家了。

　　史双兰坐在车上，脸色铁青，浑身僵硬，不能动弹。因为她知道，虽然她也是受害者，不会被追究直接的法律责任，但她的名声算是坏了，如果患者再按三倍的比例执意索赔，那么，她就得倾家荡产。

郑秋兰虽然也像雷击了一样，也满脑子轰鸣，但身子还是能动的，她草草地批发了父老乡亲们预订的蔬菜，机械地开车返回。两个人一路无言，史双兰是蒙，郑秋兰是恨——她不恨人，恨无耻，恨无辜。

史双兰是被郑秋兰搀回家的，进了家门，史双兰就昏倒在床上。她四肢挺直，牙关紧咬，眼角挂泪。郑秋兰也不说安慰的话，因为她说不出：安慰他人，首先得能安慰自己；而眼下，无人来安慰她，又不能自我安慰，对不起，史双兰，你就自己挺尸吧。

郑秋兰心里存不住话，晚上天双放羊归来，刚一进家门，她就迫不及待地把白天发生的事情，告诉了他。

天双听完，人跳了起来，破口大骂："妈了个逼的，她哪儿是人，又浪又坏，母畜！"

一边骂着，一边就往门外走。郑秋兰急忙拦住他："你要去哪儿？"

"我要去找她，扇她两个耳光。"天双说。

"耳光不是你能扇的，她又不是你的女人。"郑秋兰说。

"那我就去羞辱她一番，替你、替父老乡亲们出出气。"

"羞辱也轮不到你，因为你们是一个祖宗。"

"你说我们是一个祖宗，倒给了我一个理由，我就更应该去教训她一番，替老祖宗行使一下家法。"

就要拦不住了，情急之下，郑秋兰狠狠地扇了天双一个耳光："你现在倒臭来劲了，你也不想想，你是个什么东西，你也配！"

这疑似对着光头说秃，揭破了他不光彩的既往，所以天双恼羞成怒，反过来扇了郑秋兰两个耳光："我教训你还是有资格的。"

郑秋兰的嘴角被扇出了血，以为她要反击，没想到她抹去血迹，笑了："你扇得好，我毕竟是她的帮凶，罪有应得。"

她心里痛快了许多，竟说道："你就老实地在家里坐着，我去给你拾掇晚饭。"

一直在门外听渗漏的李翠花推门而进。"饭我已经做得了，就温在灶台上，你们尽管吃就是了，"她瞪了天双一眼，说道，"你打自己老婆一顿也就算了，别人家的女人你可当真动不得。"

"可她姓史，做了有损家族名誉的事儿，我自然有理由管，"话虽然这么说，但娘儿俩的劝阻如出一辙，终究起了作用，他不情愿地坐下，"我今天得喝两口。"

郑秋兰反对："不许喝，免得你酒后生事儿。"

李翠花把酒瓶子给他拿过来："你就让他喝，我倒要看看，他能不能管住自己。"

天双大口地喝酒，很节制地吃菜，喝到最后，竟还稳稳地坐在那里，只不过不停地流泪，好像痛苦深巨，又投鼠忌器，只好在无奈中承受。

婆媳俩好像很理解，也不说话，只是默默地陪伴。

搁在以往，天双不会有今天这样激烈的反应。只因为他去过一次显光寺认识了甫银法师，知道了家族是有正经根脉的；又看到了"红色粮仓"景仰了曾祖史明楼，知道了家族是有革命传统的——一"正经"，一"革命"，他心中有了持重的东西，觉得史姓家族的后人，要行得端，坐得正，对社会、对百姓要多做好事，有所贡献。最起码也要做正经人家，行善积德，安分守己，不违法乱纪，不坑蒙拐骗。所以史双兰的卖假药，不管是有意还是无意，在他看来都是有意。她辱没了祖宗、败坏了门风，着实不可容忍。

还有一个说不出的原因。他一直认为，史双兰跟郑秋兰要好，总是把她拥揽在自己身边，是别有用心的。因为她看不起他，并厌烦他，为了躲避他的趋乎，便把郑秋兰拉过去，在他们之间，竖立了一堵隔断墙，顺理成章地把他拒之身外。所以，他对史双兰隐隐地恨。这种恨，起初很纯粹，是勾引不得，羞恼之恨；到了后来，就复杂了，因甫银法师和史明楼让他有了耻感，就变成了自惭之下的羞耻之恨。

在这两种原因的作用之下，天双虽然酒热攻心，但也把自己钉牢在座位之上。

　　他的确不能到史双兰那里去讨伐，一则暴露了他依旧有爱（准确地说，是欲望），是在发泄爱不成便成仇的私愤；二则史双兰不知道他现在的人格变化，道德优势在她那里显得既突然又虚假，会被她嘲笑。在公处私、在正处歪，岂不成为她的笑柄，因而自讨其辱？

　　他喝醉了。

　　郑秋兰把他扶上土炕。临躺倒之前，他用力勾住郑秋兰的脖子："你知道我喝多了，会随时失控，跑到史双兰那里去，所以你必须答应我一个条件。"

　　"什么条件？你说说看。"

　　"甭说说看，你必须无条件地答应。"

　　"好，我答应。"

　　天双在郑秋兰的脸上亲了一口，喷出了一口浓重的酒气："你听好了，我的条件很简单，就是从今天开始，你要跟她一刀两断。"

　　"怎么个一刀两断？"

　　"不许去找她，也不许跟她说话，就像从来不认识一样。"

　　见郑秋兰有些犹豫，天双挺了挺腰杆："你扶我起来，跟我去找史双兰去。"

　　郑秋兰用力把他摁在炕上："你且老实歇着吧，我答应了。"

44 一刀两断

　　与史双兰的亲密关系，本来就已经引起了郑秋兰的不安——是她的介入，阻隔了史天双和史双兰，而后却又因自己的私情给他们提供了特别的连接。所以，郑秋兰一直想化解这种不安，让自己活得坦然一些。但是，她不知道如何迈出这一步，便把一切交给时间，待一个机会到来，顺理成章、自然而然地远离。

　　推销假药，以及天双的激烈反应，正给了她一个外力，她真的就不再到史双兰那里去了。

　　但她还是牵挂，每天支棱起耳朵，捕捉史双兰那里的动静。

　　买药的客户，因为都是山里人，朴实的本性，让他们体恤史双兰这个售假者，知道她也被蒙骗了，而且她挣钱富家，其本身也没什么过错，便不忍心起诉，也不忍心索赔。作为山里人，经受的磨难和痛苦已经够多了，再加上她的这一点儿又有什么了不起？得饶人处且饶人，不折腾，不打乱平静，才是最重要的。

但平静了一段时间之后，就不平静了，那些外村的客户相约着来到巴掌峁，把史双兰的家密密匝匝地围了起来。

事情的起因就是她家的二层小楼。

如果是普通人家也就算了，但是他们听说，史双兰家盖起了二层小楼，而且是村里唯一的一座豪华建筑。这就不能容忍了，因为她是为了奢侈而行骗，就很不厚道了。那么，就必须跟她要个说法。

人们呼喊着让史双兰出来理论，叫嚷着让她赔偿损失。但无论怎么呼喊、怎么叫嚷，始终不见她露面，人们便愤怒了，便蜂拥入室。

进入室内，他们看到，史双兰就直挺挺地躺在床上，头发凌乱，脸颊塌陷，面色青灰，好像已经奄奄一息。他们问话，他们训斥，他们索赔，虽繁乱的声音入耳，她也充耳不闻，眼睛直直地望着天花板，一眨不眨。面对人们不停的追问，她想回答，但嘴角很艰难地扯动了一下，复又闭合，好像她连说话的力气都没有了。

跟这样的人怎么讨说法？

人心的悲悯就又露出头来，带头的人说："算了，咱们走，别逼出人命来。"

走出室外，看到小楼盖得真是精致，预制板的房顶上居然还起了脊，勾以翘檐覆以青瓦。大家很气愤："给她搂了。"

但锨镐钉耙拿到手里，人们又犹豫了。带头的人看看众人，说："依咱山里的讲究，这房子不管是谁盖的，只要立起来，就不再只属于他个人了，也是这土地上大家共同的景致。那么搂了它，是不是有点悖德悖理？"

大家说："也是，也是。"

锨镐钉耙便应声而弃，但他们低头却看到了门前蹲着的两只石狮子。"这就是多余的了，把它们推鸡巴的了。"

推倒了石狮子，人们放声大笑，因为他们终于得到了最后的发泄，心理平衡了。遂鸣锣收兵，扬长而去。

石狮子被推倒时发出的笃重的声音，传进室内，像两记重拳，砸在史双兰的心口窝上，她感到很疼。但疼痛也激活了她的心力，她居然笑了笑："这就算是了结了，他们不会再来找我要说法了。"她觉得，自己真的解脱了。

她后来慢慢地恢复了心力和体力，能坐在大门前的台阶上晒太阳了。

人们从她身边经过，也跟她讲话，好像跟从前没什么两样。她感到，事情并没有自己想得那么严重。

有一天，郑秋兰远远地走来，发现她在台阶上坐着，就扭身而躲。她用力地喊了一声："秋兰！"只见郑秋兰随声站了一下，就又头也不回地走远了。

这么一个从来没有自主意识的人，居然也有了决绝的动作，史双兰心中碰撞了一下，凄然一笑："唉，感情这东西，不过是瓷的，经不住磕碰。"随即，心无声地碎了。

有一天晚上，她坐在台阶上择菜，远远地就看见天双和羊群朝自己走来。以为他也要躲，便把眼光收敛在菜上，好像是在告诉他，我并不指望你搭理我。果然没有人声，只是羊群对她多情，簇上来看她择菜。只听一声鞭响，吓了她一跳，又听一声鞭响，招引她抬起头来。"你们怎么这么贱，也要学坏是不，他妈的，还不赶紧走。"他一边呵斥羊群，一边朝她狞笑，扬扬得意地走过去了。史双兰心很灰，把择过的菜扔在地上："哼，这放羊的人，还不如羊，刚从你的炕头上爬起来，就盼着你倒霉，真不是东西。"

天双和郑秋兰躺在土炕上，天双说："就像你那天不搭理她一样，我今天不但不搭理她，还羞辱了她，嘿嘿，真解气。"

"我们这么做，是不是有些过分？她又没得罪咱们。"郑秋兰说。

"她还没得罪咱们？你真是记吃不记打。"天双盯住郑秋兰的眼睛，说道，"你曾跟我说过，自从你跟她一起卖了假药，

再卖菜的时候，父老乡亲们都不信任你了——顶菱带刺的鲜黄瓜，也要扒拉来扒拉去，生怕你夹进蔫黄瓜；约分量的时候，还要趋到你跟前看秤花儿，就怕你缺斤短两。这是多大的羞辱，难道你忘了？"

"我怎么会忘，那滋味，比挨一巴掌还难受。看来，人活一世，真得规矩做人，千万别做亏心事儿，人的心上要是落了尘土，真没办法伸进去掸。"郑秋兰说。

"你真会打比方，不过你说得还真是那么回事儿，因为人心长在腔子里，是黑是红，你自己说了不算，除非你把它剜出来，托在手上。但人们看清楚了，你也疼死了。"天双说。

"她是自作自受，不值得咱们同情。"

"你是说她活该？"

"我可没这么说，不过有一样我算是看清楚了，因为她掺和在咱俩之间，影响了咱们的感情。"

郑秋兰不说话了，因为她不知道，她与史双兰的亲密关系，天双是不是有所察觉，她必须慎言。

"你是不是困了？"天双问。

"不困。"

天双一把就抓住郑秋兰的一只乳："既然不困，那么咱俩就亲热亲热。"

"说着人家的痛苦，咱俩亲热，你别扭不别扭？"郑秋兰闪了一下身子。

"嘿嘿，咱们一边讨伐她，一边亲热，这有多刺激。"天双没让她闪出身子，相反，借机把两只乳房都抓牢了。

两个人就在土炕上折腾。

他们折腾得很欢畅，分不清谁主动谁被动。到了一个时刻，从郑秋兰身体里掉出一样东西。也真是凑巧，就掉到天双的眼前，不再有遮掩的机会。

天双愣了，久久地盯着郑秋兰的脸。那张脸很张皇，每块肉都抽搐。后来他把那东西捡到手里，狞笑着玩味："你居然给老子玩儿了这种把戏，我说的呢，无论老子多么卖力气，你他妈的也不给老子挂崽儿，原来你是成心让老子断子绝孙啊！"

"我是怕再生个三片嘴。"郑秋兰嗫嚅道。

"你纯粹是放屁，你我都说好了，因为咱们不再杀生，就不再怕报应，一旦怀上了，就是老天的旨意，咱就放心地生下来。"

郑秋兰不好再分辩，怯怯地看着天双，不知道他接下来如何发作。

"你从什么时候开始放环儿的？"

郑秋兰不说话。

"是谁给你出的主意？"

郑秋兰还是不说话。

"是不是史双兰给你预谋的？就你的那个笨脑子，想不出

这么缺德的主意。"

天双这么一说，郑秋兰觉得自己不能再不说话了："原来你一直把我当傻子，遇事就没主意，可我明确告诉你，环儿它就放在我身上，我要是不打算放，谁能给放上？"

"你不用给她遮掩，"天双用肯定的语气说道，"就是她给出的主意，因为她老爷们儿的天根断了，再也揍不出孩子，她便用亲热胁迫你，让你乖乖地听她的，心甘情愿地跟她看齐。这是恶毒包在蜜糖里，你都被毒得断子绝孙了，还没心没肺地喊甜。"

天双的话，增加了辩驳的难度，郑秋兰索性顺势撒泼："你也别再怀疑别人，说白了，我就是不想给你生孩子，怎么样？有气你就冲我撒，千万别憋坏了。"

这疑似是挑衅，更拱起了天双心中的火气，他抬手给了她一个耳光："好像你是旁人似的，都绝户了，还幸灾乐祸，我必须让你清醒清醒。"

挨了一记重击，郑秋兰反倒笑了，因为她心中的愧疚被打去了，轻松了许多："不瞒你说，我还真有点儿像旁人似的，绝户不绝户跟我有什么关系？"

这可不得了，天双彻底被激怒了："你个败家娘们儿，我要让你知道知道厉害，不然你的心还要跑到史双兰那里去。"他左右开弓，又把耳光扇到她的脸上。

以为她这次一定会服软，没想到她躲过天双的巴掌，扑到炕头，掀开褥子，竟掏出来一把刀子，晃悠悠地向天双刺来。

就是公公甫银临终时送给她的那把剥牲口的刀子，因为她猛地想起了老人对她的叮嘱。"闺女，拿着，这就是你爹我给你的尚方宝剑，只要那小子一跟你耍蛮横，你就拿出来。"

刀子闪得突然，直抵天双的胸口，他来不及躲闪，情不自禁叫了一声。但刀子戳到胸口的皮肤，自己就停了，还不停地颤抖，他抓住了机会，猛地攥住了女人握刀子的手腕，成功地夺下了刀子。

他哪里知道，也是他爹甫银的一句话救了他。"傻姑娘，动刀子是态度，并不是真让你往他身上捅。"

被夺去尚方宝剑的郑秋兰，顿觉孤独无助，颓然蹲到地上，呜呜地哭了。

由于是在土炕上亲热时猝发的争斗，蹲在地上的那个裸体的女人，胴体胖大，且有雪一样冷寒的华光，却无力、却脆弱，软绵绵地惹人怜惜。

天双被触动，摇摇头，把刀子向角落里扔去，然后俯下身去搀扶："我们这是何苦呢。"

女人竟依了，顺势躺到土炕上去，拽过棉被，把自己兜头覆盖起来。她伤心又惭愧，即便是在私密的空间里，也羞于见人。

天双在拱起的棉被上拍了拍："我不怪你，但对那个娘们儿可就不一样了，本来心里还有一点儿怜惜，到了现在，一点儿也没有了。"

在他看来，给人出主意放环儿，比她卖假药还可恨，还不可饶恕。

45 决绝的自尊

　　史双兰不再出现在台阶上，她闭门不出，把自己窝在孤独和清冷之中。

　　因为史天双和郑秋兰两口子，起初从她门前经过的时候，在躲闪中还有一丝难为情，但后来，他们竟毫不忌惮地冷脸而过，似乎他们身上有了不容置疑的道德优势。

　　她便明白了，他们已经获取到了能说服自己的东西，是铁了心，毫不愧疚地对她施以漠视和轻蔑。

　　曾经要好的两个人，每天就这样不理不睬地从她门前经过，这对一个内心温柔的人，是多么大的煎熬！在自尊心的作用下，她闭身于内室，眼不见为净。

　　李玉屏现在也很少回家。他现在是乡里的人，也承受着舆论的压力，感到身矮，便不愿意生活在她不名誉的阴影里。夫

妻本是同林鸟，大难临头各自逃。在不经意间推销了假药，虽然也不是什么大难，但众人的白眼，是没有伤口的疼痛，更难以承受。

父老乡亲们虽然表面上不冷落她，但也基本上不到她这里看病拿药了，除非急难险症。他们宁可多走一些路，也要到乡里的卫生院去。因为他们觉得，史双兰诊所里的药品虽然无辜，但毕竟带着骗子和贼的味道，吃下去，心里不干净，会让病情加重。他们到现在也不理解，为什么搞推销的，总是朝着熟人、亲人和父老乡亲们下手，你就不想着给自己留点儿后路？

在利益面前，谁还有后路之想？萝卜快了不洗泥，也来不及想，单找就近下手，宰熟。

总是待在冷室里，也不走动，也不晒太阳，史双兰得了脉管炎。她的右腿从脚掌处开始烂，一直烂上了脚踝。郑秋兰听说之后，很是纳罕，一个整天用皂角水泡脚的人，怎么还会烂到脚上？莫非这就是报应？郑秋兰一会儿信报应、一会儿不信报应，想不明白了，还是信报应，报应总是纠缠她，她虽然也上过几年学，但知识和文化对她不起作用。

史双兰的脚一旦有了毛病，就失去了窈窕和优雅，偶尔在街上露面，看到的人不禁大吃一惊，因为她看上去显得丑，浪费了美丽的容颜。一个人要是最终定格在丑上，其美丽的历史就不存在了，好像史双兰从来就没有优雅过、好看过。

一天晚上，郑秋兰收拾完庭除走出院门去倒刷家伙水。水就要泼向当街的一刻，她猛地就发现院门外的台阶上竟站着一个人，是史双兰。

她倚着一副拐杖正向上张望，凄然一笑："秋兰，我来看看你。"

她头发梳得很水滑，拢到脑后扎了一个髻，就突出了脸庞，苍白而凄美。郑秋兰马上就反应到，她肯定不断地在掉头发，不然依她优雅的本性，她绝不会梳起这样一种怯怯的、村姑一样的发式。郑秋兰心一酸，忍不住叫了一声："双兰姐。"

史双兰好像很激动，想往上再登一个台阶，但身子虚弱、拐杖笨拙，她脚底绊了一下，险些跌倒。她努力站稳了，凄然一笑："看见没，我不中用了。"

郑秋兰喉嗓发热，直想哭出来，却冷冷地说了一句："你还是回吧，天双就在屋里。"

史双兰愣了一下，但很快就点点头："好。"

但挪动了一下拐杖，她仰头对郑秋兰说："还是你先进院去吧，我走得慢，也走得不好，不愿你看见。"

郑秋兰知道她好面子、讲尊严，就顺从地闪进院门，然后背靠院门听外边的动静。但许久也听不到动静，以为她还难以割舍地立在原处，郑秋兰心一热，又冲出院门。那地方却无

人，往远处张望，也无人。便踅回庭院，蹲在一个角落低声啜泣。

其实史双兰并没有立即走远，她躲在近处的一个街角，因为她知道，就郑秋兰的本性来说，她肯定会情不自禁地出来张望，那么，自己的蹒跚，就会被她一览无余地看见。这是耻辱，绝不可以发生。

她好像听到了郑秋兰的啜泣，笑了笑，我该走了。

过了几天，老皂角树花开了，但人们闻到的，却不是似有若无的药香，而是一股隐隐的臭味儿。郑秋兰倒菜回来，一个买菜的村人对她说："你去老皂角树下闻闻，从史双兰院子里飘出来的是什么气味儿。"

郑秋兰心里一顿，立刻就张皇起来。草草地把车上的菜处理掉，就急切地奔了史双兰的庭院。远远地就闻到异味儿，便慌了，立刻就联想到了史双兰那天站在她家台阶上的情景。她怎么突然就想起来看我，这里有什么寓意？

她使劲推史双兰家的院门，却推不开。她想也不想，就攀上院墙，跳进院里。再推屋门，也是推不开。她还是想也不想，打碎了一扇窗玻璃，径直就钻了进去。整个过程，她胖大的身子像顿然消瘦，便异常敏捷，所向披靡，无阻无拦。

冲进内室，就见史双兰一动不动地躺在床上。

她仰面而卧，双目微合，嘴唇轻抿，两颊纸白，有凛然的清秀。她枕着一对簇新的、雪白的绣花枕头，盖着一床簇新的、大红的水绸棉被，像是一个初婚的新娘，掩着内心的激动，矜持地等待着她的新郎。却有一群硕大的绿头苍蝇，嘤嘤嗡嗡地在床畔飞，一会儿落在她的额头上，一会儿落在光滑的绸面上，在静美上侵扰，在华丽上鼓噪，怪异得惊魂。

无论怎么呼唤，也不见她醒来，试一试鼻息，郑秋兰大惊失色，破口而叫："双兰姐！"

她知道，她的双兰姐再也不会优雅地应答，她的香魂已散，就附着在绿头苍蝇透明的翅膀上，华丽得可笑、无足轻重。

床头柜上就放着一个小巧的装冬眠灵的空药瓶，还有一张写了几行字的纸。纸上写着：这小药片真好，镇定安神，去忧解烦，我忍不住多吃了几片，放下放不下的，睡了。

这个双兰姐，选择死亡还这么优雅，倒叫活着的人惭愧不已。

李玉屏被叫回来处理后事。面对亡妻，他并没有人们想象的那样呼天抢地，只是撇一撇嘴："她比我可来得彻底，我只是断了尘根，她却是绝尘而去。对这样的人，我得尊重。"因为尊重，所以他不哭，认为哭，显得太漂浮、太虚假，是对决绝的自尊的一种亵渎。

村里人对他有不同的议论：一部分人觉得他太爱，因为太

爱，痛苦深切，就哭不出；一部分人觉得他不爱，因为不爱，悲伤轻浅，就不屑于哭。

他不管别人的议论，不慌不忙地发丧，入土。他没把亡妻葬入祖坟，而是选择了山顶的一个向阳处，因为他觉得她的死不属于寿终正寝，依老理，不宜伴祖。其实他是另有所思，后来他在一次与人交谈中无意泄露出来——他认为史双兰属于烈女，心性高洁，给那些一贯中庸、一贯浑噩的族人陪葬，对她是一种侮辱。这些话也传到了天双的耳朵里。"扯淡！"这是他立马的反应，但是，他很快就沉默了，因为他从中体会到了李玉屏对史双兰的爱与尊重，让他无地自容。做人要厚道，不能轻慢逝者，更何况她生前还跟自己有过感情纠葛，做人不可太薄情。

葬完史双兰之后，李玉屏还有个滑稽的举动，他从山阴处挖来一棵毛竹，栽在她的坟茔之上。在场的一个人说："竹子喜阴，栽在阳处不宜活。"李玉屏说："我栽的是心意，死就死，活就活，听天由命吧。"这天之后，居然连着下了三天小雨，竹子竟然活了。这就是天意，对人心有暗示，村里人从此就不再提卖假药的事，以为这是整个村子的伤疤，家丑切不可外扬。

郑秋兰没有出现在葬礼现场。

那天，她目睹了密友凄美而华丽的死亡，她受到了巨大的震撼，有魂飞魄散的感觉。她浑身僵硬，脚底发软，奇怪地，一股强烈的刺痒，从一双脚掌倏地升起，依次奔窜至脚踝、小腿和膝盖，好像肉也要依次地烂，学着死者的模样。她一屁股坐在地上，动弹不了了。

她被两个村人架回了自己的家，身子一挨上土炕，就失去了知觉。恍惚中，她看见史双兰就紧挨着她躺着，而且无声地笑着凝视，脸色苍白，牙齿惨白，冷光闪闪。她大骇："双兰姐，你可别吓唬我！"史双兰收敛了笑容，幽怨地说道："然而我怕。"死人说怕，疑似恐怖，郑秋兰被吓坏了，眼前一黑，昏过去了。

据李翠花后来说，郑秋兰在昏迷中，不停地哭叫，所有的发声，都是史双兰的口气和语调。她痛骂药店，痛骂李玉屏，痛骂史天双，也痛骂郑秋兰。其中最尖锐的一声骂，是骂给郑秋兰的："郑秋兰，你个忘恩负义的小蹄子，将来你一定会变成一只人见人厌的骚狐狸，让史天双抽你的筋、扒你的皮！"既然是在冥冥之间的诅咒，李翠花便觉得，史双兰对郑秋兰有着极大的怨恨，即便是死了，也追来纠缠。

所以，李翠花当时就判断，郑秋兰是"撞克"了，因为阴魂附体，所以她替死人说话。"撞克"中的人，神经麻痹，关节不能屈伸。老人家试了试，昏睡的郑秋兰，果然四肢僵硬，施以外力，让其弯曲，但只要一松手，又复僵直。李翠花急

了，喊来邻近的一个大婶："妹子，你帮我给她撅巴撅巴，不然她就废了。"

所谓撅巴，就是外人用强力使其肘关节、膝关节进入弯曲状态，并保持住，否则患者一旦醒来，就再也不会弯曲，一直就那么僵直下去。

也真难为两个老人了。一个摁住肘关节，一个摁住膝关节，一刻也不敢松懈。

但是，这种降服，却诱发了患者的进一步反应，郑秋兰疾扣牙齿，想要咬碎所有的不甘与怨恨，嘚嘚……这还了得，弄不好，她会把自己的舌头咬下来。

李翠花不禁大喊："来人啊！"

这破裂的喊叫，引来一个半大小子。

"我的天！"李翠花紧悬着的心放下了，对他说："快，把枕巾给她塞进嘴里。"

然后又命令道："快，掐她的人中，甬怜惜，往死里掐。"

老少三人手忙脚乱、大汗淋漓地一阵忙活，郑秋兰终于醒了过来。她睁开了双眼，看到自己的双手双脚竟被牢牢地摁着，嘴里还塞着汗腥氤氲的枕巾，便大为惊愕，满目迷惘。待抽去堵塞，她长长地嘘了一口大气："我这是怎么了？"

"怎么了？你的魂儿差一点儿就被史双兰勾去了。"李翠花说。

接下来她就浑身无力，连翻身的动作都要靠婆婆的帮助才能完成。

所以她不能为密友送别，只能在土炕上叹息："双兰姐，对不起了。"

46 惊悚

郑秋兰复原之后，虽然身块还是那么胖大，显得依然健壮，但是，精力却大不如从前。

她脚底绵软，总像是蹚在虚空之中。明明是走在平地之上，却感到遍地不平，凭空就把自己绊倒，磕得鼻青脸肿。开着三蹦子走在马路上，只要一侧身，就会看到史双兰还坐在身边，一如生前。她毛骨悚然，觉得这车子真是不能再开了。

好不容易把菜倒回来，秤星也看不准，账也算不清，是多是少，给多给少，全由买主决定。

最让她不解的是，每次经过史双兰家的那棵老皂角树，她都立刻变得恍惚，脑中闪现史双兰一动不动，躺在床上的情景。郑秋兰大骇："怎么大白天就撞见鬼了？"便赶紧穿过，逃回家门。即便是落了座，也依旧心跳不止。

更让她不安的是，每天晚上，只要她想合眼入睡，眼睛刚一合，就看见史双兰紧挨着她躺着，而且无声地笑着凝视，脸色苍白，牙齿惨白，冷光闪闪。她吓得紧紧抓住身边的天双，浑身颤抖。天双问："你这是怎么了？"她说："我不能合眼，一合眼就见到双兰姐。"天双说："你这是想多了，自己难为自己。你就记住，她是坏女人，灵魂不得翻身，她找不见我们。"她说："然而她不坏，跟我很亲，所以她能找见。"天双说："那我就帮不了你了，我可睡了。"

虽然睡在一个土炕上，她也觉得自己被遗弃了，害怕中添了伤心，就更睡不着。

她想，之所以睁眼合眼都能见到史双兰，是因为她生前与自己太亲密了。身体的亲密自然就带来灵魂的亲密，即便是身体走了，灵魂它也缠着不走。我郑秋兰的身体里就住着一个史双兰，我不是一个人活着，也代表她而活。这可有多麻烦，自己不能支配自己。

有了这样的想法，她觉得，因为假药，自己那样对她，不仅过分，本身就错。认为她坏并冷脸以对，那是别人的看法和做法，而自己也跟着，那其实是把别人的看法和做法当成了自己的看法和做法，在从众中迷失了自己。事实上，我郑秋兰和她史双兰是融为一体的，身体能分，但心灵的纽带一直就连着。在感情上，我们之间，没有是非、没有对错，只有亲热。

而我却认不清这一点，稀里糊涂地被旁人绑架了，也用感情之外的方式对她，真是错了。

感情的意识，此刻在郑秋兰的心里苏醒了，但是，已经晚了。史双兰她人已走，无法再修补，空留悔恨。悔恨它多少钱一斤？一钱不值。望着身边酣睡的天双，她觉得他实在可恨，因为就是他直接给自己灌输了感情之外的东西，他愚蠢之后，也逼着自己跟他一起愚蠢。

郑秋兰想得头疼欲裂，大睁着双眼。

鸡叫头遍，她没有睡；鸡叫两遍，她没有睡；鸡叫三遍，她还是没有睡。她忍受着煎熬，大感生不如死。

待窗外亮光穿入，她狠狠地把天双推醒："别睡了，睡得跟死猪似的。"

"你要干吗？"天双依旧合着眼，咕哝道。

"我要跟你说句话。"

"待睡醒了再说也不迟。"

"不成，现在就说。"

"你要说什么？"

"我要跟你说，从明天开始，不，从今天开始，我就不去倒菜了。"

"为什么？"

"我整宿整宿地睡不着，怎么开车？一不留神就会掉下山去，摔死。"

"你也真是的，史双兰死了，你还甭活了？"

"差不多。"

天双感到事态严重，赶紧睁开了眼："不倒就不倒。"

"那咱可就说好了。"

"说好了。"

"那你就赶紧起炕，去放羊，该我好好睡一会儿了。"

"你也真邪性，黑价不睡，大白天倒睡。"

"这有什么不好理解的，难道你不知道，鬼魂她夜里来，天亮她就走，没有你和她的打扰，我还不睡？"

居然把他和史双兰的鬼魂说到一起，天双心中一惊："那好，我赶紧离你远点儿。"

或许是羊群稀里哗啦，可以驱鬼，郑秋兰果真睡下了。她睡得昏天黑地，一觉醒来，已是午后时分。即便是腹内空空，她也没心思吃饭，昏昏沉沉地踅到街上去，很想遇到什么人，看看有什么反应。

遇到一个老婆婆，她靠在一堵街墙上掀开衣服的下摆，一边晒太阳，一边拿虱子。虱子是一种喜热的小生灵，感受到阳光它就蠕动，可以让老婆婆感受到它藏在哪里，便能拿得准。山里人不穿内衣，所以老婆婆一撩开下摆就露出肚皮。被郑秋兰看到，她心动了一下，因为老婆婆脸上虽又黑又沟壑纵横，但她的肚皮却很白、很光滑，真是的。这个"真是"的，是山里的口头禅，一遇到奇怪的、不真实的人和事，就会脱口而出。

"怎么，秋兰，你没去倒菜？"老婆婆发现了她。

"懒得动，歇一天。"郑秋兰答道。

"这就对了，懒得动就歇，别跟自己较劲，钱这东西有没有都怜可（无所谓），生不带来死不带去的。"

"你老说得对，钱虽不咬手，但你挣不够，索性就不挣它，反倒高兴。"

"秋兰，你算是活明白了，不像双兰，贪得连命都搭上了。"

这让郑秋兰心里不舒服："咱们不说她。"

婆婆猛地把下摆放下，看一眼郑秋兰，脸上露出羞赧之色："我也知道嚼咕死人不好，但就是忍不住。"

郑秋兰忍不住踅到了村西，那棵老皂角树下。人刚一接近，她突然又恍惚了，史双兰逝在床上的情景又闪现在眼前，便告诉自己，不能再走了。她很纳闷，怎么大白天魂魄也来，让你无法躲过？肚子适时地咕噜了一声，使她醒悟，都快一天没进食了，腹空身虚，魂魄都是乘虚而来。她还醒悟到，依山里说法，天亮到正午，太阳上升，阳气盛，鬼魂不出，过了午后，一直到夜晚，太阳偏斜直至滑落，阴气渐强，鬼魂上路。

而眼下已经是下午了，鬼魂已出，肯定会让活人恍惚。怎么自己就没想到？想到也没用，这就叫作鬼使神差，双兰姐她离不开我，便给我用了冥力，勾我而来。

看来，双兰姐重情而不撒手，让我的精神不听使唤了。郑秋兰对自己说。

她的精神的确出了问题，不时地"撞克"一次，替双兰姐说话，发泄对身边所有人的不满。而且撞克发作，一次比一次厉害，恢复起来，一次比一次困难，弄得婆婆和天双总是战战兢兢，永无宁日。

她自己既害怕又惭愧：害怕自残，惭愧扰人。一天，她脑子里突然冒出来一个念头：人就怕触景生情，因为那会让一个人不能自已，而最省事的办法，就是要远离曾经的环境。看来，依自己的状况，要想自保人安，必须得离开这个村子了。

47 驱鬼

郑秋兰的这个状况，让天双很不安。

为了化解，他又去了一趟百花山显光寺。他认为，既然是法师，就应该有这方面的道场。

甫银法师听完天双的陈述，捋髯一笑："你来我这里就算是对了。"他告诉天双，作为法师，除了讲佛论道，当然也会做法事，不然哪来的那么多香客？你夫人的病，在我看来，是因为与逝者的关系太近，又觉得做了对不起逝者的事，心中纠结，无力化解。说白了，是她心善，太重感情，自己跟自己过不去。所以，劝也是没用的，因为它出自本性。要想化解，只能用外力。

"那您就赶紧给做做道法。"天双说。

甫银法师就在那里沉吟着，一点儿也不着急。等天双再次催促，他拍了拍功德箱的盖子，嗯了一声。天双猝然醒悟，掏了两张颇有面值的票子塞进去。

甫银法师点点头，说："你可千万别把我往歪里想，我是你的活祖不假，但庙宇可是众生的，求法要真诚，不能徇私情，欺骗佛祖。"

"这个我懂。"天双说。

甫银开始做法事。烧香，盘坐，诵经，到了一定的时候，他站了起来，围着佛像疾走。一边走，一边不停地捻动着手里的那挂佛珠。在天双的眼里，这就是天灵灵地灵灵的阵势。后来，他在铜盆里烧了两卦（挂）黄表纸，撮起一抔纸灰，包在锡纸里，递给天双："回去给她喝了，差不多就过来（好）了。"

天双有些怀疑："就这么简单？"

甫银脸色一沉："像她的这种病症，我见多了，在佛法面前，不过是小菜一碟而已。"

不过，天双的质疑到底还是起了作用，甫银又说："说到底，你夫人犯的是疑心病，总觉得鬼魂在追、在纠缠，那么，为了净心，除了喝下这抔神药，还要把咱山里的老办法给她用上，让庙堂之高和江湖之深合流，法力就大了。"临出庙门之前，甫银又送给了他两卦（挂）黄表纸，嘱咐他："上边的法子都用过了，如果她还犯病，你就用刀子把黄表纸扎在房梁上，她看一眼就发怵，就能镇惊避邪。"

天双很感激，因为他从电影里看到过这种做法，比那一撮纸灰还让他信任。

他回到家里就行动。

给郑秋兰喝下从庙里求来的秘方之后，就把她扯到村西老皂角树下，开始使用甫银所说的山里人的老办法。

这时天刚擦黑，正是鬼魂放心地出来活动的时候。天双在史双兰家的大门前放置了一只砂鼓子（粗陶的盆），在下了台阶不远处的街道上搁了一捆玉米秸，然后让郑秋兰登场。

她先在砂鼓子里烧纸钱，冲着史双兰的庭院念叨："双兰姐，我给你送钱来了，因为我知道，你是个讲究的人，喜欢吃好的穿好的住好的，手里不能缺了钱。你就放心地花吧，因为我是你的妹妹，永远会惦记着你，估计着你钱紧了，就马上来送，决不让你凄惶。所以你就安心地在那边歇息吧，不用上门来讨。我也知道，你是那么优雅的人，很好面子，也不会为了几个钱而屈尊前来。即便是来，也是因为牵挂我，想看看我过得好不好。这你就更应该放心，我倒菜挣钱，天双放羊挣钱，家境越来越殷实了，日子一点儿也不愁过。至于天双，他因为敬你，也反过来敬我，对我越来越怜惜，我不会再受委屈了。所以你就更应该安心地在那边歇息，你已经太累了，别再为别人操心了，该心疼心疼自己了。"

这一念叨，果然有反应——本来周遭无风，这时却凭空就起了风，而且风向还真的朝着史双兰的房门，纸钱烧起的青烟，便径直钻进她的内室。郑秋兰感动得哭了："双兰姐，我想你。"

天双赶紧贴着她的耳朵说："你还真哭啊，快把砂鼓子摔了，碎了她的想念，让她不知道烟是从哪里吹过来的，她就找不到你了。"

砂鼓子高举过头顶，然后狠狠地摔下来，碎了一地。

天双又赶紧点燃了那捆玉米秸，示意郑秋兰从火焰上跨过来。

因为鬼魂怕火，即便是砂鼓子的破碎没有彻底地碎了史双兰的想念，她跟过来，但火焰也会把她挡住，就再也追不上了。

郑秋兰跨过火焰之后，气喘吁吁地说："她都死了，咱们还这样欺负她，咱们还是人吗？"

天双一把抓住她，牵着她往前跑："你不欺负她，她就欺负你，让你整天魂不守舍、睡不好觉。再说，这也不是欺负，而是被迫的躲，她也太重情了，搅得你没法活。"

两种办法都用下了，郑秋兰果然心净，不再恍惚，不再出现幻影，可以正常地饮食起居了。

郑秋兰很是感谢天双，觉得他是真心在乎她，便对自己说，这今后，对他要多温存一些、顺从一些。

躺在土炕上，天双想亲热，对她说："甫银法师说了，要想根治你的病，夫妻要多亲热，因为和谐的夫妻生活可以冲喜，外邪不侵。"

甫银法师可没这么说，是天双在欲望驱使之下的灵机一动。

但郑秋兰却马上就摆平了身子："那你还等什么。"

天双纵情地覆盖、拨弄。她现在已不再放环儿了，没有人为的阻挡，很可能会鼓捣出一男半女，真是有些想要孩子了。

郑秋兰在他的身下很配合，抚弄他的腰，且在他的肩头啃啮，暗示他自己很受用，以便壮大他的激情，进行有质量的播撒。她想，必须有一个孩子，因为不再倒菜了，人就闲下来，闲下来干吗？陪老公睡觉，哄孩子。这就正常了，因为他们也老大不小了，爱恨情仇也看淡了。

一晃就是两年，即便他们那么卖力气地和谐，郑秋兰的肚子也不见动静，他们便很泄气。更让郑秋兰泄气的是，两年来的播弄、两年来的期待，她居然没有等来像与史双兰在一起时那样的灵魂出窍的感觉。她的快感睡死了，身上的这个男人唤不醒。

既等不来孩子，也等不来快感，郑秋兰厌烦了，下意识地推拒，不甘心温顺了。更想不到的是，如果天双强迫她，她就会猝发耳鸣，又精神恍惚，多年不见的史双兰又出现在眼前。所不同的是，逝者的出现，她不再一味地害怕，而是在恐惧中还有莫名其妙的兴奋，脱口就喊："双兰姐！"

身上的天双大吃一惊。明明是我史天双，却喊出她史双兰，他的身子被震动，僵在那里。身子一僵，就沉，重负之下，郑秋兰清醒了一些，难为情地说："对不起，你接着来，你接着来。"

但是，只要他一继续，身下的女人就继续恍惚，喊出的还是双兰姐。他便败下阵来："你是又犯病了。"

没有了激烈的冲撞，郑秋兰眼前既没有了史双兰，也没有了史天双，她脑子里一片空白。她下意识地嘿嘿笑，吓得天双翻身而起，跳在了地上。

他猛地想起了甫银法师的叮嘱："如果她还犯病，你就用刀子把黄表纸扎在房梁上，她看一眼就发怵，就能镇惊避邪。"便赶紧找出他从郑秋兰手里夺过来的那把刀子，穿上两张黄表纸，扬手就投向房梁。虽室内光线黯淡，却投得很准，刀子在房梁上晃悠，很显眼。

郑秋兰仰头看见，翻了翻白眼儿，不以为然地说："你真没劲，我睡了。"

果然就很快睡去了，好像什么也没发生。

48 再也不能安生了

郑秋兰的病时好时坏，让天双把握不住命脉。因此，他也添了一个毛病，每到吃过晚饭，他哪儿也不去，只是呆呆地坐在炕沿儿上，痴痴地看着郑秋兰。她收拾碗筷，打扫庭除，在他面前走来走去。他的眼光不停地追踪着她，弄不清，眼前的这个女人，到底是郑秋兰还是史双兰。

一天晚上，他们正在土炕上亲热的时候，郑秋兰又精神恍惚，眉头紧皱，一边推拒，一边大喊"双兰姐"。这一次，天双没有败下阵来，因为他突然生出了一个念头：你既然被史双兰附体了，那么我就把你当作史双兰。便更激烈地拨弄，顺口也喊"双兰姐"。

他这样一喊，郑秋兰居然清醒了，吃惊地看着天双。天双很得意，嘿嘿地笑着，在她身上一边拨弄，一边玩味。郑秋兰意识到了什么，拼命往出躲身子。天双用力钳住她："你别动！"一个躲，一个钳，弄得土炕都颤抖。房梁上那把叉着黄表纸的刀子感受到了，哆嗦了两下，掉下来了。

正落在郑秋兰的耳畔，十分惊险。天双也吃了一惊，倒吸了一口凉气之后，觉得这鬼魂良善，只是吓唬人，而不要人命。他赶紧捡起刀子，因为他又觉得，鬼魂良善，身边的女人未必良善，经历了这么一番戏弄，她肯定有恨，说不准要对他动刀子。刀子在手，他就不怕了，他接着在女人身上用力动作，终于喷薄了。

喷薄之后，居然很懊丧，因为他知道，这是无用的喷薄，人不笑，鬼魂也笑。

郑秋兰胖大的身子就那么摊着，满眼肚皮，白花花的，肥腻又光滑。

天双心里一动，居然用刀背在这片肥沃的土地上滑动："真是可惜了，这么好的一张肚皮，竟然不装孩子，只装鬼魂。"

滑动换回了他旧有的记忆，他说："也真是的，好久不剥兽皮了，手都有些痒痒了。"刀子的滑动，弄得郑秋兰胆战心惊，一股凉意从尾骨升起，顺着脊椎，奔蹿到后脑。她大气也不敢出，牢牢地把自己钉在土炕上。她怕一动，就会把刀背翻转成刀锋，刺进肉里。在刀子下的女人，居然这么温顺，天双激动了，他说："秋兰，不，双兰姐，你的肚子可比猪獾的肚子大多

了，也光滑多了，要是剥下来，是多好的一张皮子，嘿嘿。这里边的油脂也厚，一层一层的，要是取出来，得治好多少人的烧伤和烫伤，嘿嘿，那可是多大的功德。如果就这样浪费了，多可惜。"

天双仔细端详着，意识进入了技术层面。"这么好的皮子必须要剥整了，要想剥整，就要温习一下刀法，找准了骨缝和筋络。"

他开始用刀背在女人的肚子上探寻。"这是耻骨，这是盆骨，这是肋骨，这是胸骨，这是锁骨……"他从下到上，预测着位置，竟说，"要是真的动手，就从耻骨开始，跟剥兽皮一样，得让她一直活着，嘿嘿。"

郑秋兰虽听得毛骨悚然，但是还要敛着气息，因为她怕身子一动，就触动了刀子，她忍受着巨大的恐惧，忍不住簌簌地流泪。

"你怎么还哭了？我这不过是打比方而已，真没劲。"天双收起了刀子，又不知道把它放在哪里才好，想了想，翻身下地，又找出两张黄表纸，穿在刀子上，扬手投向房梁，虽室内光线黯淡，却依旧投得很准，刀子在房梁上晃悠，很显眼。

虽然惊险已去，但郑秋兰依旧一动不动地摊着身子，好像她肚子上的皮已经被剥去了，虽然人还活着，却已失去了翻身的能力。

第二天，待天双放羊走了，郑秋兰逼着自己到老皂角树下试一试。她要确认一下自己心中的一个念头。

来的时候，她还确信，她的那个念头一定会落空，因为纸钱已经烧了，砂鼓子已经摔了，辟邪的火已经跨了，自己也已经平静了多年了。但是，一到了老皂角树下，刚往那座二层小楼上望了一眼，耳朵里立刻就响起了尖锐的哨音，紧接着就是一片恍惚，又出现了史双兰躺在床上的情景。而且还听到了一个清晰的声音："郑秋兰，你真是没良心，你有多久没来看我了，就不怕遭到报应？"

她落荒而逃。

逃回家里，她看了一眼房梁，那把穿着黄表纸的刀子静静地叉着，表达着一个坚定的意志。她轻蔑地一笑："哼！"她认为，就是这把多余的刀子，让和尚甫银和愚夫天双自破魔阵，他们的法术不灵了。

我该离开这个村子了。

她心中那个念头得到了最后的确认。

虽然有着这种种的外因，其实还是出自她善良的本性——

史双兰已深深地嵌进了她的生命，她已经躲不开了。如果不换个环境，便会随时出现逝者的幻影。阴魂附体之下，甫说开三蹦子倒菜，即便是别的事体，只要稍微紧张一些、烦累一些，她也会精神错乱。作为一个农村妇女，她劳动的功能算

是废了，几乎是没用了，甭说发家置业，就自己这个人本身来说，也成了家庭的拖累。至于夫妻生活，这么多年下来，凭良心说，他们之间是有感情的。既然有感情，她就应该尽本分，满足他人丁兴旺的愿望，给他生儿育女。但是，就连这一点，她也是做不到的。在失望之下，他凄惶，凄惶之下，便在她的肚皮上摆弄刀子。这不是什么好事，一旦有一天他累恍惚了，他酒喝多了，真把身边人当成猪獾、狐狸什么的，一不留神就真把刀子扎进去了。她死了也不算什么，怎么也是活得不顺心。但问题是，他因此会坐牢，甚至被枪毙，这可怎么是好，本来她就没能旺夫，到了还给他招来杀身之祸，岂不是货真价实的灾星！

这都是郑秋兰睡不着时想到的，每一想及，她都以泪洗面。

这是一个朴实的山里女子所不能承受的。她不断地问自己："这到底是怎么回事儿？是前世的孽缘，还是今生的命运？"

有一天，她打了一个碎花的小包袱，里边装的是几件贴身的衣物，对婆婆李翠花说："妈，我要回娘家住几天。"

她这一住，就再也没有回来。

49 回娘家

郑秋兰回到娘家，正好赶上娘家刨白薯。

老郑因为看管粮店，寸步不能离，刨白薯的事，就交给了他的老伴隗瑞香。

郑秋兰进了娘家的屋门，冰天冷地，空无一人，不免伤了一下心。她思忖道："老妈到底去哪儿了呢？"

她吸嗫了一下鼻子，闻到了白薯成熟了的气味儿，便扯过一柄铁镐，直奔田亩而去。

她很远就看到，那块白薯地里，果然就有一个瘦小的老妇人弯腰动作。那个地块是一处山间平地，就显得很阔大，里边的人，就显得很孤单、很渺小。她的鼻子不禁酸了一下。母亲已老迈，但田亩总是不知疲倦地长东西，有不竭的新生能力，她拿它没办法，只能把自己匍匐进去。

到了地头，郑秋兰大声地叫了一声妈。妈应声站起身来，冲着她傻笑，没有一点儿吃惊的样子。好像她闺女一直就没走，还属于眼前这块白薯地。

老人问："我是不是回去给你拾掇点儿吃的？刨白薯得用力气，不能饿着肚子。"

郑秋兰摇摇头："不用，就我这身块儿，即便是饿着肚子，也有的是力气。"

老人家笑笑："那咱娘儿俩就刨白薯，我正在为它发愁。"

郑秋兰问："你发的哪门子愁？"

老人说："这田亩它真会捉弄人——过去人吃不饱，整天饿肚子，希望它多长点儿白薯，可是它就不多长，不仅稀，还小。而眼下，每天都大米白面，饱得都没了胃口，白薯已经很不稀罕了，可它就是给你疯长，白薯一窝子一窝子的，又大又好。它既然长了，人就不能不收，你说它气人不气人？"

郑秋兰咯咯地笑了起来（她居然还能这样笑，像幼时那样无心），说："原来你说的发愁，是因为白薯长多了，你刨不过来。"

"可不是嘛。"

"我回来了，你就不用发愁了，不帮你刨完，我不会走。"

地头放着一辆独轮车。虽然是山地，但推着它也可以跨沟、爬坡、越坎，所以也是收秋时的运输工具。只不过，推它的人必须有力气，不然就会窝在原处。

郑秋兰看一眼独轮车，叹了一口气。老母亲真是孤独无助，老年人也要卖青壮年的力气，她是在跟岁月较劲。

当白薯装满了车子，郑秋兰径直就推了走。有她在，车子可以多走几趟，化解一下母亲的乡愁。

娘儿俩相伴着刨白薯，就不觉得累，而且还有说不出的兴奋，就整天趴乎在田亩上。中间要吃午饭，母亲说："我带着干粮呢，可就是没你那一份。"郑秋兰捡过一块生白薯，在裤子上蹭了蹭："这不就是现成的干粮吗？"老人很高兴，因为嫁出去的女儿还像在家里时的那个模样，生冷不忌。于是母爱禁不住荡漾："那可不成，我闺女的胃娇气了，吃下生白薯会哕气，不停地放屁。这样吧，你吃我的干粮，我来吃生白薯，我的胃皮实。"

当打开装干粮的饭盒，娘儿俩不禁同时呀出声来。饭盒里装的是小米饭，郑秋兰知道，虽然家里有大米白面，出工的人也喜欢带小米饭，因为它"拿时候"，不容易饿。但是，那小米饭上竟爬了一层黑黑的蚂蚁，正贪婪地啮食着敷在上边的几块酱红的肉片。母亲看了一眼闺女："这该死的黑货，也知道找肥的啊！"骂完便用草秆往外拨撩那蚂蚁。那小物种竟很是顽强，愈拨撩愈聚拢，老人家便失了耐性，一把抢过饭盒："还是便宜了我吧，活该你没这个口福！"不待郑秋兰省悟，她已

埋头吞咽饭团了，就佐着那一层黑色的蚂蚁。郑秋兰吃了一惊，失声喊了一声"妈"。老人家并不看她，只管埋头吞咽。那咀嚼声很是响脆，咯吱咯吱，像炒热了的芝麻上木杖擀，以求香得均匀。

将小米饭吞完，老人家痛快地喝了一气凉水："真是舒坦！"然后笑笑，踅到田埂上，薅来一捆干草，摊铺在地上，对郑秋兰说："闺女，你就在地上躺一会儿吧，歇歇乏。"也真是累了，郑秋兰就驯顺地躺下。老人家脱下自己的夹袄，盖在她的头上："真乖，还是妈的好闺女。"老人家自己竟不歇，接着去刨白薯，她苛刻自己，觉得没有歇息的权利。郑秋兰躺在草丛上，静静地听着母亲镐起镐落的声音。那声音是熟悉的节奏，是从儿时的记忆中姗姗而来，虽然有些微弱，却不失清晰，像蕴藏着绵长的力量。她内心盈满起来，对自己说，有母亲的陪伴，能听到这简单而真实的声音，就够了。

晚上回归，母亲空手在前边走，嘱咐郑秋兰："你推着重车，就不要着急，我赶回去给你做饭。"

进了家门，老郑已经回来了。隗瑞香对他说："你赶紧搭把手，快一点儿把饭拾掇出来，你闺女回来了。"

老郑一笑，说："你就一边歇着去吧，晚饭我已经拾掇好了，就等着你们回来吃呢。"

"你怎么就知道你闺女回来了？"

"我到咱家仓房里看过，多出了那么一大堆白薯，搁着你一个人，不会那么出活儿。"

"你倒不傻。"

"你家老郑什么时候傻过？真傻的从来不说自己傻，精明的从来都隐忍。嘿嘿。"

他走出屋门，站在高台阶上瞭望。他是在目迎自己的闺女，他真的有些想她了。闺女出现了，但推车的身影突然摇晃起来。他赶紧跳下台阶，快步迎了上去。郑秋兰本来推得很稳，但一抬头，看到父亲朝着她迎望，心里一热，眼睛就模糊了。爹，你闺女不争气，就这么一个人不明不白地回来了，对不住了。悲情不请自来，她不能自已，臂膀就颤抖，脚下就发软，就控制不住车子了。

赶上来的老郑帮她扶稳了车子，一边从侧面助推，一边说："闺女，你还是没瘦，脸色也红扑扑的，对得起你老爹。"

话音未落，竟听到了郑秋兰的哭声。亲情款语实在抓心，她再也忍不住了。

"你怎么哭了？"

"爹，我想你了。"

"谁说不是呢，我就你这么一个闺女，你就我这么一个老爹，怎么会不想？都想到一块儿去了，嘿嘿。"

爷儿俩正在卸车上的白薯，隗瑞香进来催促："别卸了，先

去吃饭，趁热乎。"

爷儿俩谁也不接她的话茬儿，依旧埋头卸车。她便撇了撇嘴："到底是爷儿俩，刚进门就一条心了。"

郑秋兰就抿嘴乐，这个老太太，看上去什么也不在乎，其实心中有数，也会嫉妒。这让她很温暖，因为这就是亲情的模样。

白薯卸完了，郑秋兰也不着急进屋，而是拿过那两把刨过白薯的铁镐，坐在仓房的门槛上，用小石片儿刮上边沾着的泥土。

隗瑞香说："先吃饭，吃过饭，再刮也不迟。"

郑秋兰说："趁泥土湿乎赶紧刮，等风一吹干了，就不好刮了。"

隗瑞香在她的脑门儿上用力摁了一下："跟你爹一样，死心眼儿。"

两个老人就坐在堂屋里等着她，四目相对，觉得这闺女虽然出嫁了，但心还留在家里没走，真是没有白养。等郑秋兰一进屋，他们同时站了起来，像迎接客人似的。老郑说："你赶紧去洗手，你妈把水都给你兑好了。"等她洗完手，一抬头，老郑就站在她身后，把一条新毛巾递给她。她有些不知所措，老两口儿这么殷勤，像招待贵客似的。

在饭桌上，老郑问："天双那小子还在放羊？"

"嗯，还在放。"

"他对你还好？"

"嗯，很好。"

"我看未必，要是真好，他怎么不跟你一起来？"

还没等郑秋兰回答，隗瑞香插上话来："你这个人是老糊涂了吧，他既然是在放羊，怎么能脱得开身。"

"你插什么话！"老郑很不高兴，"就不能找人替一替，是羊重要，还是他的老丈杆子重要？哼，还是对咱闺女不好。"

郑秋兰赶紧解释说："他这个人跟我一样，死心眼儿，想不到那么周全，你就别跟他计较。"

"就是，就是，你这个人老来老来还添毛病了，怎么这么事儿多。"隗瑞香说。

"怎么是事儿多？我不是担心他欺负咱闺女吗，哼，净插话。"老郑气哼哼地说。

接下来再问别的事体，郑秋兰总是很简短地答"是"与"不是"，进一步的话，她很少说。这扫了老郑的谈兴，他低头喝酒，不再多说。久违的亲情里就多了沉闷的东西，三个人心里都有些皱巴，饭吃得不甚顺畅。

这之后，吃饭就吃饭，不再谈郑秋兰家里的事。老郑感到别扭，而隗瑞香倒没什么感觉，在她看来，闺女那边的家里，有丈夫和婆婆，不用她额外惦记。

等娘家的白薯都收完了，郑秋兰也没有走的意思。刨白薯的镐已经都刮干净了，她还坐在门槛上不停地刮，好像那上边还有肉眼看不见的泥土。

"我看这闺女是不想走了。"晚上，躺在土炕上，老郑对隗瑞香说。

"你从哪儿知道的？别瞎说。"

老郑说："我就是从她不停地刮铁镐上的泥知道的，她表面上是在刮泥，其实是在刮她最后的牵挂，让自己铁了不走的心。"

这是怎么说？两个老人再也不能入睡了。"不行，我现在就去问问闺女。"隗瑞香沉不住气了。

未等他们翻身下炕，郑秋兰竟推门而进，自己把自己送过来："你们睡不着，我也睡不着，你们就问吧。"

隗瑞香问道："你爹说你回来就不走了，是不是这样？"

"是这样。"

"这是为什么？"

"因为我再也不能生孩子了。"

"就这么简单？"

"就这么简单。"

隗瑞香怎么也不能相信，逼问她是不是还有其他的原因，比如两口子是不是吵架闹别扭了，比如他是不是心气儿高嫌弃她了，再比如是不是在夫妻之外又有了什么节外生枝。

郑秋兰苦笑一下："都没有。"怕再有进一步的追问，她解释说，自从头胎夭折了，伤心之下落了毛病，无论怎么调理，也不能怀孕，这就成了问题。为什么成了问题？因为天双重香火，总盼着人丁兴旺，很担心这辈子成了绝户。虽然他也没有特别的埋怨，但我心里却总觉得过意不去。他人朴实，善良，一心顾家，肯卖辛苦，对我也不错，是个好男人。既然是好人，就不能有那样的结局，因为，是人就有怜惜之心，有过意不去的地方。我思来想去，觉得我们都老大不小了，生育年龄说话就过了，我不能再占着鸡窝不下蛋，把人家耽误了。

郑秋兰说得很平静，没有一丝不平和怨气，看不出有什么刻意的遮掩。

隗瑞香叹了一口气："傻闺女，你心眼儿怎么这么好？"

郑秋兰笑笑："你也不看我是谁生的。"

老郑点点头："你说的，我倒愿意相信，因为这理由还站得住。他们巴掌崾那地方我给八路军运粮的时候去过，特别封闭，前后三个自然村，加起来不过三五十户人家。那里的人传宗接代的传统观念特别重，不能延续香火，在他们看来，是天大的事儿。他史天双不过是个放羊的，哪儿会例外？闺女，你想得对，不能给人家生孩子就没有地位，会被人小看。你跟你爹我一样，是争强好胜的脾气，所以不甘心看着人家的脸色瞎

凑合，过一辈子窝窝囊囊的日子。你回来也好，你是你妈和我的独生女儿，有你陪在身边，老来也不会孤单，也正好给我们养老送终。嘿嘿，这不是什么坏事儿。"

这么严重的事儿，居然让老郑三言两语弄轻松了，就连郑秋兰都感到吃惊。

50 回来就不回去了

第二天晚上，史天双来了。"秋兰，我今天早早地圈了羊，接你来了。"

他带来一只剥好了的全羊，头蹄下水拾掇好了，一样不少地窝在羊的腔子里。面见岳父岳母，得持重，得真诚，得有个样子。

老郑说："咱们都是山里人，没必要这么多礼，实在就好。"

天双说："我这就是实在，横竖是家里养的，拿来让二老打打牙祭，还不是顺理成章？"

煮了头蹄，炖了下水，满屋子新鲜肉味儿。大家都面带笑容，有亲切气氛。天双放心了，心里说，这全羊带得好，它能化解芥蒂，让人不由自主地就亲热，因为食比天大，心再硬，也管不住嘴巴，谁能跟好吃食有仇？

他跟老郑对酌，自自然然地亲亲热热。郑秋兰笑着看着他们，觉得这真好。隗瑞香起初不动筷子，闺女直给她使眼色，提醒她别破坏了眼前之喜。她心里会意，不愿惹闺女不快，就动了筷子。这一动，就觉得那肉味真是香，不就势享受一下，实在可惜了。管它呢，既然老年人拿儿女的事没办法，就扔在脑后吧，还是吃肉要紧。

这样一来，就有了亲情浓厚的气氛，天双便很自然地对郑秋兰说："你明天就跟我回家吧，甭说我离不开你，就连羊也想你了。"

郑秋兰说："我正想跟你说呢，我这次回来，就不打算再回去了。"

天双一愣："你说什么？"

郑秋兰说："我是说，我打算跟你离婚。"

"日子过得好好的，怎么就想起了离婚？难道我对你不好，伤着你了？"

"你对我很好，能给我的好都给了，就是因为好，我才想着离。"

"你这是哪儿的道理？"

"我自己的道理，"郑秋兰平静地笑笑，说道，"我是这样想的，我一不能给你开车倒菜了，二不能给你生孩子了，放在家里就是个摆设。要是个死物也就算了，但我还有喜怒哀乐、吃喝拉撒，还很难伺候，这就成了你的累赘。俗话说得好，长痛不如短痛，如果一直就这样拖累你，时间长了，本来还有的那一份情意，也就变成了怨恨，这多不好。如果咱们现在分开了，你还可以再娶，新媳妇给你生一堆孩子，让你香火繁盛、人丁兴旺，甭说你喜乐，就是我看着，也打心眼儿里高兴，因为我不仅没耽误你，还给了你恩德，就会让你念我一辈子好。"

郑秋兰说着说着，不仅不见忧伤，还越来越得意扬扬，这让天双觉得不可理解："真有你的，把悲伤的事儿还当作喜事儿了。"

他还是不甘心，说："你说得也太简单了，两个大活人，在一起生活了那么多年，什么都习惯了，猛地就分开了，你还不让我空？"

空，是山里的譬喻，意思是空空落落、茫茫然然、凄凄惶惶、惆惆怅怅、冷冷清清。

郑秋兰说："空，从来都是一时的，房子空了，总会再有人住进来；井水空了，总会再有雨水流进来，你有什么不习惯的？你只要有耐心，生人也会变成熟人，不习惯的也会变得习惯。只要生活着，就没有过不去的坎儿，就没有过不下去的日子。"

一个平时看着没心没肺的人，此时却是满嘴的道理，让自认聪明的天双，满脸雾水，断了自己的思维，他纳不过闷儿

来，便不停地摇头："看来，你是铁了心了。"

老郑也看出了女儿的决心，说道："天双啊，我看你说什么也没用了，我也就不帮着你劝了。既然她追你的时候，我们没拦着，她想离开你了，我们也不能拦，这叫善始善终，全由她自己做主。"

隗瑞香插进话来："你这还是做爹的吗？关键的时候也不拿主意。"

老郑瞪了她一眼："你懂什么，这正是做爹的样子。"

翁婿俩好像因此失去了顾忌，便没大没小地推杯换盏，到了最后，都喝多了。

老郑喝得烂醉如泥，被隗瑞香搀去卧房。"你这么大岁数了，还跟他比竞，不要命了？"隗瑞香贴着他的耳朵埋怨道。老郑推了她一把，试图挣脱她的搀扶："别惹我，我心里难受。"

天双也喝多了，但还是能够撑持，他对留在身边的郑秋兰说："你既然铁了心离开我，我也就没有办法了，但是咱们的家产怎么分？"

"你随便。"

"不能随便，因为这牵扯一个男人的尊严，"天双往郑秋兰身边趋乎了一下，"我是说不能委屈了你，因为你既伺候我爹又照顾我妈，比我这做儿子的都孝顺。而且，你一个女的，大冬天还穿着碍手碍脚的大皮裤开车倒菜，苦挣扒曳，到了晚上，还受我的欺负。如果我不怜惜，分手的时候还让你受委屈，那我还是人吗？所以，咱们这么多年攒下来的存款，我一分不留，都给你。"

以为郑秋兰会推让，却听到她说："也成。"

天双嘻嘻一笑："你真成，就一分不给我留？"

郑秋兰也一笑："不是不给你留，是为了让你心里舒服，舍得离开我。"

天双有一肚子话想说，却不知道怎么说，因为郑秋兰那断然的态度，让他无从谈起，就木在那里。郑秋兰说："天色不早了，你就歇吧，明天你还要赶路呢。"

把他安顿到侧房，郑秋兰就立刻转身，回到她未嫁之前的闺房。回娘家的第一天，她进了这个房门就纳闷：怎么这屋子还是原来的那个模样，一点儿都没有改变？老爹老妈是不是就有预感，知道她还会回来住？她忍不住心酸难耐，默默地流泪。回来本身她不痛苦，躺在这熟悉的屋檐下她痛苦，因为这屋子给了她一个失败的证明，这么多年她白过了。

她刚在炕上躺下，就听到屋外有人挠门。"秋兰，是我，天双。"

"有事儿吗，我已经睡下了。"

"一个土炕上睡惯了，难道你就忍心把我一个人撂在一边？"

"既然我已回了娘家，就又是大姑娘了，再让你进门，就说不清楚了。"

无论天双怎么挠门，里边的人就是没动静。他用力推，也推不开，他知道，里边不仅插上了门闩，还上了门挡，表达着坚定的意志，便只好悻悻而归。"这个女人，心真狠。"

郑秋兰躺在土炕上，本以为一定会翻肠倒肚地伤痛一番，没想到身子一挨上被褥，就想睡去。她一下子明白了，原来她不喜欢跟这个男人在土炕上的生活，因为她从来没被唤醒过，也就没有放不下的留恋。老辈子的人总结得真好，金绳银绳不如肉绳，身子不贪恋，心里就不会有缠绵的东西。

第二天一早醒来，女性的本能让她去灶间给天双准备早饭。

早饭做得，她去敲天双的屋门。久也不见人应承，就下意识地推了一下，门自己就开了。天双已经走了，炕上的被褥叠得齐齐整整。她心中一痛，居然泪花进溅，因为在家的时候，天双从来没有叠过被褥，都是理所当然地留给她。没想到，就这么一个小小的细节，居然把整颗心触动了。人啊！

得知天双就这样不声不响地走了，老郑咧一咧嘴："这个男人还真有点儿气性，值得尊重。"

隗瑞香呸了一口："这人一走，咱闺女可就真的单了，你还有心肠在那儿瞎诌，哼。"

老郑说:"尊重是尊重,但是我一点儿也不喜欢他,走就走了。"

"你这是怎么说话儿呢?"隗瑞香弄不明白。

老郑说:"这还不怨他自己,他第一次上咱家里来的时候,你猜他干了什么?刚一进我的粮库,他就往自己的裤腿儿里装大米,我便知道,他不是什么端庄男人,他骨子里自私、任性,没有方寸,咱闺女跟了他,将来不会有好结局。因为这样的男人,既不会心疼女人,也不会正经做人。"

"马后炮,你既然知道,为什么不拦挡?"隗瑞香说。

老郑指一指郑秋兰:"那你得去问你闺女。"

51 我也要跟着改变

没有郑秋兰待在屋里了，天双就没有了归家的急切。

他延长了放羊的时间，直到迎来了暮色。暮色对羊来说是思念羊栏的情感，人没有归意，它们却有回栏的急切，它们簇到他身边，不停地咩叫。白天贪婪青草，晚上窝伏倒嚼，我的主人，怎么，你连这个都不懂？

天双被它们叫烦了，不耐烦地说："知道了，知道了。"

不得不回到家里，一进门，母亲李翠花就嗔怨了一句："你不回家，羊还不归栏？你不能只想着你自己。"

母亲气哼哼地把煨在灶台上的饭菜给他端上桌，放下的声音很重，乒乒乓乓。天双知道，母亲是在怨恨中爱，因为他把她的儿媳妇给混没了，她冷清了一大截子，更感到了衰老的无力。

天双只是笑笑，没脸没皮地承受。他觉得母亲这样做是有道理的，如果她不发泄出来，他这个做儿子的心里就不能妥帖。平复惭愧，必须要有个出口，这就是无条件的忍耐。

母亲做的饭菜很可口，因为能唤起儿时的记忆。他贪婪地吃了几口，却停住了，他突然觉得缺点儿什么。当然是酒。他放眼搜寻，桌上没有，原来放酒的地方也没有，他知道，是母亲给他藏起来了。他嘻嘻一笑："妈，求求你，把酒给我拿上来。"

李翠花瞪了他一眼："你就老老实实地吃饭吧，把媳妇都混没了，你还有脸喝酒？"

天双笑着拱手作揖："正因为把媳妇混没了，才必须喝酒，妈，你就心疼心疼儿子，把酒拿出来吧。"

"心疼"这样的词能戳人的软肋，弄得李翠花心里一酸，都这么大的男人了，还像孩子一样无助："就在你身后的碗柜里，自己去拿。"

酒喝到了嘴里，他欢喜了许多，对李翠花说："妈，还是你做的饭菜好吃，要知道是这样，就不娶媳妇了，费了八大开（那么多）的劲，还落得个鸡飞蛋打，不值。"

李翠花懂得儿子的意思，他不仅走了媳妇，还没了存款，白干一场，便接话道："瞧你这点儿出息，你没的是钱，秋兰她没的是日月，人家跟了你这么多年，给你暖天暖地，让你过美

了，你竟说不值，还有没有良心？"

天双从郑秋兰娘家回来，跟母亲说了他们要离婚的事，李翠花半天不说话，好像她心中有很大的起伏，需要时间平复。后来她到天双的屋里转了一圈，在他设置的祭祖用的几案前站了很久，冷笑了一下："我看了半天，你挂着的家谱上，连你爹的名字都没有。"天双插话说："我还没来得及写上呢。"李翠花说："现在再写已经晚了，因为他已经生气了，不愿再保佑咱们了，那么，秋兰就留不住了。"

天双说："妈，你别弄这个神迷六道好不好，没写上我爹的名字，跟郑秋兰留不住有什么关系？"

李翠花说："怎么没关系？你既然供了祖宗，祖宗就会在你面前显灵，你就再也不能糊弄他们了，就真得讲究传承。你直接的传承是你爹，你却不写你爹的名字，没有你爹的牌位，你往哪儿摆？都摆不下去了，这个家还不衰败？秋兰她要走，肯定是你爹的意思。这么多年，你们两口子打打骂骂，没一天消停，你爹活着的时候，他都看在眼里了，他心疼秋兰，不愿让她再跟着你受罪了，说不定他已经托梦给她了，对她说，闺女，你走吧，别跟那浑小子瞎混了。"

从甫银法师那里得来的根祖意识，让天双摆几案祭祖弄幽玄，祭来祭去，家里人也就都陷入了幽玄的气氛，信了这种似是而非的东西。所以李翠花也反过来用这种东西来训导天双，让他无话可说。

既然母亲这样说，就依她吧，可以减轻她的忧伤。

而且，这两年在自己的身边，发生了这么多很神秘、很怪异的事体，如果不信神鬼，就不好解释了。

这年冬天，李玉屏回家来过年。虽然一个人住在空空荡荡的二层小楼里，很是冷清，但是他没有一丝忧戚之色，每天与村里人相见，都是满面笑容。更让人感到奇怪的是，既然是一个人过年，却置办了很多年货，好像过年的时候，家里会来很多的人。他煮猪头、酱牛肉、焖酥鱼，蒸年糕、蒸馒头、蒸血肠，大量的熟食摆满了整个厅堂，从很远的地方就闻到肉香和年味儿。他大门洞开，二门通敞，只要是有人来，他都要邀人上桌，一起畅饮。他说这是史双兰的意思，一是向乡亲们赔罪，二是报答乡土的养育之恩，她会欢快在众人之中。

来得最多的，自然是天双。他们一个死了老婆，一个跑了老婆，同病相怜。

李玉屏对天双说："过了年我就不走了，就留在村里了。"

天双不信："你别开玩笑，你吃的是官饭，端的是铁饭碗，别人嫉妒还来不及，怎么会说扔就扔？你是不是被老婆阴魂附体了，满嘴的鬼话。"

李玉屏说："不瞒你说，自从她去世，从来就没有给我托过话，因为我对她，生前恩爱，死后敬重，心中无愧，她不会找

兴（纠缠、怨恨）我。"

李玉屏告诉天双，眼下，端个铁饭碗，并没有什么值得炫耀的。饭碗虽然是铁的，但碗里盛得少，横竖那几个死工资，攒不下钱来。现在挣钱的门路那么多，身边到处是发了财的人，不免被触动，心眼儿就活了。"

天双说："你一个人吃饱了，全家不饿，挣那么多钱干什么？端着个现成的饭碗，还旱涝保收，这多自在、多闲逸。"

李玉屏说："俗话说得好，人的名儿，树的影儿，人有实力了，才有大的名声，树长大了，才有大的影子——人不能只为自己活，还要为别人活。怎么为别人活？我是这样想的：我是在咱们村里断了尘根的，在村里人眼里，我好像是个废人；双兰她也是在咱们村里倒腾的假药，在村里人的心目中，她好像是个坏人。这个不好的影子总是拖在我们两口子的身后，真是伤人的自尊。我必须改变它，通过多挣点儿钱积攒些实力，然后给村里做点儿好事，在人心上栽花儿，我俩的名声就香了，祖上的风水就旺了。到时候，谁还好意思说我们是废人、坏人？"

"你还真是有眼力，"天双在佩服的同时也有疑惑，"你的想法是好，但你窝在村里，穷乡僻壤，你从哪儿挣钱？"

李玉屏一笑："就如同再旱的地方也能找到泉眼，再贫穷的地方也能找到钱眼，咱这里就有个大大的钱眼，就看咱们往不往里跳，嘿嘿。"

天双满脸迷惑："那你就直说。"

李玉屏告诉他，村东的那座山，草木之下，就是标准的层积岩，又俗称千层岩，一层青石板压着一层白石板，是开采建筑板材的富矿。这种板材，不仅可以民用，也可以公用，还可以出口，所以，用户很多、用量很大。这座山你别看现在它沉睡着，一旦唤醒，就是一座金山，我们就会发大财。

天双听罢，倏地眼就亮了："你说得不错，那座山上是产石板，咱村里人盖房子，就是到那里去挖，可没想到，它还可以成为一个产业，卖到外边去，发大财。还是你有脑子，心眼儿活泛。"

李玉屏很自得："这就是咱们俩不同的地方。"

天双问李玉屏，怎么去开采那沉睡的石材。李玉屏说，我去申请个石板加工厂的执照，办理好相关的手续，就开业了。至于开采用工，咱们村里有的是富余劳力，他们既懒得出去打工，又不愿意自己琢磨经营的门路，就都给我预备着呢，只要我一招呼，他们就来。你看看，我开办个石板加工厂多有意思，不光是自己发财，也是带领乡亲们共同致富，那么，乡里就会支持，还能享受优惠政策。

天双说："我说你一进了年关，就置办酒肉，开门迎客，原来你早有打算，是在收买人心。"

李玉屏说："你不能把话说得这么俗，因为人心它不是能收买的，我这叫顺应时势，顺应民心。"

天双马上想到，李玉屏开办石板加工厂，自己就给自己弄了个厂长的位置，和他到乡里任职一样，大小还是个官儿，还是支配人的人，他史天双就还是比不上。一想到此，他不免心里发皱，脸色阴了起来，下意识地嘟囔了一句："你怎么总是比我强？"

李玉屏说："我说天双，你想过没有，在外人眼里，你和我都是一样的，都是山里的草民，都不被高看。你知道不知道，他们背后叫我们什么？叫'山耗子'，是个很带有侮辱性的称呼，把我们列入鼠辈。所以，我们之间就别论高低了，要平起平坐，要心齐，一起干出点事儿来，给山里人涨点儿行市。那么，我干好了，就等于你干好了，就等于父老乡亲们干好了，你如果这么一想，你就高兴了，咱这是在为故乡的荣誉而战。"

"山耗子"的称呼天双常常听到，每次听到，他心里都气愤，气愤之后就是悲哀，也忍不住问自己：我们山里人怎么就比山外的人矮半截？李玉屏这么做，既然是为故乡的荣誉而战，能让山里人涨行市，甚至能扬眉吐气，我史天双就不能再有私心了，不仅不能嫉妒，还要支持，还要帮衬。"俗话说得好，谁不扶旗杆扶井绳？为了涨行市，我也跟着你干了。"他说。

李玉屏一愣，说："你跟着我干，那你的那群羊怎么办？你可别意气用事。"

"我会转包出去，"这时的天双已满脸喜气，说道，"我可不是意气用事，而是早有打算。"

问他为什么说早有打算，他说："是羊给了我决心。"

天双解释道——

羊跟着我，它们异常驯顺，一心一意地遵守我的指令，一点儿也不犯羊脾气。它们也体贴我的心情：我的步子走得欢快，它们也走得欢快；我身子一犯懒，仰在阳坡上晒太阳，即便是前边有好草，它们也簇在我身边，就地等；下雨了，我如果不躲进山洞避雨，它们也不怜惜自己，就站在陆地上淋雨……羊们特别仁义，把我当成它们的亲人。这样一来，我对它们就有了很深的感情，不把它们当作牲畜，而是家庭成员。小羊走累了，迈不开步子，我就把它抱在怀里；老羊误食了有毒的草，我就亲手给它喂盐巴，并给它抚弄肚皮，让它排气；母羊要下崽儿了，我会给它辟一块平地，打来干草铺得松软又厚实，让它生得顺利……我与羊，爱在爱中、亲在亲中，相互之间，都充满了柔情。

但是，即便亲得离不开了，到了该卖羊的时候，也得卖。外人把它们牵走，它们一步三回头，眼里充满了泪水，跟我不忍割舍。这就像是生死离别，弄得我心如刀绞。但是，即便是爱到分不开了，到了年关该宰羊的时候，还得宰。这时更

折磨人，因为宰羊的人不是别人，而是我自己。屠宰的案板支上，接血的铝盆放下，羊们就明白了。明白了也不跑，也不叫，它们不忍心主人多费力气，但也依恋生，就待在原地颤抖，在绝望中驯顺。轮到哪只羊了，我只要向它点点头，它自己就走过来。羊眼里虽然满是泪水，却不是幽怨，而是伤心的迷茫。我的刀子便从来不忍心亮在表面，而是藏在袖口里。先是轻轻地抚摸着羊脖子上的绒毛，让它被催眠在温情中，然后再把刀锋暗暗地刺进去。羊也不挣扎，只是隐忍着抽搐，血无声地流，我的心无声地疼痛。以前打猎，是追杀，是意志的较量，即便是活剥皮，我也一点儿不手软，享受的是征服者的快感。而眼下，我的意志就是羊的意志，人和羊浑然一体，是顺从的杀戮，虽然是捅在羊身上，其实是在人的心尖子上下刀，好像我自己生命的一部分也随之而死。我已经告诫自己了，决不能杀生了，因为报应的面目我已经看得很清；但是，我和羊的关系，是命运给下的预设，是不得不的杀。这可怎么是好，在温情中杀，在惜生处死，承受活生生的折磨，岂不是立竿见影的现世报应？杂种操的，老子不干了，要彻底从杀生的命运中逃出来！

天双解释完毕，苦笑了一下，对李玉屏说："你要是让我跟着你干，可不是挣不挣钱、发不发财的事儿，而是在救命。"

李玉屏听罢，说道："这就是山里人的秉性，看起来不管不顾，其实心里是又管又顾，什么什么都在乎。那好，你就跟着我干吧。"

天双很高兴，忍不住又多说了一句："既然你要改变，我也要跟着改变，这样，我们就能同吹一个调，同轧一道辙，并肩而战。这力量大了不说，还能解除寂寞，活得盈满。"

李玉屏点点头："你这个人看起来简单，其实还是很有主见的。"

至于天双具体干什么，李玉屏有他的打算，他说："你做了半天羊倌儿，横竖也是官儿，我不忍心让你在采石场里抡大锤，还是干点儿轻省的活儿吧。"

"羊倌儿算什么官儿，你可别拿我穷开心。"天双说。

李玉屏说："我是想，你放羊遛的是腿，脚底有功夫，跑得快，但采石板靠的是腰劲儿、臂力，恐怕就触到你的短处了。为了扬长避短、量才使用，我给你谋了一个适合你的差事。"

"什么差事？"

"采出的石板要运出去，我得成立运输队，你就当运输队的队长吧。"

"我可不会开车。"

"不会开就学嘛。"

一说到学开车，天双脸红了，嗤嗤地傻笑起来："我连个三蹦子都弄不转，还惹郑秋兰笑话，更甭说开汽车了。"

"开不了三蹦子，未必就不能开汽车，汽车它轱辘多，自己就能站得稳，从明天开始，我就送你去驾校，学。"

天双还是有些发怵，不停地推辞，说他宁可去抢大锤，累死累活谁也不怨。李玉屏急了，说："其实我让你学开车、当运输队长，也不简单是让你轻省，而是出于对你的信任。你想啊，运货、交货，有银钱来往，必须找一个靠得住的人。为什么就单单看上了你，还不是看在郑秋兰的面子上。她跟我家双兰是要好的姐们儿，自然就近乎了你。"

"然而我跟她离了，不过是前妻。"天双插话道。

"前妻也是妻，也为你加分，"李玉屏拍拍天双的肩膀，"这里还有个原因，跑运输要走南闯北，就会大开眼界，认识不少人，就增强了你的社交能力。你不能一辈子都窝在山里，也不能总是捆绑在我的身上，到时候你得自己往外闯，有自己的营生，所以，我必须给你创造机会，让你翅膀长硬了。"

"你凭什么对我这么好？"

"一是你有文化，二是你有模样。咱村里，就数你长得俊，个高，腰直，唇红齿白，眉清目秀，不好好利用一下，实在可惜了。"

被另一个男人夸赞英俊，天双有些难为情，嘿嘿地笑着，不知说什么才好。

"还有一点，当时村里人议论我的时候，就你话少，没往里掺和，所以我觉得你这个人像个男人，厚道。"李玉屏往前近了近，贴着天双的耳朵，小声地说道。

这最后的补充，可让天双有些难以承受，因为眼前这个男人，对自己这么体贴、赞美和敬重，但他却跟人家的老婆不明不白地有过一腿，不免生出惭愧。

看来，人在做，天在看，总会不期而然地给你一个提示，让你知羞知耻，不能忘乎所以。而且也总会用一种人性的方式，给你一个适当的惩罚，让你不时地回头想一想，吸取教训，努力往正里走。

"玉屏，你放心，我一定会干出个样子来，不叫你失望。"

天双第一次这么称呼李玉屏，连他自己都觉得，这种亲热来得这么突然，很不真实，甚至还有点儿巴结的味道。

52 怦然心动

李玉屏的石板加工厂办得真是恰逢其时，一办起来，就不愁销路，远近都纷纷订货，他的运输队便马不停蹄，天天都跑在公路上。

即便是有这么大的运输量，天双也不嫌累，好像人的懒筋一旦被抻开了，自己就往外伸张，所以他每天都有不由自主的亢奋，驾驶室外的一切，在他看来，都是美丽的风景。

他不仅学会了开车，而且还学会了修理，半路上但凡车子抛锚，他很快就能找到毛病所在，不慌不忙地一阵拾掇，车子照开不误。以为自己这辈子只能在山路上蹦跶了，没想到还能在大马路上欢畅。起初他还感激李玉屏，到了后来，他觉得谁也不用感激，要感激就感激命运，因为他的命运终究有这样的预设，不过是来得晚了一些而已。

他开始乐天知命，知道了珍惜，珍惜的背后，就是自觉的进取。虽然是队长，却争着跑远途。他对李玉屏说："所谓队长，就是带着干活儿的，一如我当羊倌儿，光用鞭子赶不成，得到前边去，带着它们走。时间一长，羊就不好意思掉队了。"

李玉屏说："只要你乐意，随你。"

他这一乐意，就天赐厚福。

那一次，他到唐山去送板材，就遇到了后来的媳妇吴敏兰。

吴敏兰是唐山地震的孤儿，一直就寄居在做石材生意的叔父家里。叔父有私心，觉得对侄女的养育，虽然出自亲情，但是也有不得不的味道，有额外的负担。因此，虽然年龄不小了，也不催促她出嫁，因为她是不取酬的长工，是决不能轻易放过的。

那天卸完车上的板材，他留天双吃饭，拾掇饭炊的人，就是吴敏兰。

天双坐在当院里歇凉、喝茶、抽烟。他烟抽得很凶，眼前一片烟雾缭绕，整个头都被湮没了。以前他只是断断续续地抽，对烟没瘾，自从他当了司机，烟就抽得勤了，因为他觉得烟和司机有天然的联系，抽烟可以安神、解乏、提精神，再开起车来，便又快又稳。

朦胧中他听到一个细柔的声音："大哥，我劝您少抽点儿，对身体不好。”

这个声音真是好听，能穿透厚厚的胸肋，直抵迟钝的心肝，天双的心颤了一下。循着声音望过去，就看到了一个姑娘朝他笑着点点头，脸一红，扭身就走了。好像凭空就对一个外人关心，还送上这么不隔心的规劝，她不免羞涩。就留给他一个好看的背影。她个子不高，但身段柔韧，走起路来一扭一扭的。她的脑袋很秀气，头发很浓密，梳了两条齐臀的大辫子。他觉得这个背影很熟悉，忍不住去搜寻记忆，便想到了上中学时，坐在他前桌的那个女同学。他心中一惊，情不自禁地站了起来，跟了过去。

那个姑娘走到院子一角的压水机旁，压水洗菜。他上眼一看，她的脸蛋儿像豆腐一样嫩白，且白里透红，健康而纯洁。这也跟那个女同学极其相仿，便让他心里乱了一下。姑娘压出水来，没有立即洗菜，而是先冲洗穿着拖鞋的脚。真是要命，她的脚小巧、秀美、白，又一如记忆中那个女同学的脚，他便心中大惊，痴痴地看着。看得久了，他觉得这双脚不仅重叠着那个女同学的脚，还重叠着那只雪狐的小蹄子，便美得抓心，不是一般的人间之美，而是惑乱情志的狐媚，于是他心中大乱。

奇怪的是，那个姑娘被久久地凝视，也不着恼，而是嫣然一笑：“有什么可看的，不就是一双脚嘛。”

声音轻柔，无一丝杂质，倒让天双抹不开面子，觉得自己很不正经："嘿嘿，不过是随便看看。"

可不是随便看看，因为吃饭的时候，天双的眼睛总是盯在姑娘的身上，有些恬不知耻。更奇怪的是，那个姑娘不仅任由他看，而且就大大方方地站在他的身边，殷勤地布菜、殷勤地满酒（那时还没有严查酒驾），好像跟他是老熟人了，理所应当地送上关心和照拂。

这一切，都被她的叔父看在眼里，他偷偷地摇头，偷偷地笑，意味深长。

临走的时候，他对天双说："你下周再给我送一车货来。"

天双说："好。"

下周再送货来，又重演了这番光景，一切都是那么自自然然，天双对这个叔父和那个姑娘，在情感上有了温厚的东西。

临走时，叔父又对天双说："你下周再给我送一车货来。"

天双说："我刚才在你的库房里转了一圈，看到你的板材还没有出手，就不要囤积了，小心你卖不出去，砸在手里。"

叔父有些不悦："卖得出去卖不出去是我的事儿，送不送货是你的事儿，你管那么多干什么？"

"我不是把你当作家里人看嘛。"天双说。

"你这话我爱听。"叔父说。

"既然是家里人，你就尽管送嘛。"那个姑娘插话道。

"既然敏兰发话了，那我就送。"天双应承道。

车走上归途，天双心如脱兔，怦怦地跳个不停。哼，你以为我不想送？我恨不得天天送，我不过是试试你的心计，看接下来我能不能采取行动。这个吴敏兰，怎么看怎么像我曾经稀罕的那个女同学。那个女同学我没能弄到手，就留下了遗憾；你吴敏兰正好是她的替身，我无论如何也要把你弄到手，因为过了这个村就没这个店儿，决不能再留下遗憾了。嘿嘿，再说了，精致的脑袋，托屁股的大辫子，小巧、秀气、好看得要死的脚，都是狐狸一样迷乱人心的东西！我一直就认为，娶媳妇就要娶小狐狸一样的女人，即便是被祸害死了，也心甘情愿。为什么？我已经扒过狐狸的皮了，这一回，怎么也要让狐狸来扒扒我的皮，这多显得公平。等有一天到了冥府，与那只雪狐相见，我们两不该欠，就会心平气和地击掌对酌，就不会把这辈子的恩怨留给隔辈人了。

待板材再一次运进唐山，再次坐定在那张饭桌上，还没等喝酒，天双的脸就红了，对吴敏兰的叔父说："大哥，趁我还清醒，我想跟你说句话。"

叔父一笑："说。"

"嘿嘿，我想娶敏兰做媳妇。"

"嘿嘿，你每次来，见到我家敏兰就直目瞪眼的，我就知道你没憋着好屁，"叔父指了指吴敏兰，"不过，我同意没用，你得问她。"

"我当然同意。"声音虽然轻柔，但却足以震动心扉。

天双被震动得站了起来："你一定想好了，我可是离过婚的。"

吴敏兰攀上他的双肩，把他摁在座位上："离过婚的怎么了？离过婚的男人，熄了火气，平了浮躁，就不会轻易对别的女人动心思，就会踏踏实实地跟自己的媳妇过日子，而且还懂得疼人。"

说这么正经的话题，应该用掷地有声的音调，可吴敏兰的声音却依然那么轻柔，既真切又温暖，天双被大大地感动，顺势就搂住了她的腰窝，让她挨着自己坐下。

她居然就驯顺地坐下，和天双一道，满怀期待地望着她的叔父。

叔父摇头一笑："你们都这样了，我还有什么话可说，就喝酒吧。"

这疑似天赐，天双激动得站了起来，要给叔父满酒。吴敏兰拦住了他："这是女人的事儿，还是让我来吧。"

媳妇还没进门儿，就有了媳妇的样子，天双预感到，他的幸福生活真的来了。"您是长辈，我今天要好好敬您几杯。"他对叔父说。

两个人开怀畅饮，好像这是他们共同的期待。

酒到酣处，叔父的一番话，果然给予了明确的验证——

　　"俗话说，女大不能留，留来留去留成仇。敏兰都这么大了，都三十出头了，即便是跟着父母也不能留了，还甭说我是他叔叔。再说了，也不能留了。为什么？你看我家敏兰长得可有多好看，白俊脸儿、长辫子儿、小细腰儿、大臀子儿，只要男人一上眼，就看得两眼发直，直流口水。她人还贤惠，知情达理、善解人意，说话总是轻声细语，只要男人上耳一听，就酥得心里直痒痒。这可不是什么好事儿——每个见到她的男人，不管是已婚未婚，还是年老年少，都动心、都打她的主意。俗话说，不怕贼偷，就怕贼惦记，这男女的事儿，你防不胜防，即便是加着十二分小心防范着，也有错眼珠的时候。只要你稍不留神，兴许她就被糟蹋了。这可怎么是好，你让我怎么对得起死去的哥哥嫂子，又怎么对得起她本人？她在我身边，虽然能帮我很大忙，但她是个危险品，是一把火，是一颗定时炸弹，让我整天提心吊胆。所以我一直就留心着下家儿，遇到合适的主儿，就赶紧把她送出去。合该就遇到了你，你人长得不错，又是单身，还干着来钱的营生，更重要的是，你从里到外都稀罕她，这他妈的就妥了！兄弟，我就把她托付给你了，好待赖待就全由你了。说句不好听的话，她没砸在我手里，我就烧高香了。你是我的救命恩人，所以，让我把酒给你满上，我得敬你。"

什么白俊脸儿、长辫子儿、小细腰儿、大臀子儿，他一嘴唐山腔调，在正常叙述中，还有戏谑，还有酸音儿，好像说的不是自己的侄女，而是旁的女人。话说得也直白，像是急切地处理危险品。即便是这样，吴敏兰也不伤心，一直就抿嘴笑。天双想，她遭过天灾，很小就成了孤儿，经历过的悲痛就太沉重，痛苦的记忆就太久远，心中便早已起了厚厚的茧子，一切便都可以笑着面对了。所以，他觉得自己捡了一个大便宜，因为这个女子已有了驯顺的习惯，有了从里到外的温柔。

　　这个叔父居然把自己当作了兄弟，所以天双就少了顾忌，与他纵情畅饮。以至于叔父都出来阻拦："敏兰，你怎么不拦着他，他喝多了还怎么开车？他现在可是你的男人了。"

　　吴敏兰一笑："他高兴喝就喝呗，大不了就住在咱们家里。"

　　天双真的把自己喝多了，被吴敏兰架着进了卧房。进去就不出来，叔父推开门对她说："吴敏兰，你出来。"

　　自己被叫了大号，吴敏兰知道叔父生气了，小心地问："叔，什么事儿？"

　　叔父说："你进去就不出来，怎么，你还打算跟他住在一起是不？"

　　"他喝多了，得有人伺候。"

　　"喝得再多，你也不能留在他屋里，我把你养大成人，就是你爹了，你得给你爹留点儿面子。"

看到吴敏兰有些犹豫，叔父把她拽出门来："你一定要听话，等他八抬大轿、明媒正娶的那一天，你再跟他睡在一起，不然的话，他会把你当成贱货，不敬重、不珍惜。"

虽然是醉着，虽然是门缝外的讲话，但是，床上的天双也听真切了。他翻了一下身，呜哝道："大哥，你就放心吧，我一定会好好待她，至死也不会让她受一点儿委屈。"

53 好日子过得昏天黑地

这样的女子娶到家门，果然好合。

吴敏兰，名字之中有个"敏"字，不免就有了暗示作用——敏，一如悯，她知冷知热，很悯惜男人的辛苦，变着花样给丈夫侍弄吃喝。不管天双归来得多晚，她都耐心地等，且待男人拿起了饭筷，就适时地斟上一杯酒。天双感到很甜美，恨不得马上就到土炕上去，爱她到肉里。

待爱到土炕上时，无论天双怎么覆盖怎么鼓弄，吴敏兰都依，都怜，都宠，他欢快得像个孩子，叫她小母亲。外人问吴敏兰怎么好，天双羞然一笑，说，她很女人。

为什么很女人？

吴敏兰不仅喜欢天双上她的身子，她也喜欢上天双的身子；而且，天双主动的时候，她毫不忸怩地就配合，待天双懈怠的时候，她竟主动匝上去："这么好的光景，怎么能让它闲着？赶紧干活儿，我想早一点儿抱上孩子。"

记得他们结婚的那一天，闹洞房的人竟早早地就走了，这让天双嗒然。他从唐山那么远的地方，娶回来这么扎眼的一个大美人儿，亮了巴掌峁的半壁山峦，不仅是我史天双的荣耀，也是整个村子的荣耀，但村里人好像很不稀罕，连个洞房都不愿意闹，草草地就回家睡觉，真是的。

这可怨不得父老乡亲们。乡风淳朴，他们想念那个给村里倒菜的郑秋兰。郑秋兰有什么错，不就是胖点儿、丑点儿吗？但是她多实在、多仁义、多能干，你史天双看不上她，但我们却把她当村里的宝贝。你却生生就跟人家离了，喊，不厚道。也是因为吴敏兰长得太标致，让乡亲们更觉得天双不厚道，推测他早就有二心，就预谋着离了丑的，再娶来美的，实在是没劲。他们心中愤然，喊，你娶得再美，也不过是二婚，二婚就掉价儿了，不值得我们给你闹洞房。

婚庆本来应该是热闹的，却猝然就冷清了，天双快快不快。

但是，他一回到洞房，一具温软的肉体就毫不商量地塞进他的怀里，吴敏兰紧紧地匝住他，在他的耳边细声说道："洞房花烛夜，是我们自己的闹热，不牵扯父老乡亲们，你快去洗洗，你媳妇等不及了。"

这温软的声音，不仅驱赶了他的不快，还顿然在他心中点着了一把火，他陡然热了起来。他仓皇地洗了几把身子，速速地回转。

　　土炕上的吴敏兰居然就那么裸坐着，且眼神灼灼，朝着他乜乜地笑。天双一下子愣住了，多么令人惊心动魄的肉身啊！吴敏兰在抚摸和吸吮中被触动了，一边扭动着身子，一边呻吟。"你是不是很愿意？"天双问。吴敏兰撇一撇嘴："不许说话。"不想让男人得意，她自己却再也难以承受。"我的亲人，你还愣着什么，赶紧把衣服脱去吧，我现在就想把自己给你。"明明是你自己想要，却变成对男人的驯顺，天双觉得她真是个好女人，就像听话的山羊，明明主人袖口里藏着刀子也引身就屠，心甘情愿地死在爱中。天双顿生怜惜，我可不让你死得那么快，我得好好享受温存。见天双不动作，女人一把就薅住了他的衣襟，温柔中隐藏着决绝，把衣襟上的扣子都薅掉了。男人马上想到，不能再迟疑了，再迟疑就等于戏弄，戏弄就等于残忍。于是他猛地把女人掀翻在土炕上，呼啸着向圣地朝拜。朝拜得过于激烈，女人的身子不停地抽缩、颤抖。这强化了男人的骄傲，他越来越纵情。到了一个时刻，他大叫一声，在喷涌中飞升；飞升到一个高度，他跌落下来，伏在女人的胸前，感到刚才的膨大正迅速地抽缩，缩小到像一个无力的婴儿，他唔哝道："敏兰，我的小母亲唉。"女人轻轻地抚摸着他的后背：

"别瞎叫，我只是你的媳妇。"

平静下来之后，吴敏兰说："都说做人家的媳妇好，我怎么这么疼。"

天双低头一看，见她身下的褥单上一片血迹。他便明白了，她虽然经过了三十几年的磕碰，却依然保留了一个毫无纰漏的女儿身。这可不是一件简单的事，它的背后，是纯洁的本性和自觉的坚守——是女德自身的力量。于是，他心中热流涌动，把她紧紧地拥进怀里。"既然疼，你为什么不言语？"吴敏兰轻轻地抓弄着他浓密的胸毛，说："疼也不能言语，一旦让你分神，你就不快乐了。"这是怎么样的媳妇，在疼痛中体贴，眼里只有亲爱的男人，而唯独没有她自己。这样的女人不是小母亲又是什么？他必须全身心地爱她，决不能让她受一点儿委屈。

奇怪地，他自己心中却突然有了一点儿委屈。因为他想到了郑秋兰。郑秋兰在新婚之夜，也是身子见了红的。但是，那是算计好了的预谋，还早早地备下了白色的毛巾。即便是新婚的亲热，也没有热烈的反应。一旦事毕，她的第一个动作，竟是看她身下的毛巾，见毛巾滴上了零零落落的血迹，她马上一笑："我终于被你捅漏了。"这样的时刻，她居然能这么粗俗，在他的眼里，她可真丑。记得当时他冷冷地看一眼毛巾，是轻蔑的眼神——一条滴上血的毛巾，它能说明什么？但回门的时候，郑秋兰把毛巾随身带着，当着他的面，兴冲冲地拿给她母亲看。她母亲很高兴，对他说："我说姑爷，你得好好跟我闺女过日子。"这是什么？这是要挟、是捆绑。

他当时也有这个感觉，觉得在天经地义的美好中，掺进了别有用心，很让人不舒服，疑是闷拳打出暗伤。但他马上就安慰自己，这有什么关系？不过是小门小户人家本能的一点儿小小心计，不必在这点儿小事上嘀咕。虽然他的想法也是出于真诚，之后也真的没有放在心上，但眼下有了吴敏兰的比照，就让没有伤疤的暗伤成了有伤疤的明伤，他有些嘀咕了。嘀咕了一阵子，他摇摇头，笑了。因为这事，反倒减轻了他残留的对郑秋兰的歉疚，他觉得应该把她彻底放下，一心一意、死心塌地爱吴敏兰。

这时，蛰伏在他怀里的吴敏兰却动了。她开始对他进行抚摸，从前胸到小腹，从小腹到那个已经疲惫了的根器。她抚摸得轻柔而又坚决，不放过每一寸皮肤。天双就又血脉偾张，骄傲地挺举。他刚要翻身而起，吴敏兰微笑着把他按住："你已经累了，就尽管躺着，别伤了元气。"所谓别伤了元气，是她主动匝在他的身上，自己摇摆着拨弄，不让男人再卖力气。她这个上位的动作，对男人是更大的刺激，他便挺举得更加阳刚、更加坚硬，有刺破青天的力量。在一个时刻，天果然被刺破了，只见她猛地向上挺了一下身子，大喊一声："天啊，我来

了!"之后，像受了天大的委屈似的，狠狠地咬男人的耳垂、肩胛。这特别的疼痛，点燃了男人快感的引信，他也喷射了，二人就缠绕在一起，在土炕上翻滚。

天双心里说，这才是真正的快活，有男欢，也有女爱，应了老辈人说的话：好夫妻都是欢喜冤家，颠鸾倒凤、琴瑟相和。

这种情景，成了土炕上的常态，他们很黏缀，一点也不感到羞耻。一到了晚上，他们就急切地寻找对方，迫不及待地翻滚到土炕上去，好像他们来日无多，耽误不得。

一天，他们快活完了，可是吴敏兰还是紧紧地勾着天双的脖子，好像他马上就会逃走一样。天双说："敏兰，你能不能松开我，我热。"吴敏兰说："我也热，但就是不想松开，因为我的感觉很怪：明明是热，我却感到冷；明明就抱在一起，我却感到抱得还不够牢。"其实，天双也有这种感觉，便任由她勾住自己。吴敏兰在他的颈窝里吻个不停。那细微的吻音，啧啧地，像夜间的一只红毛老鼠，正得意地忘情地啃噬仓板下一穗籽粒丰实的玉米。吴敏兰的牙齿沁凉如冰，舌尖却灼灼如火，因为天双感受到了一种被灼伤的感觉。他颈上的皮肤，像被她一片一片地撕卷下来。很想躲开自己的颈项，但看到吴敏兰是那么的投入，毫无一丝商量的余地，他便既痛痒又甜蜜地承受着。籽粒饱满的玉米，怎会拒绝红毛小鼠的啃噬呢？被啃噬是一种幸福，是一种被依赖的确证。

吴敏兰终于啃噬饱了，吁吁地喘着粗气，突然很庄严很圣洁地仰起那颗毛茸茸的好看的鼠般的小脑袋（大辫子散开之后，脑袋就有理由小，就有理由毛茸茸。这是天双当时的感觉，他后来回味时，笑了，对自己说，老鼠的脑袋哪里有那么可爱，那分明是雪狐的脑袋，往死里媚你！），说："我要给你生个孩子。"

　　他被她的庄严圣洁吓了一跳："为什么非要给我生个孩子呢？"

　　"因为我爱你，爱你爱得没办法，只想跳崖、投井，用自己的大辫子把自己勒死。"

　　这可使不得，所以天双毫不犹豫地说："生，干吗不生？"

　　痛快地回答之后，天双的心忍不住皱了一下，因为他想到了郑秋兰。他和郑秋兰倒是生了，却生出来一个三片嘴，那么，自己和吴敏兰会不会也那样令人扫兴呢？他很快就摇了摇头，肯定不会的，因为他和郑秋兰鼓捣生的时候，他血热，她血冷，血液流不到一起。而他和吴敏兰就不一样了，他血热，她的血也热，都沸腾着流向对方，是奋不顾身的融合，在血气盈满之下，肯定是健全的孕育，一如幸福和快乐本身。

　　于是，有了吴敏兰，天双就不像原来那样不管不顾地做生意了。虽然去远处可以有高收入，但他也不再争着跑长途，而是找理由拉一天能往返的近途。李玉屏说，你可是车队队长，

应该有最起码的觉悟，不能明显地搞求近舍远。天双说，如果当个队长让人说闲话，我干脆就不当了。李玉屏说，我让你当这个队长也是从感情上考虑的，是想让你多挣点儿钱，这你也是知道的。天双说，我当然知道，但是，我现在娶媳妇了，而她又是大老远地嫁到咱这里，人生地不熟的，我是她唯一的依靠，所以尽可能少出远门，尽可能早回家，别让她孤单凄惶。李玉屏说，完了完了，你史天双又被女人拿住了，你怎么这么没出息？天双说道，我这个人就是这么没出息，没办法。这之后，无论李玉屏怎么刺激他，他就是不辩驳，只是含笑不语。

但是，他心中的意志是明确的：他不愿再为了多挣钱，而冷落了爱情。在他眼里，钱与恩爱，前者是轻的，为了恩爱，他必须进入夫妻相守、知足常乐的境界。人们常说，多挣钱没错，但是必须明白为什么挣钱。多挣钱为了什么？是为了过好日子，既然好日子就在眼前，抓紧了过就是了，干吗还盯紧了钱？他对自己说，哼，我史天双再不精明，但最起码的账还是会算的，我可不愿做那种为了多余的钱而耽误了过好日子的傻事。喊，李玉屏，你爱怎么想就怎么想、爱怎么说就怎么说吧，我已经找到了我自己。

既然无法说动，李玉屏也就听之任之了。他知道，爱能识人，不用言传——人一旦动了真情，世俗的道理就不起作用了——爱情治人不用刀，爱情拴人不用锁。

54 突遭变故

真是天遂人愿，吴敏兰果然给天双生了一个健全的女崽。

这是天大的喜事，疑似铁树开花，绝处逢生，所以天双给孩子取名叫檀。檀是京西名贵树木，且有淡香。因为孩子生下来，不仅健全，而且全身散发着淡淡的香味，是香魂玉女，且贵且香，喜上加喜。

这可让天双稀罕得不得了，他一下子有了寄情于娇儿绕膝的兴致，常用短髭贴檀的嫩脸，惹檀且笑且咻。净洁的庭院里，葫芦花开得当时，粉蛾也游弋得多情，而立于此间的人，天双英俊，敏兰端秀，檀娇艳，如花美眷，只天庭方有。所以，一家人泛滥着幸福，整天笑语连绵，以至于天双的母亲李翠花，见到了此番情景，也不禁连连咋舌，虽是家中长辈，本该美在其中有不嫉之心，居然也生出一丝妒意。"瞧把他们美的，还让不让别人活？"是因为，小家庭的盈满，更让她感到自己的残缺，加重了她的寂寞。

檀渐渐地长大，竟出落得一天比一天秀美，美的韵味，居然有吴敏兰的影子。这让天双更是得意，因为从女儿身上，能想象到媳妇童年的光景，陪伴女儿长大，好像也见证了吴敏兰发育的过程，疑似经历一次青梅竹马。所以，虽然村里有重男轻女的传统，但天双却把檀视为掌上明珠，又娇又宠，父女相见，又打又闹，没大没小。天双高兴得没办法，不仅亲女儿的脸，也亲她的嘴，说："我的小亲亲，你可别让你爸爸生气。"檀任由他亲，然后坐在他的膝盖上，勾过他的脖子："不成，也得让我亲亲你，因为你是我的男人。"

李翠花见状，在背地里提醒他："她可是你闺女，你得顾忌点儿纲常。"天双说："纲常它管不了一家人亲热，因为幸福它不讲道理，怎么亲热怎么来。"李翠花说："我怎么看这孩子比别人家的熟得老绷（早熟），小小的年纪就有妇人的做派，像一只母狐狸，能迷惑人。"天双一笑："她妈就是一只狐狸，她能不是狐狸？不过你的话说得也太不客气，她妈才是母狐狸，她无非就是一只可爱的小狐狸，天真无邪。"

在天双的眼里，"狐狸"一词，并非贬义，而是妩媚、可爱的意思，所以他喜欢。而且，母女俩都像狐狸一样，合起来让他迷醉，他很受用，是大福。

李翠花说："我是在提醒你，作为男人，不能太恋家，那样会失去馕劲儿（刚性），再遇到风吹雨打，就承受不住了。"

天双说："日子过得这么好，哪里还会有风吹雨打，你不能平地起咒，你还是不是我妈？"

知道天双在热日子里听不得冷话，李翠花扭扭地走了。

檀不仅美，还聪明，上小学的时候，学习成绩总是拿班级第一。村里有传统，女孩子一般上完小学就自动辍学了，而她坚决地到村外去上中学。到了中学，她也上进，名列前茅，大有前途。

村里人说，家兴三代才是旺。那么，好光景、好运气、好日子，必须有人传下来，才是让人信服的证明。虽然檀天资聪颖，有传人模样，但她是个女子，传来传去，会传到外姓人家，就断了根脉了。于是，天双迫切地想要个儿子。吴敏兰虽身段高挑，但体质是弱的，怀孕之后，整个人都"锈"了。到医院胎检，医生也说，孕妇患贫血，产龄也大了，有高危风险，你们要慎重。一如阳光普照不虑屋漏，志得意满不察逆旅，天双觉得自己的日子如花似锦、顺风顺水，生活给他预备的皆是幸运，便一笑而过，不以为然。

不幸，像赴一个邀约，果然来了。吴敏兰难产，继之大出血，无论如何抢救，终是回天无力，母和子一同去了。临走前，吴敏兰抓住天双的手，纸白的脸上，露出一丝歉疚的笑，说："她爸，对不起，我不能陪你了。"

吴敏兰的手就在他的相握中渐渐变冷，终至滑出他的手心，天双知道，他幸福的一切，就再也抓不回来了。他整个人都麻木了，虽然没有轰然倒下，但意识昏蒙，身体只是机械地移动，像具行尸走肉。由于是先殁于本夫，依京西规矩，不能归入正坟，又怕她受委屈，便把她葬在东山的最高处，既能望到远处，兴许还能见到老家唐山的烟筒。为寄怀尊重，还从著名的汉白玉产地南尚乐挑选了一块上好的石材，给她立了一块大大的墓碑。即便是这样，天双也感到对不起她，觉得乡俗可恨，凭空让她孤单。天双也明白，即便是不尊老理，硬把吴敏兰埋入祖坟，也毫无意义。因为在阴间，父亲甫银是最直接的护佑者，但吴敏兰是他死后方嫁入族门的，他们之间不曾相识，所以，即便是地下相遇，也形同路人。而没有他的相认、引荐和带领，祖上的魂灵更与她无缘。想到吴敏兰生前团圆，死后孤单，天双百感交集，抱着墓碑，大哭三日，形貌为之改观，不见俊美模样，一如落草的野人。

接下来的时日，他不思茶饭，只饮酒。酒后絮语吴敏兰之好，说："不如也死鸡巴的算了，省得活活地受熬煎。"因为只有夫妻双亡，才能并骨，才可迁入祖坟，有他相伴，才能得到祖先的照应，如果被照应，他与敏兰还是一样的好合。

李翠花说："你得挺起腰杆来，你不怜惜我，也不怜惜檀？"

天双病恹恹地说："那好吧。"

但是天双再也无心出门，向李玉屏请辞。李玉屏痛惜不已，说："你真不像个男人，吴敏兰不过是个小小的女人，家庭的前景才是江山，才是大。这你得学我，史双兰她去了，我不照样开了石材加工厂？！"天双说："我跟你不同，我跟敏兰爱得跟一个人似的，即便是紧紧地抱着也嫌抱得不紧；而你和史双兰是隔着山打招呼，应就应了，不应也不恼，还能各走各的路。所以我跟你的感觉也不同：你是在不圆满处找兴（寻求）圆满，而我是在圆满处生生残缺，就有了属于自己的想法——家境再富裕，如果没有圆满的人，也是穷的，既然我已经穷了，就不怕再穷了，干不干都一样了。"

李玉屏说："然而你闺女檀怕穷，你老妈怕穷。"

天双苦笑一下，说："檀她不怕穷，她那么聪明，可以自寻活路。我老妈她也不怕穷，我手中这点积蓄，凑合着还够她养老，她吃穿用度那么俭省，用不着发愁。至于送终，我再没钱，可你李玉屏是个讲仁义的人，不会眼睁睁地看着她停尸冷屋，一定会出手相助，嘿嘿。"

"你这是情感绑架，"李玉屏摇摇头，"好，谁让我跟你哥们儿一场呢，我就认倒霉，帮你为老妈送终。但是，你闺女可是无辜的，即便她不怕穷，作为父亲，你多少也应该尽一点儿本分，把她培养成人，等她能自立了，才可以自寻活路。所以，你还是出来干点事儿，挣点儿钱，给她预备着。"

"你不要劝我了，我已铁了心了，"天双又嘿嘿一笑，"我相信，到我的钱财用尽的时候，檀就能靠她自己了。你想想，这人一旦光了脚，脚它自己就会去找鞋穿。"

李玉屏认为天双满嘴胡话，是魔怔了，无奈之下，只好听之任之。

待檀考学离家之后，天双的庭院里，就再也不见炊烟了。他向隅呆坐，终日只泡两碗方便面。李翠花请他到自己的屋里吃饭，他坚定地推辞："妈，我都不伺候你饭食，反而叨扰你，我还是人吗？你就给我留点儿面子吧。"到了冬天，他也不生炉火，冰天寒地，直挺挺地躺在床上，不忌生冷。对老妈的规劝，他只是凄然一笑，说："你到底不是我，只有冷在冷处，我才能感觉到我。"

天双也不收拾颜面，胡须凌乱，指甲脏长。檀每次回家，都要坐在父亲的腿上，给他刮刮胡子、剪剪指甲。他听之任之，面带微笑，像在吴敏兰面前那样乖巧。他对檀说，都是爸害了你妈，在好日子面前不知道节制，心里太贪，等醒悟过来，已为时过晚。檀说，然而妈也是贪的，她想让爸过得更好。

父女俩有共同的思念，同病相怜，便爱得很深，只要相见，便相拥而泣，互问寒暖。李翠花窥得，心酸难耐，怨老天昏蒙。看来，儿子之所以还能继续自己的日子，全因为檀还有淡香，还有最后的一点点滋润。老人家向空蒙中讲话："老头子，咱俩造了什么孽，让身后人这么倒霉、这么凄惨？我也不想活了，你要是同意，就什么也不说，你要是不同意，你就吹口气来。"

本来站着的地方平静和暖，此时却突然就平地起旋，刮起一阵冷风，让她睁不开眼睛。"得得，就听你的，我就死皮赖脸地活着吧。"

天双虽然吃得少，但每天都要三顿酒，而且喝的是塑料桶散装的劣质酒，每顿都要喝得神智凄迷，迷迷糊糊地睡去。

节日相聚，李玉屏对他说："我也不劝你戒酒，只是想劝你喝就喝点儿好酒，年龄也不小了，身体要紧。"

他说："好酒，赖酒，在我这里都是一样的，不过是在恍惚中，见一见敏兰而已。"

除夕之夜，悲悯天双的心境，李玉屏招来几个要好的村人，跟天双聚在一起。大杯小盏，纵情畅饮，说见闻，话友情，共论家乡兴旺。天双也陶醉其中，一如霜梅开出艳花就扎眼，他的笑便格外引人注目。大家顿生宽慰之情，认为那个俊美的天双，又回来了。

但就在大家酒酣情浓时刻，却独不见了天双的身影。欲分头去寻找，李翠花说："不用找了，他肯定是去坟地了，会他的亡人去了。"

大家找去，见天双果然就坐在吴敏兰的坟前，一张一张烧纸钱，且嘴里念着，泪水流着，令人心中起皱。大家怕惊动他

朦胧中的团圆，就静静地在远处窥着。但是，纸烧过，人也不归，躺在坟前的山石上，索性睡下了。夜深风寒，山石阴冷，都说把他劝回来，李翠花说："依他吧，他有他的团圆。"

以为年关增想念，依就依吧，李翠花却说："不是的，他每天都这样——上半夜还睡在床上，到了子时，就去烧纸，然后就躺在那块石头上，一直到鸡叫，魂灵不得不回去的时候，他才蔫头耷脑地起身、不情不愿地回家。"

李翠花说完，竟嘿嘿地笑起来，好像她的叙事，是别人有趣的传奇，与自己无干的，大家便将惊异写在脸上。李翠花瞥见，说："你们也别纳罕，我被他弄得也呆木了，都不会哭了。"

天双的行径，搞得大家也惊恐无眠，均唏嘘不止，顿感生活沉重。

一天，天双像游魂一样悄悄来到李玉屏身边。李玉屏当时正在低头算流水，猛一抬头，看到了野人一样的天双，吓了一跳："你？"天双凄然一笑："你心中有什么亏心事儿，这么一惊一乍？"李玉屏说："我屋里正有一块镜子，你去照一照，就你这个模样，再刚硬的人也会被你吓破了胆儿。你既然满身晦气，就不要到处走，你也体谅体谅别人。""我就是因为体谅你，才来找你，"天双抹了抹脸上的乱髭，"我虽然不跟你干了，但是我觉得，我对你是有责任的，便想单独跟你谈一谈。"李玉屏一愣："你还真的挺新鲜的，自己都顾不过命来了，还有心思管别人的事，有话你就说。"天双说道——

李玉屏，你究竟是跟我不一样的。小时候你就很用功读书，别人见了就眼气，就欺负你，现在也如是。你现在事业有成，名气大了，但未必人人都服气，都敬重，所以你千万要自知、要节制、要低调，别太看重自己。一如爬上房顶，千万别推倒梯子，上去了，得想着怎么下来，得给自己留着后路——不然，你只能硬着头皮往下跳，虽然未必会摔死，但至少会摔断腿。听说你现在要把二层小楼拆了翻盖成高档别墅，这是不对的。因为以前你们家盖二层小楼的时候，就给史双兰招来祸害，让人们在本该宽恕的地方不宽恕。你应该吸取教训，别显富露富，惹起嫉妒。现在的人都仇富，见不得别人过得比自己好。你手里的钱要真是多得让你不好受，那你就拿出来积阴德，给村里人干件好事儿，让人们没资格嫉妒。干一件什么好事儿？你看咱们村出山的这条路，一直是一条石子儿路——旱季起尘土，雨季冲断垄，走起来很不方便。那你就把它修成柏油路或水泥路，笔管溜直，防尘防水，让大家走得舒服。这样一来，你就成了村里的功臣，即便人们不给你歌功颂德，但心里都平衡了，你挣再多的钱，大家也不会再眼红，更不好意思说三道四。这还不算，你会让村里的男人惭愧，因为他们都是全乎人，却做不来全乎事儿，而你这么一个不全乎的人，却能让父老乡亲们过全乎的日子，这样一来，在乡亲们的眼里，你才是个真正的男子汉。换句话说，你虽然没有爱的物件，却有爱的能力，这叫什么？这叫人间圣人，虽肉眼凡胎，却普度众生，小身量也能顶天立地，你很牛逼。

一个伤在爱中的人，再说爱的事，声音是有重量的。李玉屏被天双说得心潮澎湃、热血沸腾，有了"圣人"的意气，他重重地点点头："你说得好，我依你就是了。"

"你还得依我一件事，"天双面有喜色，笑着说，"等我不在了，你侄女檀你要把他当亲闺女看。"

李玉屏说："你年纪轻轻的，不兴说这么老暮的鬼话。"

天双坦然一笑，说："鬼的事，其实人是懂的，到了一定地界，你就知道了。我现在就感到身后有一只看不见的手，总是把我往地下拽，嘿嘿，真的，不吓唬你。"

李玉屏被天双弄得毛骨悚然，觉得眼前这个人阴气太重，虽然依旧生在阳光之下，却早已半截子入土了。

李玉屏说："你能不能说点儿吉利的话？"

天双说："这有什么不吉利的？这说明我看开了，没什么可牵挂的了。"

李玉屏说："你倒是没有牵挂了，却把牵挂留给了别人，你自私不自私？"

天双凄然一笑："嘿嘿，我已万念俱灰，还不许留一点儿自私给自己？"

55 大日子来了

由于心中凄惶，天双又去了一趟显光寺。

甫银法师见了天双，大吃一惊："看你灰头土脸的样子，你生活里一定遭遇了什么大的变故。"

天双点点头："一句话也说不清楚，不过，都是死的变故。"

便忙不迭地叙述，从父亲之死，到村医之死，从婚姻之死，到续弦之死，单拣有关死亡的内容，最后还补充道："对了，多年前，还死过一个三片嘴的孩子。"

听过天双的叙述，甫银法师居然很平静地笑笑："既然都已经过去了，死就不存在了，你大可以放下，规划一下未来。"

天双说："我也想放下，但就是放不下，一合眼就琢磨死的事儿。"

甫银说："看来，你是被死魔住了，不给你施些法力你是跳

不出来了。"

问他为什么会被魇住，甫银说："是你们不讲究，胡乱地埋人，把整座山搞成了一个大坟场。"

甫银给他解析道——

你的死孩子埋在向阳的山洞边，就占了一处好风水，你的族亲史双兰，也是挑选在一块水土肥沃之处，还栽植了凤竹，也占了先机。你的续弦吴敏兰死于难产——也就是血崩，既然是死于血光之灾，就应该悄悄地把她埋到西边的山坳里，把她的魂灵往沉潜里安顿，你却把她弄到山的高梁上，还立巨碑为她张目。弄来弄去，只有你的父亲不被尊重，虽然是寿终正寝，却委屈在地势低洼的祖坟里矮人一等。他是长辈，死后就是祖脉，是立门户的，行家法的，但是他身在低处，双肩挑不起来，双脚也踏不上压制的沟坎，那几个晚辈还不任性游荡？所以，你们那座山脉，到处是孤魂野鬼，一到中元节、清明节和寒衣节，他们就出来游走，你一不留神就能碰上，就被他们撞了身膀，摄了魂魄，就魇了。

天双倒吸了一口凉气："您是法师，有没有破阵的法子？"

甫银法师摇摇头："时间过得太久，他们已经成了气势，破不了了。"

天双很失望，忍不住叹了一口气。

甫银说："也不要泄气，我可以给你做做道法，给你长长势，使你的阳气上升，能跟他们对抗。"

天双立刻就跪下了："您老赶紧施法，救我。"

甫银带着天双烧香、焚纸、跪拜、祭祀、念咒，弄出一派神秘、玄奥和惊恐，天双脚底果真陡然生出一股气息，爬上脊椎、爬上头顶，好像自己一点儿一点儿地被拔高，有神力了。

以为法术生效，天双笑了。甫银却说："还有最后的一道程序，不过，你要忍住疼。"

"只要能驱赶死，我不怕疼。"天双说。

甫银法师狞笑了一下："那好，咱们上道。"

他拧住天双的左耳，提着天双围着显光寺的几进殿落转了三遭。天双的耳朵从锐痛到奇痒、到麻木，直至失去了知觉。

"你身上已经有法力了，可以放心地回去了，"但临出庙门之前，甫银从后边薅住了天双的衣领，"说来说去，法由心生，你回去之后，千万要记住一点，要努力静心，切忌胡思乱想。要做到这一点也不难，就是使劲吃、使劲睡，让身体长胖，只有身大，才会力大、神旺，才有充足的阳气，几只小鬼就不敢招惹你，你就自由自在了。"

天双用力点点头，很稳健地朝山下走。

甫银法师在他身后笑着摇摇头，心里说："我有什么法力？不过是给你输入一种正念。昏吃闷睡可以忘忧，脑满肠肥可以壮魄，没心没肺之后，就可以自救了。"

回去之后，天双还真的按甫银法师的叮嘱做了。

他在灶膛里烧柴给自己做热饭，强迫自己吃下去。但是，吃进肚里就反胃，又吐了出来。他在土炕上加盖棉被让自己暖起来，强迫自己往实里睡。但盖到身上就燥热，又把被子踢开。折腾来折腾去，把自己折腾烦了，索性就放弃了。"怎么甫银法师的道法放在我身上就不灵了呢？"他百思不得其解。还是母亲李翠花点醒了他："你肯定是身体中了毛病，你得去医院。"

一听到去医院，他本能地就颤抖。他无心出工挣现钱，就只剩下那一点儿有限的积蓄，而且还规定好了用途，切不可浪费到自己身上。"我身体好好的，去哪门子医院？我不过是有了酒精依赖，不稀罕饭；我不过是睡惯了凉炕，不稀罕热——就顺其自然吧。"

一天晚上，他喝过酒之后，又翻肠倒肚地不安宁，又鬼使神差地来到吴敏兰的坟上。一张一张地烧纸，一句一句地叨念，一股子一股子地流泪，然后又躺在坟前的山石上，居然瞌睡不请自来，似乎是山神体恤，让他与阴魂接引。但眼睛刚刚合上，耳边就起了一片窸窣之声，还伴着清晰的喘声。

他忍不住睁开了眼。

竟看到吴敏兰的坟头之前，人一样立着一只雪狐。他以为看花了，用力揉了揉眼睛。再一看时，狐狸的模样不仅真切，还能看到她脸上堆着笑，既妩媚又冷，是明显的嘲讽。他用力嘘了一声，翻身跃起。那狐狸也啸叫一声，转身走了。她走得很从容，一扭一扭的，不担心人追。

猎人的本性使天双知道，即便是追，也是追不上的，便摇摇头，复又在山石上躺下。一躺下，就倏地冒出了一个念头：呃，原来敏兰不是一般的女人，而是被他猎到的那只雪狐变的，是向他讨还债务的替身。

这个念头让他惊悚，他猛地坐了起来。

没错，这绝对不是妄想！

为什么李玉屏毫无前兆地就开办采石场，还让我当运输队的队长、让我有机会出山？为什么一到了唐山我就被敏兰吸引，而且一旦言娶，她就痛快地答应，在那么远遥的地界，那么陌生的两个外人，就一下子结下了心贴心、肉挨肉的缘分？为什么她天生就有迷醉我的东西？对，狐狸一样的脑袋，狐狸一样的小蹄子，狐狸一样的妩媚，狐狸一样的声音，狐狸一样的气息——她就是那只雪狐预备的，预备着把我麻倒，然后再把我猎住。

猎住我之后，就给我昏天黑地的幸福，让我整个身心都黏在她的身上，就像皮和肉连在一起不可分离。在我失去自己之后，她便抽身而走，让我承受活扒皮的疼痛。这种疼痛我是躲不掉的，因为是存心设计的报应。在我生不如死的时候，她再

获新生，然后再还原成原样出现在我面前，把我嘲弄。

唉，狐狸的复仇是属于上天的报应，所以甫银法师的法术就不起作用了。嘿嘿，这倒叫我认清楚了，今生今世，无论如何我是无法解脱了，最终的解脱，只有死。

因为看到了死亡的身影，天双竟然对郑秋兰产生了一丝柔情。回想起来，郑秋兰她也很可怜，承受了许多不该承受的东西。她的最终离走，也不是不顾惜他们的夫妻情意，只怕也是受了复仇雪狐在冥冥中的捉弄，是身不由己地走。或许她自己也会纳闷，过得好好的，为什么就想到走？现在看来，是雪狐的灵魂魇住了她，让她赶紧腾出位置，好让狐的预谋得逞。如果赖着不走，就会招来横祸。为什么我莫名其妙地就在她的肚皮上不停地比画刀子？原因就在这里。所以，秋兰，我不怨你，你也别怨我。

一有了因果报应的意念，天双就更能坦然地承受痛苦了。可是，真的很痛苦啊！不过，痛在痛中，这很好，因为这公平，减轻愧疚，能悲天悯人。于是，天双放弃了自救，索性就把自己放纵在对吴敏兰的心执之中，整日里更无节制地喝他的劣质酒，然后，更无节制地把热热的肉身贴在冰冷的山石上，他欢悦地期待着一个日子。

那个日子终于如期而至——在一年后的一个冬夜，他心脏病突发，抽搐中，从土炕上滚落在地，磕破了额头。他挣扎着站起身来，想扶着墙壁走出门去。然而竟迈不开腿脚，几经挣扎，最后依着墙壁，慢慢地委顿下去。在那个过程中，他沾着额血，从上到下写了三个"兰"字。字迹从大到小，从清晰到模糊，一如他生命的气息。

去见他最后的遗容的时候，李玉屏惊呆了。仅一年不见，那个高大的身形竟小得像个儿童，一味地收缩，瘦得像魂灵本身。

他仅仅四十八岁，刚进入生命的旺季。李翠花对人说，其实他早就有心痛的毛病，但就是不去医院，也不备下自救的药物。他觉得自己经得住磕碰，因为感情的磨难尚未到头，最后的幸福（解脱）还不属于他。

村里有个顽劣的后生，说了一句不知轻重的话："这个天双，真有意思，一气竟写了三个'兰'字。据我所知，他曾经跟三个带兰的娘们儿趋乎过，不知他的'兰'是指史双兰，还是郑秋兰，还是全指吴敏兰？嘿嘿。"

他的调侃让跟前的檀听见了，一向温柔妩媚的檀这时大变颜色，厉声说道："你这个人还是不是人？简直就是个畜生！我爸写的'兰'字，当然全指的是我妈，他的最爱，吴敏兰！"

这个人是李玉屏采石场的工人，所以，在场的李玉屏既气愤又惭愧，他抬腿就在这个人身上重重地踹了一脚。"滚！"还觉得不够分量，冲着那个人的背影喊道，"你明天就不要到我

的采石场上班了，你已经被开除了！"

以为受了侮辱檀会哭，然而檀不哭，只是一直站在天双的面前，默默地望着他，好像父亲刚刚睡下，不忍惊扰。檀白皙、净洁，有庄重之美。她已是二十出头的大姑娘了，知道人间情感的分量。她心里默默地叨念着，爸，你就安心地去吧，我知道这是你最想要的结果，你早就盼着和我妈团圆，永不分离。奶奶也请你放心，我会好好地陪伴着她，不给她养老送终，我就一直不嫁。而且我也不想嫁，因为我害怕，既怕嫁给不爱的，又怕嫁给人爱的。

想到天双给的托付，李玉屏也不弄悲戚，而是平静地料理天双的后事。亡人安葬，他轻轻地拍了拍檀柔弱的肩膀，对她说："好闺女，接下来，该我们自己怜惜自己了。"

檀点点头："叔，你放心，我懂。"

56 各得其所

天双的死讯传到了显光寺，甫银法师久久地沉默，脸颊上隐隐地抽搐。

最后，他舒展了容颜，自言自语地说："其实我的那一套所谓法术，不过是以佛道的名义进行的精神安慰，信则有，不信则无，对执念浅的人，尚有点儿作用，一旦执念过深，就无用了。"

即便是这样，他依旧心情沉重。因为他认为天双的结局，横竖是跟他有关系的。他觉得，他不应该训导天双，让他开化，懂得一些似是而非的东西。如果天双一直就那么冥顽着、愚蛮着，不知道尊崇与传承，那么他就有天不怕地不怕的底气，就会洪荒漫漶，阴邪不侵，反倒有金刚不坏之身、刚柔不入之心，疾病和死亡就离他远了。

从此以后，甫银法师不再说法论道，只是一心一意地看庙。他变得愈加豁达，觉得世间之人不过是匆匆过客，做不如看，看不如听，实有不如静虚。因为不牵不挂，不关不切，心有恒律，可以长寿。

天双的死讯传到郑秋兰的耳朵里，她毫不犹豫地就前来凭吊。她跪在天双的坟前，不喊不叫、不哭不闹，只是专心地烧纸。身边有人嘀咕："这个郑秋兰，心那么狠，扔下天双就走，既然没了夫妻缘分，为什么要来？刘备摔孩子——收买人心，黄鼠狼哭小鸡——假惺惺。"郑秋兰瞪了那人一眼，回应道："我为什么不能来？前妻也是妻，也有夫妻情分，我不给烧纸谁烧纸？"

从坟地回来，她到李翠花的屋里坐了坐。娘儿俩抱头痛哭。哭过，她对李翠花说："妈，跟我走吧，我养活你。"李翠花说："闺女，我们老史家已经对不起你了，就不能再拖累你，你拖着我这么一个油瓶子，怎么往前走？"

出了李翠花的屋门，走到庭院，郑秋兰忍不住朝曾经的家居张望。李翠花说："你就进去看一看吧，老屋是有感情的。"郑秋兰摇摇头："就不进去了，屋子虽然是老屋，但已住进去过新人，就是新房了。"

郑秋兰走在村街上，发现已看不到原来的阶石与树，她心酸了一下。李玉屏兑现了对天双的承诺，从临街的屋墙开始，修了一条平坦结实的水泥村路，一直衔接到山外的国道上。她望了一眼村西的老皂角树，见到树身还是那么不慌不忙地摇晃，好像既不惊悚过去，也不欢悦今天。她忍不住低声叫了一声："双兰姐。"双兰和天双因为都已作古，这时她觉得他们都可爱、都值得牵挂、都值得想念。不能不牵挂，毕竟在这里住过，爱与恨、情与怨，都是抹不去的历史记忆。人就是这样。

在回程的公共汽车上，她突然就无法控制，泪水涌流。这或许就是最后的告别了，因为没有理由再来。泪水遮不住她满心的愧疚，因为她觉得天双的死是她造成的。如果她不离他而去，他们就会在爱与不爱中纠缠、在满足与不满足中折磨——纠缠与折磨，表面是苦、是不幸，其实正可以让人的神经变得皮实，让人的妄念变得务实，就有了承受能力，人反而健康，活得久。她一离开，就不一样了，他得以再娶，就幸福得昏天黑地，身子都被掏空了，经不住磕碰了。老人们都说，小民承受不了大福，因为命贱，会折寿。你看，在天双身上不就应验了吗？

因为觉得自己是罪魁祸首，回到家里之后，郑秋兰就开始轻贱自己。父亲老郑给她介绍了一个憨厚的后生，催她改嫁，她就应了。她是想，我郑秋兰就是一个剩货，只要有人要，咱就给，因为不期待什么幸福，不过是搭伙过日子而已。但是，没有期待的生活背后，反而潜伏着出人意料的美好。她居然在

他的身下享受到了做女人的快乐，而且还很快受孕，生下了一个健康的儿子。他们过得很缱绻，郑秋兰贪恋他的身子，很喜欢跟他做土炕上的事儿，和谐得一塌糊涂。她发现，这男女之间，其实很简单，只要这身子一有了，这心也跟着有。所以身子不是容器，它本身就是水、就是酒。他们膝下有子，相互恩爱，渐渐地，居然把天双给忘了。

天双走后，李翠花的身体居然越来越硬朗，能吃能喝能睡。为什么？她一生都是大门不出、二门不迈的家庭妇女，没有自己的欲念，忧愁着男人的忧愁、喜乐着男人的喜乐。所以，甫银活着的时候，甫银是她的一块心病；甫银去了，天双就成了她的一块心病——天双去了，她就没有心病了。那么，心空了，也就心阔了，她过得无忧无愁。虽然身后还有个檀，但檀争气，大学毕业，在县城有了工作，生活自立，乐观向上，不需要她发愁。发愁也没用，风烛残年，秋风无力，鞭长莫及。

都以为她会长寿，不想却在一天夜里悄悄地走了。

那天是个中秋节，檀回家过节。她从县城里买来大虾、鱿鱼和螃蟹，亲自下厨给奶奶烹饪。她对奶奶说："您吃了一辈子山里的口味，我得给您开开洋荤，让您知道，山外还有海。"

李翠花觉得檀真是懂事儿，既孝顺又体贴，便冲着她眯眯笑，疑是心满意足。但是，笑的背后是心酸，她觉得这孩子真是可怜。

海鲜吃过，檀在桌上摆了一盘月饼，并点燃了一根蜡烛："奶奶，咱们吃月饼，赏月亮。"

月光透过窗纸淋进来，还不如烛光清明，檀搀起李翠花："奶奶，咱们到院子里去赏。"

到了庭院，月盘就沉甸甸地挂在头顶，李翠花仰望一下，说："这月亮有什么可看的，它一辈子就挂在那里，我从来就没有把它当回事儿，既不当吃又不当喝，它是不是有点儿多余？嘿嘿。"

檀佯装生气："奶奶，瞧您说得，有的时候，多余的，才是美的。"

"奶奶不懂，"李翠花突然想起了什么，"你怎么没把对象带回来？你跟他一起看月亮多好，我只知道，这月亮代表着男欢女爱。"

檀说："不能带，带他我会分心，不能一心一意伺候您。"

李翠花面对月亮居然合上了眼睛，笑着嘟囔道："奶奶知足了。"

夜里，李翠花悄悄地坐起身子，静静地凝视着檀。檀睡得很熟，呼吸停匀。由于屋黑，穿窗而入的月辉就显得格外澄明，就看见檀的脸白得干净，美得令人心疼。她的头发纷披在枕畔，又黑又长，也是毛茸茸的，李翠花心中一动。"跟你妈一样，也是狐狸变的。"在她眼里，狐狸是大善大美的仙儿，是不应该被伤害的。可是老头子甫银、不省心的儿子天双却都伤害过这仙儿，真是造孽啊！

咳，檀这孩子孝心太重，我这老婆子就成了她的拖累，这怎么成？

李翠花掀开枕头下的褥子，把积攒下来的一包药抓进手中，就着枕边的半瓶矿泉水，决绝地吞了进去，然后平展展地躺下，双手放在胸前。对不起了，孙女，我得替你爷爷和你爹去赎罪了。

2020 年 5 月 8 日至 10 月 8 日于京西昊天塔下石板宅

跋　呈现环境规定下的人类生活

先锋批评家敬文东说，我们的日常生活本身就具有一种神秘性——尽管在冥冥之中有无限的可能性，而且各种可能性在其中都具有均等的机会，但是，偏偏就只有一种，占有了决定性的地位，成为了现实中的主导性存在，于是，便有了"命中注定"的味道。那么，这种神秘性，就给人以回味，令人感受到命运的力量。

他的说法，在我这里产生了强烈的共鸣，因为在我的生命体验中，有太多不可思议的生活现象，虽然穷追就里，终不得解，便只好推给命运。譬如，为什么我偏偏就出生在京西山地一个贫瘠的村落？那陡峭、狭窄的山路，就成了我终日必走的路途。每天都能感受到"跌落"的恐怖，和又无法摆脱的凄惶。这特别煎熬人们的心智，意志脆弱者承受不得"恐怖在恐怖中"的周而复始，绝望之下，索性自觉"跌落"，得到彻底解脱。

为什么山场上偏偏就有雪狐？雪狐机智，且逗弄人类，有灵异样相，疑是百年修炼而成，便诱发了人与之较量的本

能冲动。最终虽然人居上风，但也留下狐疑——男女失和，婴儿畸形，神经错乱，种种舛运，找不到根由，便归于迷信，觉得狐是"仙儿"，是神灵化身，不该招惹。不敬之下，必遭"报应"，禁忌的力量在人们的心里留下了巨大的阴影，所以，旷野虽然广阔，但是人们却往窄里活。

这种神秘的自然力，始终决定着人们的生命状态和生活的走向，因而也产生了与之相适应、相匹配的性情、性格和性命，一如江南产稻米，京西产谷黍，不由分说地，人们呈现出被土地和环境所规定的心路历程和生活样相。

所以，我一直认为，人与土地、人与环境的关系，是一种相互依存、相互作用的关系。还是以人与狐为例：狐狸虽弱小，却狡猾，妖媚，足可以惑乱人们的心智，使人们的行为失据；山人虽强健，却褊狭、刻薄，也足可以祸害狐狸的无辜，使其陷入生存的仓皇——人与狐，均处在"罪"与"非罪"、"恨"与"非恨"之间。这就唤来"悲悯"的情怀，强化众生平等的意识，确信世间万物都有不可剥夺的生存权利，"每束阳光都有公然照耀的理由"。

我的人生历程已近花甲之年，已有了足够的世象、书象和心象的经验积累，在理性的比较和参照之下，便不免感觉到，京西人的遭际和困境，不特属于京西，也属于世界，属于人类。便窃以为，我虽然描摹的是京西物事，揭示的是京西人性，却也有世界性、人类性的笔致和风韵。所以，写作的过程，虽往脚下、往深里挖掘，却也是眼界放大、心力壮大、思想膨大的过程，深感到，解读了乡土京西，就是解读了乡土中国、乡土世界，甚至是人类生活。而且，我的写作，也验证了法国著名学者斯达尔夫人的"文学地理学"观念：自然地理环境和社会人文风尚，与文学存在着巨大的内在关联性，对文学的发生与发展，起着决定性和关键性的作用。那么，我的书写，也就有了先天的规定，即便是有了大量的阅读，有了种种"如何写"的观念指引，实际作用也是微乎其微。正如人们总想改造自然，大言"人定胜天"，而最终不得不与之和谐相处一样，我无论如何想往"高明"里写，最后也不得不听任万物根植于地面的自然诉说，因为乡村伦理、大地道德有自己的节律和定义，容不得我自以为是地主观指点和意气用事地展翅飞翔。

　　还有论者说，不确解、说不清的人间现象和人类情感就交给小说。多年的小说写作实践，特别是这次《美狐》的创作，让我确信，这个说法是对的。神秘的、偶然的、不确定的存在，虽然往往是混沌的、暧昧的、破碎的，呈现出毛茸茸的状态，但却也给小说提供了更自由的作为空间，可以让虚幻成为现实，让荒诞成为可能，让悖论成为合理，让内闭成为开放，让不公成为平等，让破碎成为完整，让未知成为可感。也就是说，小说是个自洽的世界，能够自然呈现、自我实现，就丰沛了。

2020 年 10 月 18 日于京西南昊天塔下石板宅